Für Marcel

Ein Stern am Horizont
Ein Schmetterling im Frühling
Ein Licht im Dunkeln

Nicole S. Valentin

Spitze, Tüll und Mr. Right

Liebesroman

Playlist: Spotify - Nicole S. Valentin – Spitze, Tüll und Mr. Right

Impressum

Der Autor ist unter der folgenden Adresse zu erreichen. Es handelt sich bei der Adresse um einen postalischen Weiterleitungsservice, da der Autor seine private Adresse nicht bekannt geben möchte.

Nicole S. Valentin

V.i.S.d.P.
Autorencentrum.de
Ein Projekt der BlueCat Publishing GbR
Gneisenaustraße 64
10961 Berlin
E-Mail: bluecatmedia@web.de
Tel- 030/61671496

- PAKETE WERDEN GRUNDSÄTZLICH NICHT ANGENOMMEN! -

Nicoles.valentin@aol.de

Bibliografische Information der Deutschen Nationalbibliothek:
Die Deutsche Nationalbibliothek verzeichnet diese Publikation in der
Deutschen Nationalbibliografie; detaillierte bibliografische Daten sind
im Internet über http://dnb.dnb.de abrufbar.

© 2021 Nicole S. Valentin

Umschlaggestaltung: Casandra Krammer – www.casandrakrammer.de
Korrektorat: Jeanine Ziebarth – http://kreativkorrektur.de
1.Auflage, April 2021

Herstellung und Verlag: BoD – Books on Demand, Norderstedt
ISBN: 9783753480312

Prolog

~oOo~

Max sieht auf die Uhr am Armaturenbrett, stößt einen wilden Fluch aus, während er in der Innentasche seines Jacketts nach seinem Handy kramt. Die verflixte Gegensprechanlage funktioniert mal wieder nicht, da er vergessen hat, Bluetooth zu aktivieren, und dieses Mistding hat sich im Stoff verhakt.

Er hätte einfach im Bett bleiben sollen.

Ein süffisantes Grinsen schleicht sich in sein Gesicht. Es war nicht sein Bett, in dem er heute erwacht ist. Auch wenn ihm der Name der Dame nicht mehr wichtig ist, ihre Rundungen sind ihm noch sehr wohl in Erinnerung.

Jetzt müsste er sich unbedingt im Hotel melden, Bescheid geben, dass er sich verspätet, aber das vermaledeite Telefon hängt irgendwo in seiner Jacke fest. „Verdammte Scheiße, jetzt komm doch …" Ein Hupkonzert hinter ihm zwingt ihn, auch die zweite Hand wieder auf das Lenkrad zu legen und den Blick auf die Straße zu richten, nur um unmittelbar in die Bremsen zu steigen.

Er hat die rote Ampel übersehen.

Das Gesicht vor der Windschutzscheibe ist jung, zu sehr geschminkt und die Lippen sind zu einem tonlosen *Oh* geformt.

Als er knapp vor ihr zum Stehen kommt, schlägt das Mädchen mit den Handinnenflächen auf die Motorhaube seines Lexus' und stiert ihn mit schreckgeweiteten schwarzumrandeten Augen an, ehe sie aus seinem Sichtfeld verschwindet.

Max' Blut rauscht hinter seinen Ohren und kalter Schweiß bricht ihm aus, als er sich abschnallt und hektisch sein Auto verlässt.

„Hey, ist alles in Ordnung mit dir?"

Das Mädchen sitzt auf der Straße, mit angezogenen Knien, und giftet ihn an, als er sich neben sie hockt, um sich zu vergewissern, dass sie nicht verletzt ist.

„Na klar. Es ging mir noch nie besser. Müsst ihr Scheißtypen mit euren Bonzenschleudern neuerdings nicht mehr auf die Straßenverkehrsordnung achten, oder was?" Sie schiebt seine helfenden Hände von sich und steht umständlich auf. Unter anderen Umständen hätte er das Kind darauf hingewiesen, dass es sich ein wenig im Ton vergriffen hat, aber hier ist er wohl derjenige, der sich entschuldigen sollte. „Ich habe dich nicht gesehen, es tut mir leid."

„Sach an, tatsächlich?" Eine Zornesfalte erscheint auf ihrer Stirn, als sie sich die schwarze Jeans abklopft. „Da wäre ich gar nicht allein draufgekommen. Ich lass mich nämlich gern überfahren."

Sie inspiziert die Ellbogen ihrer Ärmel, als er das riesige Loch im Stoff ihrer Hose entdeckt. Direkt über ihrem Knie. Verschämt deutet er darauf. „Ich kaufe dir eine Neue."

Sie bedenkt ihn mit einem vernichtenden Blick, ehe sie seinem Fingerzeig folgt und ihr Bein betrachtet. „Die ist so, Schlaumeier. Mit Loch war sie günstiger." Sie verdreht die Augen. „Mir fehlt nichts. Du kannst wieder in deine beschissene Karre steigen." Sie nickt in Richtung seines

Wagens, hinter dem sich bereits eine ansehnliche Schlange gebildet hat. Fußgänger bilden eine Traube am Fußgängerüberweg und beobachten die groteske Szene. Teils kopfschüttelnd, teils schadenfroh.

Etwas hilflos kratzt Max sich über den Hinterkopf. „Wo musst du denn hin? Dann bringe ich dich."

Sie lacht verächtlich auf. „Du glaubst doch nicht, dass ich in dein Auto steige, oder?"

Langsam verliert er die Geduld mit dem verzogenen Gör. Er streckt den Rücken durch, als ihm bewusst wird, dass er mit Freundlichkeit nicht weiterkommt. „Du steigst augenblicklich in das Auto. Entweder bringe ich dich ins nächste Krankenhaus, um sicherzugehen, dass du tatsächlich unverletzt bist, oder ich fahre dich nach Hause."

Seine Stimme hat einen bedrohlichen Ton angenommen. Er kann Kinder eigentlich gut leiden, wenn sie sich zu benehmen wissen. Aber dieser Teenager gehört ganz offensichtlich nicht in diese Kategorie. Zumal sie Anstalten macht, sich die Kopfhörer wieder in die Ohren zu stöpseln, die aus ihrem Jackenkragen hängen.

Demonstrativ stellt sie die Musik derart laut, dass sogar er das Gebrülle hören kann, das nunmehr ihre Ohren beschallt.

Mit einem spöttischen Blick fährt sie sich durch das schwarz gefärbte Haar und streckt ihm den Mittelfinger entgegen, als sie ihren Weg ohne ihn fortsetzt.

Und Max steht wie ein Idiot auf dem Fußgängerüberweg und kann ihr nur hinterhersehen.

So ein Früchtchen.

„Machen Sie sich nichts daraus. Die kleine Mölling ist, wie sie ist." Eine ältere Frau läuft an ihm vorbei, um ebenfalls die Straße zu überqueren, nicht ohne ihm verständnisvoll auf den Oberarm zu klopfen. Erstaunt sieht er sie an. „Sie kennen das Mädchen?" Ein Nicken, dann geht sie weiter. Er hadert mit sich. Soll er einfach wieder einsteigen und weiterfahren? Die Ampel steht für die Autofahrer erneut auf Rot, also nimmt er die Verfolgung auf. „Entschuldigen Sie bitte, aber Sie wissen nicht zufällig, wo sie wohnt? Dann könnte ich mich später selbst davon überzeugen, dass es ihr gut geht." Etwas skeptisch betrachtet sie ihn von oben bis unten, ehe sie antwortet. „Na ja, es wäre sicherlich nicht das Schlechteste, wenn Sie Franziska davon erzählen, was Marie so treibt." Die Frau atmet tief ein. „Wo sie wohnt, weiß ich leider nicht, aber das Brautmodengeschäft der Möllings ist die Straße runter, auf der linken Seite. Eigentlich können Sie es nicht verfehlen." Dann wendet die Frau sich ab.

Und er widmet sich dem ungeduldig hupenden Verkehr, indem er sein Auto endlich fortbewegt.

Kapitel 1

„Finden Sie nicht auch, dass das Kleid zu sehr aufsetzt? Ich sehe fett darin aus." Die zukünftige Braut dreht sich vor dem Spiegel, der Tüll des Unterrockes raschelt, während ihre Brüste den Anschein erwecken, als wollten sie lieber aus dem Mieder heraus als hinein.

Sie sieht aus wie das Sahnebaiser auf der Hochzeitstorte. Aber zumindest scheint sie ihre Augen nicht davor zu verschließen. Ich hasse es, wenn Frauen sich für ihren Tag der Tage einbilden, über Nacht in eine Kleidergröße 36 zu passen, obwohl sie in einer Kleidergröße 38 einer Prinzessin sehr viel näherkommen würden.

Und bei Frau Kreutzer wäre wohl eine Größe 44 angebracht.

Und ganz sicher kein Herzbustier.

Oder – Gott bewahre – ein Meerjungfrauenschnitt.

Meine Mitarbeiterin und beste Freundin Susanne wirft mir einen amüsierten Blick zu. Es ist ein schmaler Grat, auf dem ich mich bewege.

Immerhin ist die Hochzeit der große Tag der Braut. Sie muss sich wunderschön und sexy fühlen. Und wenn das eben in einem zu kleinen oder unvorteilhaften Kleid passiert, muss ich lächeln und es für gut befinden.

Doch hier habe ich offensichtlich noch ein Mitspracherecht.

„Nun ja, darf ich ehrlich sein?" Ihre riesigen Augen sehen mich auffordernd an. „Es schmeichelt Ihnen nicht sonderlich. Aber meine Vorschläge haben Ihnen nicht gefallen, Frau Kreutzer. Warten Sie noch einen Moment, vielleicht sollten Sie sich das Kleid wenigstens ansehen, das mir für Sie vorschwebt. Wirklich, es ist wie für Sie gemacht und liegt sogar im Budget." Ich drehe ihr den Rücken zu, atme tief in den Brustkorb. Heute fühle ich mich so gar nicht nach Brautkleid. Es ist mal wieder einer dieser Tage, an denen man lieber im Bett bleiben sollte.

ICH hätte lieber im Bett bleiben sollen. Einfach mal die Vorhänge zuziehen und unter der Bettdecke verkriechen, bis es draußen dunkel wird.

Denk an Sina. Du tust das nur für Sina, Franziska.

Ich ziehe die Schutzhülle meines Brautkleid-Favoriten von der Stange. Dieses Kleid hat kleine Ärmelchen, statt eines Bustiers ein ausgearbeitetes Oberteil und besticht durch seine dezente Perlenstickerei. Aber vor allen Dingen hat es durch die A-Form die Gabe, Problemzonen einfach wegzuzaubern. Es schenkt eine lange Silhouette und lenkt die Aufmerksamkeit auf das Gesicht der Braut. Zudem ist der Rock ordentlich berüscht, wie Frau Kreutzer es gern hätte.

Mit einem angestrengten Lächeln reiche ich Susanne den Traum aus elfenbeinfarbenen Satin und hoffe, dass es Frau Kreutzer ebenso gut gefällt, wie es mir an ihr gefallen wird.

An meine Kundin gerichtet gebe ich mich gewohnt professionell. „Bevor Sie etwas dagegen sagen, probieren Sie es erst mal an. Wir können es noch entsprechend ändern, sollte es zu lang oder zu weit sein. Und ich habe einen wunderschönen Petticoat aus Tüll, der perfekt dazu passt."

Ihr Blick wirkt äußerst skeptisch, aber sie nickt.

Sie hat niemanden mitgebracht, der ihr bei der Auswahl behilflich ist, was an sich schon traurig ist und wirklich äußerst selten vorkommt.

In der Regel bevölkern beste Freundinnen, Mütter und Schwiegermütter neben der Braut mein Geschäft. Eine jede mit einer anderen Meinung und einem eigenen Geschmack. Daher muss ich in diesem Fall besonders sensibel mit der Braut umgehen.

„Das ist Ihr Kleid, Frau Kreutzer, glauben Sie mir." Ich lege die notwendige Entschlossenheit in meine Stimme.

„Ich kann es ja wenigstens mal anziehen, nicht wahr?" Ergeben klettert meine Braut in spe vom Podest, den ich vor einen ausladenden Spiegel gestellt habe.

Ich bete, dass sie nicht über den Saum des sündhaft teuren Kleides fällt oder gar die Spitze zerreißt, sollte sie sich nicht von allein aus dem viel zu engen Mieder befreien können. Ich gebe Susanne ein Zeichen, die ihr sofort helfend unter die Arme greift.

Seufze erleichtert auf, als sich die beiden Frauen in die Umkleidekabine zurückziehen. Selbstverständlich nicht, ohne dass sich Frau Kreutzer ein weiteres Gläschen Champagner gönnt, den wir kostenlos zur Verfügung stellen.

Manchmal hege ich den Verdacht, dass sich manche Damen einen Spaß daraus machen, unzählige Brautkleider zu probieren und sich zu betrinken, nur um dann einfach wieder zu entschwinden, ohne sich für eines der Kleider zu entscheiden.

Aber so ist das Geschäft, das gehört zum Service dazu.

Und meine Schwester Sina ist ... war eine hoffnungslose Romantikerin. Niemals würde ich diese kleine Geste des Hauses aus dem Angebot nehmen oder den Champagner gegen einen Prosecco tauschen.

Franziska, wenn sich eine Frau ein Brautkleid kauft, weil sich ein Mann für sie entschieden hat, dann hat sie sich auch einen ordentlichen Champagner verdient.

Mein dezenter Hinweis, dass sich die Frau auch für den Mann entscheiden muss und ein guter Prosecco es auch tun würde, hat sie lediglich mit einem Schulterzucken quittiert und grinsend meine Wange geküsst.

Heute stelle ich ihre Entscheidung nicht mehr infrage.

Es ist, wie es ist, weil es eben Sinas Wunsch gewesen ist.

Wie alles in meinem Leben richte ich es nach ihren Wünschen aus. Immerhin darf ich leben. Somit ist der Champagner nur ein kleines Opfer, welches ich zu bringen habe.

Und eben aus diesem Grund genehmige ich mir selbst ein Gläschen.

Jetzt in diesem Moment, da in der Umkleidekabine gekichert wird.

Jetzt in diesem Moment, da Sina so präsent für mich ist.

Jetzt in diesem Moment, da ich in dem riesigen Spiegel einen Blick auf mich selbst erhasche.

Eine desillusionierte ehemalige Tänzerin, die mit dem Brautladengeschäft ihrer Schwester krampfhaft versucht, den kläglichen Rest ihres Lebens ... *Maries Leben* einigermaßen erträglich zu gestalten.

Was, in Gottes Namen, hast du dir nur dabei gedacht, du sentimentale Ziege?

Ich kippe den Schampus ziemlich respektlos in einem einzigen Zug hinunter, als die zierliche Türklingel eine weitere Besucherin ankündigt.

Erschrocken fahre ich zusammen, verschlucke mich hustend und kann überhaupt nichts gegen die Tränen tun, die mir in die Augen schießen.

Genau so sieht sie aus ... die Frau, von der ich mein Brautkleid kaufen möchte, Franziska. Die Frau, die mich in einen Männertraum verwandelt ... Wie eine keuchende, tränenverschmierte Säuferin.

Noch ehe ich den Blick gen Tür richte, versuche ich zuerst, mich wieder zu fangen. Hebe entschuldigend eine Hand hinter meinem Rücken in die Luft und ringe nach Sauerstoff. Wische die Tränen von meinen Wangen und entsorge das leere Glas in einer Nische meiner Regale mit den Brautschuhen, ehe ich mich umdrehe, um die Kundin zu begrüßen.

Und mir stockt der Atem.

~oOo~

Max versucht sich ein Grinsen zu verkneifen. Dieser Hustenanfall ist filmreif.

Ein Rotschopf wedelt mit einer Hand in der Gegend herum, versucht vergeblich, eine Sektflöte vor seinen Augen verschwinden zu lassen.

Sollte das die Mutter der Rotznase von heute Mittag sein, braucht sich niemand mehr darüber zu wundern, dass es mit der Jugend immer mehr den Bach runtergeht.

Na ja, eine nette Figur hat sie … zumindest was er von ihrer Kehrseite sagen kann.

Der Arsch ist klein, die Taille schmal, endlos lange Beine. Allerdings trägt sie diese flachen Schuhe … Ballerinas nennt man sie wohl. Er ist der Meinung, man sollte Frauen diese Schuhe verbieten. *Zumindest Frauen mit solchen Beinen.*

Und dann dreht sie sich um, sieht ihn an. Und er wünschte, er könnte die Farbe ihrer Augen trotz der Entfernung zwischen ihnen erkennen. Sommersprossen tanzen über ihr Gesicht und sie sieht definitiv zu jung aus, um bereits Mutter eines Teenagers zu sein. Er bemerkt die Überraschung, die ihr förmlich ins Gesicht geschrieben steht.

„Oh je, Sie sind zu früh. Ihre Verlobte probiert noch ein Kleid an. Vielleicht sollten Sie lieber vor der Tür warten?"

Seine Verlobte? … Vor der Tür? …

Dann hört er das Gekicher aus dem hinteren Teil des Geschäfts. Seine Mundwinkel ziehen sich unweigerlich nach oben. *Klar, aus welchem anderen Grund sollte sich ein Mann schon in ein Brautgeschäft verirren, als um zu bezahlen?*

Lächelnd macht Max einen Schritt auf sie zu. „Ich fürchte, da liegt ein Irrtum vor. Ich wollte wissen, wie es Ihrer …"

In diesem Moment betreten zwei weitere Frauen giggelnd den Raum und der Rotschopf wird plötzlich hektisch. „Frau Kreutzer, warten Sie einen Moment. Ich muss zuerst Ihren Verlobten nach draußen begleiten. Er darf doch das Kleid noch nicht sehen."

Besagte Frau Kreutzer wird auf ihn aufmerksam. Er schenkt ihr sein schönstes Zahnpastalächeln und kann der Röte regelrecht dabei zusehen, wie sie von ihrem Dekolleté Besitz ergreift, während die Rothaarige die zukünftige Braut zielstrebig wieder in den Hintergrund zu drängen scheint. Eine Blondine fischt nach der ausladenden Schleppe, damit niemand darüber stolpern kann. *Was für ein törichter Gedanke zu glauben, er wäre in irgendeiner Form, Art oder Weise mit dieser Frau verbunden.* „Das ist nicht mein Verlobter, Frau Mölling." Frau Kreutzer linst über die Schulter der Besitzerin des Ladens, um noch einen Blick auf ihn zu erhaschen, und er widersteht dem Drang, seine Augenbrauen mit den Fingern nachzufahren. Einfach nur mal so, um zu sehen, wie die Damen reagieren.

Die Blondine mustert ihn zumindest interessiert, die Schleppe noch immer in der Hand.

„Ach nein? Aber warum …?" Fragend wendet sich Frau Mölling wieder in seine Richtung, gibt die etwas korpulente Frau frei, die unverzüglich an ihr vorbeirauscht, mit einem Ruck das Kleid aus den Händen der dritten Frau befreit, um ein Podest vor dem ausladenden Spiegel in der Mitte des Raums zu ersteigen. Er geht davon aus, dass sie diesen fraglos besten Platz in Beschlag nimmt, um die Szenerie überblicken zu können.

„Sie haben mich ja nicht ausreden lassen." Amüsiert steckt er die Hände in die Hosentaschen seiner Stoffhose. *Was für ein Hühnerstall.* „Ich hatte heute Morgen einen Zusammenstoß mit einem jungen Mädchen, das wohl irgendwie zu diesem Laden zu gehören scheint. Zumindest sagte man mir das." *Ihre Augen sind grün.* „Und jetzt wollte ich mich lediglich nach ihrem Befinden erkundigen." Max zuckt mit den Schultern, wagt sich einen weiteren Schritt vor.

„Mit Marie? Ist alles in Ordnung mit ihr? Was hat sie denn jetzt wieder angestellt?" Ihm entgeht der leicht resignierte Unterton in ihrer Stimme nicht.

„Ich fürchte, ich habe etwas angestellt. Sie ist mir vor das Auto gelaufen ..."

„Vor das Auto? Um Gottes willen." Frau Mölling läuft um eine Theke herum, greift nach einem Telefon, wählt eine Nummer. „Aber davon hat sie mir gar nichts erzählt. Geht es ihr gut?" Noch während sie darauf wartet, dass man das Telefonat bestätigt, trifft ihr ängstlicher Blick den seinen und Max' Nackenhaare stellen sich senkrecht.

Fast tut es ihm leid, dass er sie damit derart überfallen hat. Er nimmt die Hände aus den Taschen, versucht sich in einer beruhigenden Geste. „Ja, es ging ihr gut. Sie ist direkt weitergelaufen, nachdem sie mich liebreizend darauf hingewiesen hat, dass ich mich zum Teufel scheren soll."

Wieder ein Blick aus diesen moosgrünen Augen, dann konzentriert sie sich auf das Telefonat. „Marie, ich bin's. Hier steht ein Mann, der behauptet, du wärest ihm vor das Auto gelaufen." Sie sieht aus dem Fenster, zieht ihre Stirn kraus. „Aha. Ja. Und wie geht es dir?" Ihre Besorgnis lässt sich so gar nicht in Einklang bringen mit dem bitterbösen Blick, den sie in seine Richtung verschießt. „Dann ist es ja gut. Ich hatte schon Angst ... nein, wir sehen uns nachher zu Hause. Komm nicht so spät." Das Gespräch ist beendet und ihre Augen versprühen grüne Funken. „Sie ist Ihnen also vor das Auto gelaufen, he? Wie interessant. Oder war es nicht vielleicht doch eher so, dass Sie eine rote Ampel überfahren haben?"

„Ich habe mich dafür entschuldigt und wollte Sie nach Hause bringen ..."

„Wie ritterlich."

„Sie hat mir den Mittelfinger gezeigt. Das spricht nicht unbedingt für eine gute Erziehung."

Dass er einen Schritt zu weit gegangen ist, wird ihm augenblicklich klar, als sich Frau Mölling vor ihm aufbaut und ihren Finger in seine Brust bohrt. „Ach, und Sie haben Ihren Führerschein in einer Tombola gewonnen? Rot ist immer im oberen Bereich einer Ampel. Das kann man sich sogar bei einer Rot-Grün-Schwäche merken." Sie schnaubt abfällig. „Ich hätte Ihnen noch etwas ganz anderes als nur den Mittelfinger gezeigt, seien Sie sich da sicher."

Abwehrend greift er nach ihrem Finger, hält ihn fest. „Hören Sie, ich wollte nur ..." Doch Frau Mölling hört ihm gar nicht zu, blickt fassungslos auf seine Hand, die die ihre umfasst. Er lässt sie los, als hätte er sich daran verbrannt.

Sie leckt sich über die vollen Lippen. Er folgt der Bewegung ihrer Zunge, sein Puls erhöht sich merklich. Sie sieht ihn nicht an, aber ihre Stimme klingt belegt, als sie die Hand zurückzieht und auf den Verkaufstresen deutet. „Lassen Sie Ihre Versicherungskarte hier. Ich habe zu arbeiten."

Damit lässt sie ihn stehen und kümmert sich um ihre Kundin, die sie beide nicht eine Sekunde aus den Augen gelassen hat.

~oOo~

Was, bitte, war denn das?!

Mir ist mit einem Mal unglaublich heiß und das hat mit Sicherheit nichts mit dem Schlückchen Alkohol zu tun, den ich mir vor seinem Erscheinen gegönnt habe.

Widerlich groß, unverschämt gut aussehend, widerwärtig arrogant und fährt meine Nichte mit seinem Auto an! Er besitzt doch tatsächlich die Frechheit, ihr dafür auch noch die Schuld in die Schuhe zu schieben. *Sie ist mir vor das Auto gelaufen ...*, dass ich nicht lache!

Ich weiß schon, warum ich keinen Wert auf einen Kerl in meinem Leben lege. Sie halten sich allesamt für Gottes Geschenk an uns Frauen.

Und dieser offensichtlich im Besonderen.

Mit seinen dunklen Haaren, die ihm in den Nacken fallen. Diesen fast schwarzen Augen und einem Ohrloch für einen Ohrring ... wo gibt es denn das noch, bitte?

Sicher, Schatz, wenn nicht du ... wer dann?

Frau Kreutzer hat er jedenfalls über die Maßen beeindruckt, wie mir scheint. Sie fährt sich pausenlos durch die Haare, blinzelt unentwegt und klimpert mit ihren Wimpern.

Wenn ich nicht genau wüsste, dass ich es mit einer erwachsenen Frau zu tun habe, würde ich auf pubertäre Hormone tippen.

Dieser blasierte Fatzke scheint sich auch noch einen Spaß daraus zu machen, derart attraktiv auf Frauen zu wirken. *Dabei wirkt sein Lächeln einfach nur albern. Er sollte sich vielleicht selbst mal dabei beobachten. Pah.*

Ich sehe ihn bildlich vor mir, wie er allmorgendlich sämtliche Facetten seiner Gesichtszüge vor dem Badezimmerspiegel perfektioniert. *Das kostet mich lediglich ein müdes Gähnen. Das* habe ich perfektioniert, mein Freund.

Viel schlimmer ist jedoch die Tatsache, dass er den Laden nicht verlässt. Er folgt meiner Beratung, hängt an meinen Lippen, als würde ich ihm das Kleid verkaufen wollen. Lässig lehnt er gegen ein Regal, beobachtet uns interessiert. *Mir platzt gleich der Kragen.*

Und Susanne? Anstatt sich auf das Kleid zu konzentrieren, hat sie nur Augen für diese einzige Hose im Raum. Ich hatte heute genügend Testosteron in meinem Laden.

Unwillig schenke ich dem Kerl noch einmal meine Aufmerksamkeit. „War noch etwas, Herr …?"

„… Rothenburg. Und nein, es ist nichts mehr. Ich höre Ihnen einfach gern zu, Frau Mölling." Sein Lächeln bringt meine Kundin anscheinend zum Schmelzen.

Er macht einen Schritt nach vorn und besitzt tatsächlich die Impertinenz, noch eins draufzusetzen. Anerkennend lächelt er Frau Kreutzer an. „Sie sehen wunderschön aus, wenn ich mir diese Bemerkung erlauben darf. Ihr Verlobter ist ein glücklicher Mann."

Ein verzücktes *Oh* lässt mich ein wenig am Verstand meiner Kundin zweifeln. Sogar ihre Ohren leuchten mittlerweile blassrosa und ich würde Rothenburg am liebsten mit irgendetwas bewerfen, damit er endlich den Laden verlässt.

Selbst Susanne spitzt verzückt die Lippen.

Man könnte glatt auf die Idee kommen, sie sei schüchtern.

Ich verdrehe innerlich die Augen.

Er stört meine Ruhe empfindlich. Und das kann ich überhaupt nicht gebrauchen.

~oOo~

Max ist noch nicht bereit zu gehen. Irgendetwas hindert ihn daran. Vielleicht ist es nur ein Vorwand, aber er möchte der Ursache auf den Grund gehen, warum sich sein Puls erhöht, nur weil er diese Frau berührt hat. Oder warum sie plötzlich derart einsilbig ist. „Ich möchte mich gern selbst davon überzeugen, dass es Marie gut geht."

Der Rotschopf schnappt in seine Richtung. „Ich denke, das wird nicht nötig sein. Sollte meine Nichte bleibende Schäden zurückbehalten, werde ich das mit Ihrer Versicherung klären."

Ihre Nichte also ...

„Leider habe ich die Daten nicht im Kopf. Das bedeutet wohl, ich muss doch noch einmal wiederkommen." Ohne ihr die Chance einer Antwort einzuräumen, verlässt er das Brautmodengeschäft. Mit einem selbstzufriedenen Lächeln begibt er sich zu seinem Wagen, verstaut die Versicherungskarte zurück ins Handschuhfach.

Er konnte es nicht übers Herz bringen, diese ohne Weiteres zu übergeben.

Nein, Frau Mölling braucht definitiv nicht nur seine Versicherungsdaten.

~oOo~

Kapitel 2

Ich schütte die Nudeln ab und lasse den Topf samt Inhalt scheppernd in die Spüle fallen, als mir das kochende Wasser über die Fingerspitzen läuft. „Verdammter Mist, verflucht noch mal!" Schnell halte ich die verbrühte Hand unter fließend kaltes Wasser, ungeachtet der Tatsache, dass die Nudeln nun überall verteilt sind.

Susanne erscheint im Türrahmen und schiebt mich zur Seite, um sich einen Überblick über die Sauerei zu verschaffen, die ich veranstaltet habe.

„Himmel, Ziska, geh aus der Küche. Ich räume hier schon auf." Die tiefe Falte zwischen ihren Augen verrät mir die Anstrengung, mit der sie versucht, nicht gänzlich aus der Haut zu fahren.

Aber auch ich muss mich beherrschen, um nicht an die Decke zu gehen. „Nein, ich kriege das auch allein hin. Du musst mich nicht immer retten." Ich presse meine Lippen fest aufeinander. Meine Finger pochen und Tränen schwimmen in meinen Augen.

„Doch. Anscheinend bin ich die Einzige, die dich überhaupt noch retten kann. Vor dir selbst, wie mir scheint, denn das ist momentan am dringendsten." Sie funkelt mich durch graue Augen an und ich gebe nach.

„Ich geh duschen."

„Das ist eine gute Idee. Danach schmeißt du dich in einen Fummel und wir gehen tanzen." Sie wirft die Nudeln von der Spüle in das Sieb, nur um dieses im Abfalleimer zu entleeren.

„Hey, man kann sie noch essen." Entsetzt trete ich den Rückzug an, versuche sie daran zu hindern. „Sie lagen doch nur in der Spüle. Und die ist sauber."

„Wir essen heute keine stärkehaltigen Kohlenhydrate. Zumindest nicht, bevor wir mindestens vier Stunden getanzt haben."

„Ich gehe nicht tanzen, Suse. Auf keinen Fall."

„Aber selbstverständlich wirst du mit mir tanzen gehen. Heute wäre dein vierter Hochzeitstag. Und dass du Adrian nicht geheiratet hast, muss einfach gefeiert werden. Standesgemäß mit lauter Musik und jeder Menge Tequila."

Es ist Samstagabend. Das Geschäft ist morgen zu. Ich weiß, sie wird keine weiteren Ausflüchte von mir dulden. Dennoch versuche ich es erneut. „Aber Marie ..."

„... wird heute nicht hier übernachten. Ich habe sie ausquartiert. Natürlich erst, nachdem ich mich persönlich davon überzeugt habe, dass es ihr gut geht und sie keine Verletzungen durch den Unfall davongetragen hat." Siegessicher grinst sie mir ins Gesicht. „Du siehst, es gibt einfach keine Ausreden, die ich gelten lassen kann. Geh also ins Bad und brezel dich auf. Du hast ein Date mit mir. Wer braucht schon einen Ehemann, um einen anständigen Hochzeitstag zu feiern?"

Ich denke nur noch selten an Adrian, meinen ehemaligen Tanzpartner und Verlobten, der gar nicht schnell genug das Weite suchen konnte, nachdem ich ihm eröffnet hatte, dass ich die Verantwortung für meine Nichte übernehme und mit dem Tanzen aufhören würde. Ich bin nur froh, dass das alles vor der Hochzeit mit ihm passiert ist. So konnte ich die Einladungen wieder abbestellen und stattdessen Umzugskartons packen.

Feiern wir also meinen Nicht-Hochzeitstag. Ich ergebe mich meinem Schicksal. Was bleibt mir auch anderes übrig?

Das Taxi hält vor dem Levantehaus. Ich blähe meine Wangen auf. „Hier willst du rein? Scheiße, das kostet uns die Einnahmen eines ganzen Monats, Suse."

Meine Freundin hat eindeutig einen Knall. Nicht nur, dass der Laden sauteuer ist, nein, ohne *Member* kommt man gar nicht erst rein.

Jetzt wird mir zumindest klar, warum ich mich derart aufhübschen musste.

Meine erste Wahl, eine enge Jeans und ein Seidentop, wurde unverzüglich moniert.

Nun schäle ich mich also im kleinen – *klitzekleinen* – Schwarzen aus dem Taxi und krame in meinem Gedächtnis nach den Geldmitteln, die uns für den heutigen Abend zur Verfügung stehen.

„Beruhige dich, Ziska, Hannes lädt uns ein." Sie kichert. Ich merke, wie sehr sie sich auf den Abend freut. Ihre Augenbrauen tanzen durch ihr Gesicht, als sie sich verschwörerisch unterhakt und mich zum Eingang zerrt.

Hannes ist Susannes On-off-Beziehung. Er hat genügend Geld an den Füßen, um zwei Mädchen wie uns durchaus mal auszuhalten. Eigentlich entspricht das nicht meinem Charakter, aber Suse zuliebe spiele ich mit. Ich werde einfach von vornherein klarmachen, dass ich meine Getränkerechnung selbst übernehme. Dann habe ich zumindest nicht das Gefühl, ihr Lover hält mich bei Laune, damit er sie heute Nacht abschleppen kann. Das wird er sowieso tun – und ich komme erst gar nicht in Versuchung, mich sinnlos zu betrinken.

Das könnte ich mir in diesem Schuppen gar nicht erlauben.

Augen zu und durch, Franziska. Auch diese Nacht geht irgendwann vorüber ...

Der männliche Einbauschrank an der Tür mustert uns kurz, nickt aber zustimmend, als Susanne ihm Hannes Namen nennt.

Und schon sind wir drin.

Es dauert nicht lange, bis ich mich ein wenig von ihrer Aufregung anstecken lasse. Wir waren lange nicht tanzen.

Ich habe lange nicht mehr getanzt.

Aber hier gibt es keine *Barre* und ich habe eindeutig die falschen Schuhe an für ein *Fouetté en tournant* oder ein *Grand jeté.*

Ich schüttele die Gedanken ab. Hier ist kein Platz für Klassik.

Im Gegenteil.

Die Bässe wummern durch meinen Körper und plötzlich kann ich es nicht mehr abwarten, endlich die Tanzfläche zu erobern.

Ungeduldig warten wir darauf, dass die Garderobe unsere Jacken sicher verstaut.

Suse ist ein Genie. Niemals wäre ich von allein auf die Idee gekommen, den Abend anders zu verbringen, als selbstmitleidig vor dem Fernseher zu versauern, nur um anschließend noch deprimierter in mein Bett zu kriechen.

„Komm, wir holen uns zuerst etwas zu trinken." Meine beste Freundin zerrt mich hinter sich her, an der Cocktailbar vorbei.

„Warte, hier bekommen wir doch ..." Ich deute auf die Bar, aber sie schüttelt den Kopf, zieht mich weiter.

„Heute gibt es Schampus, mein Herz. Und nicht das Gesöff aus dem Laden." Sie schreit mir nahezu ins Gesicht, um die Lautstärke der Musik zu übertönen.

Na gut, ein Gläschen kann ich mir sicher auch leisten.

Dieser Club hat eine eigene Bar für die champagnertrinkende Gemeinde. Und dieser Schampus ist einige Klassen besser und auch teurer als der, den ich selbstlos im Geschäft anbiete. Ich überschlage gedanklich erneut meine Geldreserven.

Suse bestellt uns zwei Gläser und während wir warten, strahlt sie über das ganze Gesicht. Wippt mit den Füßen zum Beat von The Weeknd´s *Save your tears* und blickt sich um. „Da ist Hannes." Unkoordiniert winkend stößt sie fast die Gläser um, die der nette junge Mann hinter der Theke zu unserer Verfügung gestellt hat, nachdem Suse ihm die silbernen VIP-Karten vor die Nase gehalten hat.

Ich frage sie erst gar nicht, wie lange sie diese schon mit sich rumträgt, geschweige denn, dass ich wissen möchte, was die Dinger gekostet haben. Ich rette lediglich mein

Getränk vor ihren unkontrollierten Bewegungen und nippe an dem Moët Rosé.

Vorzüglich!

Hannes bahnt sich einen Weg zu uns und zieht meine Freundin in seine Arme. Küsst sie ziemlich leidenschaftlich auf den Mund und ich nehme direkt noch einen Schluck.

Nicht, dass ich neidisch wäre, aber den beiden beim Trockensex zusehen zu müssen, steigert meine Laune nicht unbedingt.

Nach gefühlten zehn Minuten Zungenkrieg begrüßt er mich flüchtig und flüstert Suse eine Schweinerei ins Ohr. Ich kann es nicht verstehen, allerdings spricht ihr Gesichtsausdruck Bände. Und seine Hand auf ihrem Hintern verrät mir den Rest.

Ich nehme direkt noch einen Schluck aus dem Glas und wünsche mich doch zurück nach Hause, vor den Fernseher.

Hier bin ich offensichtlich überflüssig. Das dritte Rad am Wagen zu sein, scheint mir nicht sonderlich erstrebenswert.

Ich drehe den beiden meinen Rücken zu und blicke direkt in die belustigten Augen des Barkeepers. Ziehe eine Augenbraue in die Höhe und proste ihm wortlos zu, ehe ich mein Glas gänzlich austrinke. Er schiebt mir unaufgefordert ein ordentlich gefülltes über den Tresen, beugt sich zu mir herüber. „Ab fünf Uhr habe ich frei."

Ich nehme das Prickelwasser dankend entgegen. „Das ist aber schön für dich."

Er lacht und wirft sich ein Tuch über die Schulter, und ich drehe mich wieder zu meiner Begleitung, stelle erleichtert fest, dass sie sich voneinander getrennt zu haben scheinen.

Für den Moment zumindest.

Susanne greift nach meiner Hand. „Komm, wir haben eine Lounge."

Auch das noch.

„Suse, soll ich nicht lieber nach Hause fahren? Ihr habt euch anscheinend ziemlich lange nicht gesehen."

Sie straft mich mit einem vernichtenden Blick. „Jetzt werde mal nicht komisch. Du hast noch nicht getanzt."

„Du dafür schon umso intensiver." Ich sehe flüchtig auf Hannes Rückseite.

Sie sollten Geld von den Zuschauern verlangen.

Suse schnauft abwertend. „Warum so genierlich, du Nonne. Vielleicht sollten wir dir auch endlich mal was zum Fummeln suchen. Dir wächst ja noch das Jungfernhäutchen wieder zu, wenn du so weitermachst."

Susanne Förster ist unglaublich feinfühlig und verständnisvoll. *Ich habe ja solches Glück.*

Allerdings lasse ich mich zu keiner Erwiderung herab. Suse ist der beste Mensch, den ich kenne. Trotz ihrer spitzen Zunge. Und tief in meinem Inneren weiß ich, dass sie recht hat. Ich lebe tatsächlich wie eine Nonne … wenn man die Geschichte mit Gott außer Acht lässt.

Ich arbeite und lebe enthaltsam. Ich sollte meinen Gynäkologen vielleicht wirklich mal nach dem Zustand meines Hymens fragen, wenn er das nächste Mal einen Blick darauf wirft.

Hannes führt uns zu den dunkelgrünen Lounge-Sofas und ich stelle mein Getränk auf den Tisch.

„Ich gehe auf die Tanzfläche. Wenn ihr euer Begrüßungsritual beendet habt, kommt einfach nach." Jetzt lasse ich sie stehen, spüre allerdings Suses Grinsen, welches mich begleitet.

~oOo~

Gelangweilt sieht Max sich um.

Er hätte nicht herkommen sollen. Janas Hand liegt besitzergreifend auf seinem Oberschenkel, während sie sich mit ihrer Freundin unterhält, die sich ihnen ungefragt angeschlossen hat.

Es ödet ihn an.

Diese Clubs haben nichts mehr zu bieten, was ihn interessiert. Vielleicht ist er wirklich schon zu alt für diesen Scheiß.

Philipp hat dem Partyleben schon vor langer Zeit den Rücken gekehrt. Noch bevor er seine jetzige Frau Hanna kennengelernt hat, mit der er zurzeit auf irgendeinem Luxusdampfer den Honeymoon zelebriert.

Aber Max hatte tatsächlich die Hoffnung, dass ihn dieser kleine Ausflug in Hamburgs Nachtleben von dem Stress der vergangenen Woche ablenkt. Immerhin hat er auch für die nächsten Tage noch die alleinige Verantwortung für das Hotel, das er mit Philipp gemeinsam führt.

Allerdings wäre ihm ein Bier zuhause auch ganz lieb, wenn er sich so umschaut.

Selbst seiner heutigen Begleitung kann er nichts Positives abgewinnen. Er trifft sie schon zu lange. Ihre falschen Brüste quellen aus dem hautengen Kleid heraus, lenken eindeutig zu viele männliche Blicke auf sich.

Max ist sich ziemlich sicher, dass der eine oder andere durchaus bereits weiß, wie sie nackt aussieht. Ihre Vita ist fragwürdig, doch bisher hat ihn das nie gestört. Womöglich steckt er mitten in einer Midlife-Crisis. „Ich hole mir ein Bier." Er stößt Janas Hand, gröber als ursprünglich gewollt, von seiner Hose, ignoriert ihren fragenden Blick. Max hat eine Lounge reserviert, Getränke kommen eigentlich an den Tisch.

Dennoch hat er das Bedürfnis, sich die Beine zu vertreten. Vielleicht sollte er einfach verschwinden. Der Tisch ist bezahlt, für die Ladys gesorgt. Und nach Sex steht ihm auch nicht mehr der Sinn.

Er sollte wirklich einen Arzt aufsuchen.

In Gedanken an sein heimisches Sofa bestellt er sich ein Becks an der nächsten Bar und beobachtet die sich im Takt der Musik schlängelnden Körper der Frauen, während er einen tiefen Schluck aus seiner Flasche nimmt.

Vergisst fast das Schlucken, als sie ihm ins Auge fällt.

Sieh an, der Rotschopf.

Mit geschlossenen Augen wiegt sie ihre Hüften. Langsam und verführerisch. Die Hände tief in den langen Haaren vergraben, scheint sie alles um sich herum vergessen zu haben.

Lichtquader auf der Tanzfläche hüllen sie in ständig wechselnde Farb- und Lichtreflexe. Ihr rotes Haar leuchtet und er ist sich sicher, seit Langem nichts Sinnlicheres mehr gesehen zu haben als diese tanzende Frau.

Seine Eier beginnen anzuschwellen und Hitze kriecht über seine Wirbelsäule, bei dem Gedanken daran, wie sie sich wohl erst unter ihm winden würde.

Das Geheimnis, ob sie ein Höschen unter ihrem verdammt kurzen Kleid trägt, bringt sein Blut in Wallung. Es sammelt sich eindeutig zu tief unter seiner Gürtellinie. Er wirft einen Blick auf ihre Schuhe und grinst anerkennend. Die hohen Absätze stehen ihr umso vieles besser als diese flachen Kleinmädchenschuhe, die sie bei ihrem letzten Aufeinandertreffen getragen hat.

Definitiv Bett-Schuhe.

Der Kerl unmittelbar hinter ihr scheint ähnliche Gedanken mit sich herumzutragen, denn er tanzt unaufhaltsam in ihre Richtung, reißt sie aus ihrem tranceartigen Zustand, indem er ihre Hüften umfasst und seinen Schwanz an ihrem Hintern reibt.

Max' Fingerknöchel treten um den Flaschenhals weiß hervor und er stellt das noch halb volle Bier lieber zurück auf die Theke, ehe es Scherben gibt.

Zielstrebig drängelt er Menschen aus dem Weg, ohne den Hurensohn aus den Augen zu lassen, der es wagt, eine Frau gegen ihren Willen derart zu bedrängen. Denn dass der Wichser ihr Einverständnis nicht hat, zeigt ihm Franziska Möllings Reaktion.

Sie zieht die deplatzierten Hände von ihrem Körper, versucht sich von ihnen zu lösen. Jedoch ohne nennenswerten Erfolg. Wie eine Klette klebt er an ihrem Rücken, gibt sie nicht frei. Ihr wutverzerrtes Gesicht lässt keinen Zweifel, dass er wie gerufen kommt.

„Wenn du nicht augenblicklich deine Drecksfinger von mir nimmst, dann …" Sie schreit ihrem Peiniger in die Ohren, was diesen nur noch mehr anzustacheln scheint. Jedoch bringt sie diese Drohung nicht mehr zu Ende.

Franziska verliert fast das Gleichgewicht, als sich Max' Finger in den Nacken des anderen schrauben, ihn von der Tanzfläche schleifen.

Das tut ihm leid, er wird sich später dafür bei ihr entschuldigen.

Die Hände wild durch die Luft fuchtelnd, versucht sich dieses kleine Dreckschüppengesicht aus dem eisernen Griff des wesentlich größeren Mannes zu befreien. Mit fragwürdiger Wirkung. Max befürchtet, dass er ihm das Genick bricht, sollte der Pisser nicht aufhören zu zappeln.

„Ey Mann, beruhig dich. Ich wollte ihr doch nichts tun." In einer abwehrenden Geste versucht er den Rücken durchzudrücken und Max' abzuschütteln.

„Halts Maul, ehe ich mich vergesse." Mit mahlendem Kiefer zieht er ihn in Richtung Ausgang. Neugierige Augen folgen ihm, Gäste geben den Weg frei. Fast wehmütig übergibt er ihn dem Personal an der Tür.

Zu gern hätte er die Sache auf seine Weise erledigt. Aber hier ist nicht der richtige Ort. „Hier, kümmert euch um die Luftpumpe. Er kann seine Finger nicht bei sich behalten."

Zum ersten Mal nimmt er das Gesicht des anderen wahr. Ein blonder Wicht mit schweißnassem Hemd und gegelter Föhnfrisur, der unverzüglich Hilfe suchend den Schutz der Security sucht, verzweifelt versucht, den Abstand zwischen Max und sich selbst zu vergrößern.

Doch die Rechnung hat er ohne Max gemacht. Dieser richtet sein nur leicht verrutschtes Hemd, ehe er sich zu seiner vollen Größe aufbaut und durch zusammengebissene Zähne einen letzten gut gemeinten Rat an den Mann bringt.

„Sollte ich dich noch einmal hier erwischen, oder sonst

irgendwo, werde ich dich nicht so liebevoll hinausbegleiten. Ich hoffe, du merkst dir mein Gesicht. Denn deines werde ich nicht vergessen."

Aus dem Augenwinkel bekommt Max gerade noch mit, wie sich die Türsteher dieses Problems annehmen.

Dann macht er sich auf die Suche nach dem Rotschopf.

Kapitel 3

Mein Herz klopft mir bis zum Hals. Mit zittrigen Knien verlasse ich die Tanzfläche. Bemerke die Blicke, die mir folgen.

Ich brauche unbedingt etwas zu trinken. Mein Hals ist völlig ausgetrocknet, meine Haare kleben unangenehm im Nacken.

Es hat einen Moment gedauert, ehe ich Rothenburg als meinen Retter erkannt habe.

Dieses Bild, wie er den widerlichen Typen im Genick hatte, werde ich mein Leben sicher nicht mehr vergessen. *Verdammt, ich konnte meinen Blick ja gar nicht von ihm nehmen.*

Selbst in diesem diffusen Licht war die Statur seines äußerst ansprechenden Körpers sehr wohl zu erkennen. Und wenn mein ungeübtes Auge das schon feststellt, wie mag es wohl den ganzen Goldgräberinnen in diesem Club ergehen?

Denn machen wir uns nichts vor – die Hälfte der hier anwesenden holden Weiblichkeit ist doch nur auf der Suche nach einem reichen Gönner. Und Rothenburg ist mit absoluter Sicherheit ein Objekt der Begierde.

Wenn auch nicht meiner eigenen.

Es ist Zeit, die Flucht anzutreten, ehe er noch auf den dummen Gedanken kommt, die Lorbeeren für seine Liebenswürdigkeit einzufordern.

Es ist ja nicht so, dass ich ihm nicht dankbar wäre, dass er mich aus dieser brenzligen Situation befreit hat. Aber ich denke, sein Ego ist auch so schon groß genug. Und es gibt bestimmt genügend Frauen hier, die ihm seine Taten anständig vergelten.

Man muss ja nicht direkt jede Mode mitmachen.

Aber ich habe die Rechnung ohne Rothenburg gemacht. Er ist in ein anregendes Gespräch mit Suse vertieft, die sich bereits suchend nach mir umsieht. Und mich selbstverständlich auch umgehend entdeckt, freudestrahlend auf mich zeigt.

Verfluchter Mist. Mir bleibt aber auch nichts erspart.

Unverzüglich setzt sich mein Ritter in Bewegung, kommt in geschmeidigen Schritten auf mich zu.

Er ist schon ein satter Anblick.

Rothenburg überragt den Großteil der hier anwesenden Herren. Seine dunkle Jeans schmiegt sich wie eine zweite Haut um seine wohlgeformten Schenkel, die Ärmel seines Hemdes lässig hochgekrempelt. Seine Haare sind eine Spur zu lang, aber das mindert seine Attraktivität nicht. Ganz im Gegenteil.

Männer tragen wieder kurz, also ein weiterer Punkt, der ihn vom herkömmlichen Fußvolk unterscheidet.

Sein sinnlicher Mund beginnt zu lächeln und ich lächle zurück, ohne großartig darüber nachzudenken.

Hervorragend, Franziska. Das ist wahrscheinlich genau die Zustimmung, die er braucht ...

Ich beiße auf meine Zunge, verbiete mir das Lächeln.

„Es geht Ihnen gut." Eine simple Feststellung, die er selbstverständlich seiner Ritterlichkeit zuspricht. Dass ich zu ihm aufsehen muss, verursacht ein namenloses Kribbeln in mir, was mich gleichzeitig irritiert wie missgestimmt zurücklässt.

„Ja, vielen Dank. Es wäre allerdings nicht nötig gewesen, mir zu helfen. Das hätte ich durchaus allein geschafft."

„Daran zweifle ich nicht eine Sekunde. Aber so waren Sie ihn schneller los." Sein Lächeln vertieft sich, lässt seine weißen Zähne im vagen Licht förmlich leuchten.

Ich schlucke hart. „Denken Sie jetzt bloß nicht, ich sei Ihnen etwas schuldig."

„Nicht im Traum …"

„Gut. Und jetzt werde ich wieder an meinen Platz …" Meine Hand deutet in die Lounge, ohne dass ich den Satz beende.

„Lassen Sie sich durch mich bitte nicht aufhalten." Doch er bewegt sich keinen Millimeter, was unweigerlich bedeutet, dass ich mich an ihm vorbeiquetschen muss, um zu Suse und Hannes zu gelangen.

Und er ist sich dessen bewusst, denn ich bemerke das verräterische Funkeln seiner Augen, während er auf mich herabsieht, die Daumen lässig in den Taschen seiner Hose verhakt.

Das hat er sich ja fein ausgedacht …

„Ziska, Hannes und ich hauen ab. Du bist ja in guter Gesellschaft, wie mir scheint."

Ich habe die beiden nicht kommen sehen, doch Suse schlingt ihre Arme um meine Mitte und presst sich kurz gegen meinen Rücken. Ehe ich überhaupt reagieren kann, drückt sie mir einen Kuss auf die Wange. „Bleib ruhig noch. Ich habe dir die VIP-Karte in deine Handtasche gesteckt. Du kannst trinken, was immer du möchtest."

„Was soll das heißen? *Ihr haut ab?* Wir sind doch eben erst gekommen. Und überhaupt … ich werde selbstverständlich nicht allein hierbleiben." Ich drehe mich in ihre Arme, betrachte sie fassungslos.

Ich habe ja damit gerechnet, dass Sie nicht mit mir nach Hause gehen wird, aber dass sie mich hier mitten in diesem überteuerten Club einfach stehen lässt, schlägt dem Fass den Boden aus.

„Aber du bist doch nicht allein." Sie grinst ziemlich frech in Rothenburgs Richtung, der lediglich eine Augenbraue in seine Stirn zieht.

„Susanne Förster, das kann doch nicht dein Ernst sein!" Wäre ich meine Nichte, würde ich meine Krallen ausfahren und ihr die Augen auskratzen. Wie kann sie es wagen, mich erst dazu zu überreden, sie hierher zu begleiten, nur um mich dann einfach den Wölfen zu überlassen?

Gut, in meinem Fall ist es nur ein Wolf. Aber der reicht im Zweifel ja schon aus.

„Sei nicht so prüde, Ziska! Denk an dein Jungfernhäutchen." Sie zwinkert mir zu. „Ich rufe dich morgen früh an." Damit lässt sie mich einfach stehen.

Mein Gesicht wird mit einem Mal siedend heiß. Vermutlich leuchte ich schillernd rot, ebenso wie die Lichtquader auf der Tanzfläche. Ich schließe meine Lider, atme tief in den Brustkorb.

Das ist doch nur ein Traum. Ein fürchterlicher Albtraum!

„Subtilität ist nicht unbedingt die Stärke Ihrer Freundin, oder?" Die Belustigung in Rothenburgs Stimme ist nicht zu überhören.

Wütend funkele ich ihn an. „Aber die Ihre, wie mir scheint!"

„O ja. Besonders in solchen Situationen. Ich könnte Ihnen auch gestehen, dass Sie wunderschön ausgesehen haben, wie sie sich völlig versunken in die Musik auf der Tanzfläche bewegt haben. Oder dass es mich rasend hat werden lassen, wie dieser Kerl sich an Sie rangemacht hat." Unschuldig zuckt er mit den Schultern und mir bleibt förmlich die Spucke weg. „Allerdings kennen wir uns noch nicht lang genug, um derart offen miteinander zu sprechen."

Das hat er doch jetzt nicht wirklich von sich gegeben, oder?

Mir ist eindeutig der Schampus nicht bekommen.

Oder er hat vielleicht doch einen Schlag vor den Kopf kassiert …

Wie dem auch sei, ich werde der Ursache jetzt mit Sicherheit nicht auf den Grund gehen.

Nein, denn ich gehe nach Hause.

Unverzüglich.

Ohne Umwege.

Ich schnaube unwirsch und quetsche mich doch an ihm vorbei.

Spüre seinen durchdringenden Blick im Rücken.

Ein zartes Lächeln schleicht sich in mein Gesicht. Jetzt, da er es nicht sehen kann.

Oh ja, du bist mir auch aufgefallen, Rothenburg.

~oOo~

Max überlegt, ob er ihr anbieten soll, sie nach Hause zu begleiten. Allerdings ist er sich sicher, dass sie dieses Angebot rigoros abweisen wird.

Nein, seine Zeit ist noch nicht gekommen.

Jedoch lässt er es sich nicht nehmen, aus dem Augenwinkel zu verfolgen, wie sie den Club verlässt und in ein Taxi steigt.

Er selbst macht sich ebenfalls auf den Heimweg. Es gibt nichts, was ihm dieser Abend noch zu bieten hätte.

~oOo~

Achtlos streife ich meine Schuhe ab, gehe barfuß in unsere Küche. Nach Kaffee steht mir nicht der Sinn, aber der Kühlschrank gibt noch eine Flasche Weißwein preis, die ich in ein großzügiges Wasserglas umfülle.

Auch wenn ich befürchte, dass es auf keinen Fall genügen wird, um mir den Abend schön zu saufen.

Dennoch ist es einen Versuch wert.

Meine Wut auf Suse ist morgen wieder verflogen.

Es ist, wie es ist. Ich würde sie nicht direkt als rücksichtslos bezeichnen. Nein, vielmehr geht sie zu arglos mit ihren Mitmenschen um. Aus gutem Hause stammend musste sie sich um das Leben und darum, wie es funktioniert, noch nie Gedanken machen.

Sollte ich wirklich mal ihre Hilfe benötigen, ist sie jedoch die Erste, die ihr Leben für mich geben würde.

Das hat sie bereits einmal getan und ich vertraue niemandem mehr als ihr.

Wir leben in einer todschicken Hamburger Gegend. Allerdings nur, weil Suses Eltern in der Weltgeschichte herumtingeln und ihrer Tochter diese hübsche Vorstadtvilla überlassen haben. Nach Sinas Tod war ich gezwungen umzudenken.

In meiner kleinen Wohnung, die ich damals bewohnte, wäre niemals Platz gewesen für Marie und mich. Ein Schulkind hat andere Ansprüche als deckenhohe Spiegel mit Ballettstange und einer Matratze auf dem Boden.

Und in Sinas Wohnung zu leben ... nein. Die Erinnerungen hätten mich erstickt. Und Marie brauchte dringend eine Luftveränderung.

Suse hat uns, ohne zu zögern, einen Platz in ihrem Haus angeboten. Völlig selbstlos und ohne jeden Anspruch an mich.

Wahrscheinlich hätte sie es auch gar nicht nötig, mir im Geschäft zu helfen. Sie verdient sich lediglich ein kleines Taschengeld zu ihrem sowieso schon vorhandenen Vermögen.

Aber ich hinterfrage das nicht weiter, denn ich bin überzeugt, sie sieht es als ihren Beitrag zu unserer Freundschaft. Sie greift mir unter die Arme, wo sie nur kann, und ich zeige ihr eben hin und wieder, wie das Leben funktioniert, wenn es mal wieder über sie hinwegrollt.

Dennoch.

Gerade jetzt in diesem Moment würde ich ihr nur zu gern einen Denkzettel verpassen.

Vielleicht gehe ich morgen nicht ans Telefon, wenn sie anruft, um sich zu erkundigen, wie mein weiterer Abend verlaufen ist. Sie könnte einen Dämpfer vertragen.

Schließlich kann sie nicht wissen, dass Rothenburg mir wohlgesonnen ist. Es hätte auch böse enden können. In vielerlei Hinsicht.

Denn eines muss man ihm lassen – er ist wirklich verdammt scharf.

Ziemlich schnell ist das Glas leer und ich habe endlich die nötige Bettschwere, um Ruhe zu finden. Diese gefährlichen Augen, die mich bereits eine ganze Weile verfolgen, endlich loszuwerden.

Zumindest für diese Nacht.

„Mensch, Ziska, ich hatte schon Angst, der Kerl hätte dir etwas angetan. Warum gehst du nicht an dein verdammtes Telefon?"

Ich zucke lediglich die Schultern. „Vielleicht hättest du dir darüber gestern den Kopf zerbrechen sollen, ehe du lieber deinem Trieb gefolgt bist, anstatt mit mir nach Hause zu kommen."

„Ich habe wenigstens noch einen Trieb." Ärgerlich lässt sie ihr Jäckchen achtlos auf den Boden fallen. „Und jetzt brauche ich eine Dusche und einen Kaffee, und zwar in genau dieser Reihenfolge."

Ich hebe die Jacke auf und hänge sie an die Garderobe, was meine Freundin mit einem fragwürdigen Blick quittiert. „Hör auf, ständig hinter mir her zu räumen."

„Pfff, ich wohne auch hier und ich halte nichts davon, über Klamottenberge steigen zu müssen. Was hältst du denn davon, wenn du beim nächsten Mal deine Anziehsachen direkt anständig aufhängst? Dann fühlen wir uns beide nicht schlecht, weil du mich ständig als Zimmermädchen missbrauchst."

„Ziska, niemand zwingt dich dazu. Spätestens wenn ich diese Jacke anziehen möchte, hebe ich sie wieder auf. Konzentriere dich doch mal auf andere Dinge, mach etwas mit deinem Leben!"

Ich finde Susanne mehr als ätzend, wenn sie meint, sie wäre mir in irgendeiner Form überlegen. „Und wenn für dich *etwas mit seinem Leben machen* bedeutet, mit jedem dahergelaufenen Mann ins Bett zu springen, dann vielen Dank. Ich verzichte."

„Du solltest dich ja nicht unbedingt von ihm vögeln lassen, aber du hättest durchaus ein wenig netter zu ihm sein können. Immerhin hat er dir diesen Schmierlappen vom Hals gehalten." Sie geht in die Küche, nimmt sich eine Flasche Wasser aus dem Kühlschrank und genehmigt sich einen kräftigen Schluck. Selbstverständlich ohne ein Glas zu benutzen.

„Ich kann mich nur wiederholen ... ich verzichte." Ich nehme ihr die Flasche aus der Hand. „Kannst du nicht ein Glas benutzen?"

Suse runzelt die Stirn. „Franziska Mölling, du strapazierst meine Nerven. Gehörig. Wann genau hast du damit begonnen, derart spießig zu sein?" Sie schüttelt verständnislos den Kopf und spaziert ins Bad. Und ich lasse mich mit einem Seufzen auf einen Küchenstuhl fallen. Werfe einen Blick aus dem Fenster.

Ja, wann habe ich nur damit begonnen?

Als meine Schwester starb? Als ich plötzlich gezwungen war, Verantwortung zu übernehmen? Nicht nur für mich, sondern auch für Marie.

Unwillig streiche ich mein Haar aus der Stirn.

Manchmal sehne ich mich nach meinem alten Leben zurück. Das Leben, das ich unweigerlich hinter mir gelassen habe.

Hinter mir lassen musste.

Das Tanzen. Ja, verflucht, ich vermisse das Tanzen.

Aber es gab keine Möglichkeit, das unstete Leben einer Tänzerin weiterzuführen.

Ständig andere Arrangements, andere Städte. Man verdient einfach nicht genug, um noch für eine weitere Person sorgen zu können.

Und was wäre aus Marie geworden?

Sie hatte gerade ihre Mutter verloren. Hätte ich von ihr erwarten können, sich in mein Leben zu fügen?

Sicher, sie hätte es getan. Es wäre ihr nichts anderes übrig geblieben.

Aber das hätte auch bedeutet, dass ich Sinas letzten Wunsch einfach ignoriert hätte.

Kümmerst du dich um Marie, Ziska? Bitte! Sie hat doch sonst niemanden. Das Geschäft wirft genug ab für euch beide. Du musst es mir versprechen!

Es stand für mich außer Frage.

Niemals hätte ich zugelassen, dass Marie in eine Pflegefamilie kommt, nur weil ich dem Traum hinterherrenne, eine berühmte Primaballerina zu werden. Oder, Gott bewahre, dass sie bei unseren Eltern auf Teneriffa leben muss.

Einen Vater hat sie nicht. Niemals gehabt.

Sina hat ein riesiges Geheimnis um ihn gemacht und letztendlich hat sie es mit ins Grab genommen.

Diese Tatsache allein wird riesige Schatten über Maries Leben werfen. Irgendwann, wenn sie beginnt, nach ihren Wurzeln zu suchen.

Dabei werde ich ihr leider keine große Hilfe sein können.

Aber jetzt kann ich für sie da sein.

Also habe ich das Brautmodengeschäft zu meinem gemacht und bemühe mich, es in Sinas Sinn weiterzuführen.

Selbst wenn es mir ganz gut zu gelingen scheint, spüre ich diese Sehnsucht nach mehr. Es ist nicht unbedingt eine greifbare Empfindung, die sich leicht beschreiben lässt.

Manchmal, wenn es mich übermannt, betrachte ich meine zerschundenen Füße. Das genügt meistens, um mich wieder davon zu befreien.

Und wenn nicht, nehme ich meine Tanzschuhe vom Nagel und trainiere im Keller von Suses Haus. Im ehemaligen Partykeller habe ich meine Spiegel und Barre angebracht.

Dort nimmt niemand Anstoß an meiner Sentimentalität.

„Jetzt sage nicht, du bläst immer noch Trübsal?" Suse ist bereits mit Duschen fertig und nimmt sich einen Kaffee. Und ich sitze noch immer tief in Gedanken versunken am Tisch und starre aus dem Fenster, zähle die Blätter der alten Eiche vor dem Haus.

Wie immer hat sie unsere kleine Meinungsverschiedenheit bereits vergessen und macht einfach weiter im Geschehen.

Eine Eigenschaft die Fluch und Segen zugleich sein kann. Es kommt immer darauf an, von welcher Warte aus man es betrachtet.

Heute habe ich keine Lust zu streiten. Also ist es mein Segen, als ich mich erhebe, den Kaffeebecher aus ihrer Hand nehme und ihn mir zu eigen mache.

Ihre Hüfte stößt gegen meine und ich stoße sie zurück. Wir beginnen zu lachen, als plötzlich Marie in der Tür erscheint.

„Was ist so lustig?"

Suse und ich sehen uns kurz an, ehe wir erneut beginnen zu kichern.

„Ihr seid echt albern." Damit dreht sich meine Nichte aus der Küche und kurze Zeit später hört man ihre Zimmertür lautstark ins Schloss fallen.

Ich schreie hinter ihr her. „Wir haben auch Türklinken."

Nur um augenblicklich erneut in Lachen auszubrechen.

„Spießig. Eindeutig."

„Ich kann eben nicht aus meiner Haut." Und mit diesen Worten nehme ich die Verfolgung auf. Es gibt da immerhin noch eine Geschichte von einem Mann mit gefährlich dunklen Augen, der eine rote Ampel übersehen hat.

Kapitel 4

„Mir geht es gut, Franzi. Der Typ hat mich nicht gesehen, aber mir ist nichts passiert."

Ich sitze auf Maries Bett und versuche jede noch so kleine Kleinigkeit aus ihr herauszuquetschen. Sie wird jedoch langsam ungeduldig ob meiner Fragerei, die ich mir im Übrigen selbst nicht erklären kann.

Was genau versuche ich hier herauszubekommen? Seinen Namen?

Den kenne ich bereits.

Etwas über seinen Charakter?

Oh, der ist mir bereits selbst aufgefallen – arrogant, selbstgefällig und äußerst von sich eingenommen.

Wem also versuche ich hier etwas vorzumachen?

„Nun gut, dann will ich dir glauben." Ich kaue auf der Innenseite meiner Wange und erhebe mich vom Bett.

„Dann muss ich es seiner Versicherung ja erst gar nicht melden."

„Nein, das musst du nicht." Sie dreht sich zum Fenster, nur um sich unverzüglich wieder zu mir umzudrehen. „Hast du das Formular schon ausgefüllt?"

„Welches Formular?"

„Mensch, Franziska. Für das Vorsingen. Sag nicht, du hast es vergessen?" Ungläubig setzt sie sich neben mich, verkrallt ihre Hände in die Bettdecke.

„Nein …, selbstverständlich nicht." Ich ringe um Worte.

Was kann ich sagen, dass sie nicht zu sehr verletzt?

„Aber …" Ich senke den Blick, atme tief ein, ehe ich ihr fest

48

in die Augen sehe. „Aber was ist, wenn sie dich annehmen?"

„Das ist der Grund, warum man an Vorsingen teilnimmt ... Man hofft, man wird angenommen." Sie wirft die Hände hoch, springt vom Bett auf.

„Und das ist das Problem ..., du wirst angenommen werden. Das ist so sicher wie das Amen in der Kirche." Ich stehe auf, stelle mich neben sie. „Marie, wir können uns die teuren Gebühren nicht leisten."

Das entspricht nur bedingt der Wahrheit, es ist eher eine passende Ausrede.

Die sie unverzüglich für null und nichtig erklärt. „Ich verdiene mir etwas dazu. Außerdem gibt es BAföG. Und ich habe das Sparbuch von Mama. Es ist doch für meine Ausbildung bestimmt, oder nicht?"

Niemand kann sich vorstellen, was es für ein Gefühl ist, wenn man seinem Kind, und Marie ist zu meinem Kind geworden, den Kindheitstraum zerstört.

Nicht weil man nicht an sein Können glaubt oder weil man es sich nicht leisten könnte, diesen Wunsch zu erfüllen. Wir hätten das Geld, doch ich kenne das Metier.

Diese alleszerfressenden Aasgeier, die dich beurteilen wie ein Stück Fleisch beim Metzger. Und wofür? Um einen Traum zu verfolgen, der sich letztendlich als Albtraum entpuppt. Sich nur als solcher entpuppen kann.

Ich will ihr diese Enttäuschung ersparen. Es ist meine Pflicht, sie ihr zu ersparen. *Verdammt!*

Also versuche ich es mit Pädagogik. „Was wird aus deiner Schule, Schatz? Du wolltest Abitur machen."

Trotzig verengt sie ihre Augen zu Schlitzen. „Scheiß aufs Abi. Ich will auf diese Schule! Und das schaffe ich auch. Im August habe ich meine 10. Klasse fertig und ab Oktober beginnt die Ausbildung an der Academy. Sie vergeben Teilstipendien. Und ich bin gut genug. Das weiß ich einfach!"

Eine Faust legt sich um mein Herz.

Was soll ich nur tun? Eine vernünftige Schulausbildung ist wichtig. Marie wird im Sommer tatsächlich die 10. Klasse geschafft haben. Mit einem guten Durchschnitt. Einem sehr guten Durchschnitt sogar. Soll ich sie tatsächlich zum Abitur drängen? Sie ist minderjährig, muss sich meinem Willen fügen. Noch.

Sie unterbricht meine Gedanken mit einem weiteren trotzigen Vorstoß. „Was ist mit dir? Hast du nicht auch eine Tanzausbildung dem Abitur vorgezogen?"

Wieder diese Diskussion.

Zum gefühlten tausendsten Mal in diesem Jahr.

Und je näher sie ihrem Abschluss kommt, desto verbissener ist sie in ihrem Wunsch, Musical zu studieren.

Eine brotlose Kunst.

Ich weiß, wovon ich spreche.

Was hatte ich schon? Ein kleines Appartement, eine nackte Matratze, ständige Geldprobleme.

Das ist nicht das, was ich mir für meine Nichte wünsche. Und es wäre auch nicht das gewesen, was sich Sina für ihre Tochter gewünscht hätte.

Eine solide Ausbildung – das ist es, was heutzutage zählt.

Und sie hat das Zeug dazu. Egal, wie schön und klar sie singt oder wie perfekt sie tanzt.

Mahnend hebe ich meinen Zeigefinger, fuchtle damit vor ihrer Nase herum. „Komm mir nicht so. Sieh mich an – was habe ich schon gemacht aus meiner Tanzausbildung?" Ich starre unter ihre Zimmerdecke. „Ich führe ein Brautmodengeschäft, habe verkrüppelte Zehen. Außerdem hätte ich niemals das Abitur geschafft. Aber du? Du hast fast einen Einser-Durchschnitt. Und BAföG, Marie? Für ein anständiges Studium ist es okay. 650,00 EUR im Monat für die Academy? Hast du eine Ahnung, wie viele verschissene Kleider ich dafür verkaufen muss?" Ich beiße mir auf die Zunge. Jetzt sind definitiv die Pferde mit mir durchgegangen.

„Wie verbittert du dich anhörst. Mama hätte mich dir nicht aufhalsen sollen. Ich will auf eigenen Beinen stehen, dann falle ich dir nicht mehr zur Last." Enttäuschung macht dem Trotz Platz.

„Um Himmels willen, Marie, wenn du auch nur ansatzweise Derartiges denkst, dann …"

„Ja, was dann?" Sie blinzelt mit verräterisch feuchten Augen und ich ziehe sie in meine Arme, könnte mir selbst eine Ohrfeige verpassen für diese unbedachten Worte.

Nichts liegt mir ferner, als ihr zu vermitteln, sie sei mir zu viel.

Das Gegenteil ist der Fall.

Sie hat mein Leben erst lebenswert gemacht. Hat mir gezeigt, was es bedeutet, bedingungslos für jemanden da zu sein.

Ich möchte nur um jeden Fall verhindern, dass sie dieselben Fehler macht wie ich.

Marie zieht ihre Nase hoch und schiebt mich unwillig von sich.

Meine taffe Nichte würde niemals vor mir weinen. Zum einen, weil sie immer stark sein will, zum anderen, weil es ihre Schminke verschmiert. Auch hier bin ich nicht immer einverstanden, doch sie hat eine schwarze Phase. Was sich leider nicht nur in ihrer Kleidung widerspiegelt, sondern auch in ihren Haaren und auf ihrem Gesicht. Sie braucht im Monat mehr Make-up als ich in einem ganzen Jahr.

Der Psychologe, der uns eine ganze Zeit begleitet hat, war der Meinung, ich solle dem nicht zu viel Wert beimessen. Das würde sich von allein wieder erledigen.

Jedoch dauert diese Phase bereits fast zwei Jahre an und so langsam beschleicht mich der Verdacht, dass es sich nicht nur um eine pubertäre Begleiterscheinung handelt, sondern dass sie sich einbildet, ihren ganz persönlichen Style gefunden zu haben.

„Ich möchte einfach nur nicht, dass du irgendetwas überstürzt. Du bist noch so jung. Du kannst alles werden, was du willst ...“

„Nur eben keine Musical-Darstellerin.“ Sie schnaubt abfällig.

„Ach verflixt, das sage ich doch gar nicht. Ich will nur verhindern, dass du irgendwann als Animateurin in irgendeinem Clubhotel endest und dein Geld als Touristenbelustigung verdienst. Ich habe einfach Angst um dich. Das ist alles.“

Jetzt nimmt sie mich in die Arme. „Das brauchst du nicht. Ich weiß genau, was ich tue. Und ich weiß, dass ich es schaffen kann. Immerhin hast du mir vieles beigebracht."

Das stimmt. Meine Nichte war eine gelehrige und sehr talentierte Schülerin. Zumindest, was das Tanzen anbelangt. Ihre schauspielerischen Fähigkeiten hat sie dann wohl von ihrem Vater geerbt, wer immer er auch sein mag.

„Bitte, Franzi. Lass mich einfach die Audition mitmachen. Sie nehmen nur so wenige Tänzer auf. Von allen Bewerbern wählen sie nur 30 Schüler aus. Bitte, bitte, bitte."

Ihre Verzweiflung macht mich schwach. „In Ordnung. Die Audition. Und dann sehen wir weiter."

~oOo~

„Ich werde nicht kommen!" Max ballt seine Hände zu Fäusten, weil er einfach keine Ahnung hat, wohin mit all den Emotionen, die ihn gerade in seinen Grundfesten erschüttern. Er hört seine Schwester atmen … oder weinen. „Sarah? Hast du gehört, was ich sage?" Er spricht durch die Zähne, weil er sie ansonsten anschreien würde. Das hätte sie nicht verdient.

Sarah ist ein Opfer. Ebenso wie er.

Allerdings war sie noch zu jung, um wie er zu flüchten.

Sie musste bleiben und diese Farce ertragen.

Ein Schluchzen statt einer Antwort. Max hebt die Faust, doch ehe er sie mit geballter Kraft auf die Tischplatte fallen lässt, besinnt er sich eines Besseren.

Sie hat Angst. Er ist wütend.

„Bitte komm. Die Ärzte sagen, es sieht nicht gut aus. Die Chancen, dass er sich wieder vollständig erholt, stehen schlecht."

„Das ist nicht mein Problem. Ihr kommt auch ohne mich klar." Er verliert die Geduld mit seiner Schwester. „Ich kann hier auch nicht weg. Mein Partner ist auf Hochzeitsreise und das Hotel ..." Er schließt die Augen, bemüht sich um einen versöhnlichen Tonfall. „Sarah, selbst wenn ich wollte, ich kann nicht."

„Es gibt immer einen Weg! Wenn man nur danach sucht." Die Heftigkeit, mit der sie ihm begegnet, lässt ihn schlucken. „Er hat nach dir gefragt. Sonst würde ich dich nicht anrufen, Max. Es ist sein Wille. Vielleicht sein letzter ..." Erneut bricht ihre Stimme und Max atmet tief durch.

„Es tut mir leid, aber ich kann es leider nicht ändern. Ich habe jetzt einen wichtigen Termin. Wir telefonieren später noch mal." Damit beendet er das Gespräch und kann sich nicht gegen das Gefühl wehren, das ihn beschleicht. Verlust.

Dabei hat er schon ewig nicht mehr an seinen Vater gedacht. Hat sich jeden flüchtigen Gedanken, jede tiefe Erinnerung an ihn verboten.

Seine Kindheit war das, was man im Allgemeinen wohl als glücklich bezeichnet.

Aufgewachsen ist er auf dem familiären Weingut an der Ahr. Der Weinanbau ist ihm in die Wiege gelegt worden und selbstverständlich waren alle davon ausgegangen, dass er das Gut einmal übernehmen wird. Sogar er war davon überzeugt.

Doch das ist lange her. Sarah ist mindestens ebenso qualifiziert wie er, das großzügige Erbe zu übernehmen. Wobei großzügig vielleicht ein wenig untertrieben ist. Seine Familie entstammt einem alten Adelsgeschlecht, wie sein Vater nicht müde wird zu erwähnen.

Nicht dass Max selbst darauf Wert legen würde. Er ist dazu übergegangen, den Namenszusatz *von* einfach unter den Tisch fallen zu lassen. Er ist niemand, der sich auf dem guten Namen seiner Familie ausruht.

Heute sitzt er in einem Bürostuhl und führt ein Viersternehotel mitten in Hamburg. Hat die Landwirtschaft und Önologie gegen ein BWL-Studium getauscht.

Ist es nicht das Wichtigste, dass er glücklich ist mit dieser Entscheidung? Max kann sich nichts anderes mehr für sich selbst vorstellen.

Und wenn seinen Vater plötzlich Existenz- und Überlebensängste plagen, dann kann das auch nicht mehr seine Angelegenheit sein. Es war die freie Entscheidung seines Vaters, sich von ihm loszusagen. Max hat ihn vor die Wahl gestellt und der alte Herr hatte sich entschieden.

Gegen ihn. Und so soll es auch bleiben.

Max hat genug getrauert. Um seine Mutter. Damals wie heute.

Er schüttelt den Kopf, als könnte er damit seine Gedanken ordnen. Sein Blick fällt auf die Karte seiner Versicherung, die er dort bereitgelegt hat. Seine Mundwinkel zucken und er steckt sie in die Innentasche seines Jacketts.

Vielleicht sollte er sich schöneren Dingen widmen.
Roten Haaren und Sommersprossen zum Beispiel.

~oOo~

Meine Nase steckt tief in den Büchern und die Zahlen vor meinen Augen beginnen bereits zu verschwimmen. Ich habe noch nichts gegessen und es ist bereits später Nachmittag. Ich klappe den Laptop zu und nehme einen Schluck Wasser.

Dieser Mist kann auch noch bis nächste Woche warten und wenn ich ganz viel Glück habe, ergibt sich Suse und kümmert sich darum. Auch wenn man es nicht meinen sollte, aber Susanne hat ein Händchen für Zahlen und die Buchhaltung. Ich habe ihr bereits des Öfteren nahegelegt, etwas aus diesem Talent zu machen. Aber sie grinst nur dämlich und zeigt mir einen Vogel.

Man kann niemanden zu seinem Glück zwingen und solange sie sich nicht für ein Studium oder eine Ausbildung in dieser Richtung entscheidet, bleibt sie mir zumindest als Hilfe im Laden erhalten. Ich werde mich also hüten, zu laut darüber zu klagen.

So kann ich sie immerhin für meine Zwecke missbrauchen.

Und das werde ich auch weiterhin ohne schlechtes Gewissen tun.

Mit den Handinnenflächen reibe ich über meine müden Augen und strecke meinen schmerzenden Rücken durch. Ein Schreibtischjob ist wirklich nichts für mich. Wie kann nur jemand freiwillig behaupten, er sei dazu geboren? Es wird mir immer ein Rätsel bleiben.

Das Glöckchen an der Tür kündigt eine Kundin an. Verdutzt blicke ich auf die Uhr über meinem Schreibtisch. Termine sind für den Nachmittag keine vereinbart und eigentlich hatte ich doch bereits abgeschlossen.

Anscheinend wohl nicht, du Superhirn ...

Ich ziehe meinen Rock gerade, als ich in den Verkaufsraum trete. „Es tut mir leid, wir haben geschlo..." Mir bleiben die Worte förmlich im Hals stecken.

Die Hände in den Taschen seiner Anzughose wippt Rothenburg auf den Fersen seiner offensichtlich teuren Oxford-Schnürer, als würde er bereits stundenlang auf mich warten. Süffisant grinsend dreht er sich zu mir um und wieder wird mir bewusst, wie attraktiv er ist.

Das Grübchen in seiner Wange, wenn er lächelt, oder eben grinst, so wie gerade jetzt.

Sein markantes Kinn, ausdrucksstarke Augenbrauen über tiefbraunen Augen.

Der gesund gebräunte Teint seiner Haut verrät, dass er sehr viel Zeit an der frischen Luft zu verbringen scheint.

Sonnenbank sieht eindeutig anders aus.

Die Bartstoppeln seines Dreitagebarts lassen ihn verwegen aussehen, ohne ungepflegt oder gar nachlässig zu wirken.

Wie sie sich wohl auf meiner Haut anfühlen, wenn er mit seinem Gesicht zwischen meinen Schenkeln ...?

Vor lauter Schreck über diesen Gedankengang verschlucke ich mich an der Spucke, die mir bei seinem

Anblick im Mund zusammenläuft, und räuspere mich vernehmlich.

„Ich nehme ihre Hustenanfälle langsam persönlich." Kleine Lachfältchen bilden sich um seine Augen und ich halte den Atem an, in dem Versuch, den Hustenreiz zu unterdrücken.

„Ist Ihnen noch nie in den Sinn gekommen, dass man allergisch auf Sie reagieren könnte?"

„Jetzt werden Sie aber wirklich persönlich, Frau Mölling."

„Wenn der Schuh passt, Rothenburg", schnappe ich zurück, in dem Versuch meine Fassung wiederzuerlangen.

Was will er denn schon wieder hier? Eigentlich war ich davon ausgegangen, ihm ziemlich deutlich klargemacht zu haben, dass er meinetwegen dorthin verschwinden kann, wo beizeiten der Pfeffer wächst.

Aber es war wohl zu subtil für einen selbstverliebten Gockel, wie mir scheint.

„Ich habe nicht mehr mit Ihnen gerechnet. Meiner Nichte geht es gut, sie hat den Zusammenstoß ohne bleibenden Schaden überstanden. Aus welchem Grund sind Sie also hier, wenn ich fragen darf?" Ich bin äußerst skeptisch. Irgendwas führt der Kerl im Schilde ... Zumal der Vorfall bereits eine Woche zurückliegt.

„Oh, ich wollte lediglich meinen Pflichten als verantwortungsvoller Bürger nachkommen und Ihnen noch meine Versichertenkarte übergeben. Nur für den Fall ..." Er zückt besagte Pappe aus der Innentasche seines dunkelblauen Jacketts, hält sie mir selbstgefällig vor die Nase.

Jetzt fehlt nur noch, dass er sich selbst auf die Schulter klopft, weil er so ein toller Typ ist ...

Ich winke ab. „Ich denke, das wird nicht mehr nötig sein. Vielleicht sollte der verantwortungsvolle Bürger, von dem Sie hier sprechen, noch mal zwei oder drei Fahrstunden nehmen. Eventuell würde theoretischer Unterricht ja ausreichen. Bei ROT hält man für gewöhnlich an."

„So bissig, Frau Mölling?"

Hol mich doch der Teufel ...

Ich verschieße Blitze in seine Richtung. „Verstehen Sie mich nicht falsch ... Ich schaffe es tatsächlich, achtundzwanzig Jahre meines Lebens von Ihnen unentdeckt zu bleiben und innerhalb kürzester Zeit kreuzen Sie ständig meinen Weg. Was für ein merkwürdiger Zufall."

„Ich glaube nicht an Zufälle und Sie hören anscheinend das Gras wachsen."

Oha, jetzt ist er beleidigt. Das scheint zu klappen ...

„Ich höre eben ganz genau hin. Und wenn es kein dummer Zufall ist, was dann, Herr Rothenburg?" Ich lächle ihn zumindest an. Nicht dass der arme Kerl noch Komplexe bekommt. Aber er erweckt nicht den Anschein, als würden ihn meine Worte kilometerweit zurückwerfen.

Ganz im Gegenteil.

Sein Zahnpastalächeln würde mich blenden, wäre ich denn empfänglich für derlei Zurschaustellung männlicher Reize. Aber dass ich eben genau das nicht bin, kann er ja nicht wissen. Also weise ich ihn vorsorglich darauf hin.

„Sie dürfen sich ganz entspannt und ohne schlechtes Gewissen wieder auf Ihr Tagesgeschäft konzentrieren, Herr Rothenburg."

Sein Blick haftet auf mir, jedoch kann ich keinerlei Gefühlsregung darin lesen.

Ist das nun gut oder schlecht?

Sein Schweigen schwebt zwischen uns und kurz bevor ich an dem Punkt angekommen bin, nervös auf meiner Unterlippe zu kauen, klingelt das Telefon.

„Entschuldigen Sie mich bitte." Dankbar für diese Ablenkung nehme ich das Gespräch entgegen.

„Brautmoden Mölling, guten Tag." Dass er keine Anstalten macht, das Geschäft zu verlassen, wirbelt meine Gefühlswelt zunehmend durcheinander. Jedoch bringt mich Maries Jubelschrei direkt auf andere Gedanken.

„Sie haben mich angenommen. Franzi. Uuuuuaaaah, ich bin dabei! Im Oktober geht es los!"

„Himmel, Marie, das ist wundervoll!" Ich lasse mich auf den Stuhl hinter mir fallen. Schließe die Augen.

Das habe ich befürchtet!

Unverzüglich plappert sie los. Erzählt mir von ihrem Vorsingen, den strengen Anforderungen der Jury, ihren Ängsten, bis ich sie unterbreche.

„Hast du das Stipendium?"

Sie macht meine Hoffnung auf diesen geldlichen Segen zunichte.

„Nein, das nicht. Das hat ein anderer erhalten. Aber ich bin aufgenommen. Du musst das Aufnahmeformular nur noch unterschreiben und ab Oktober studiere ich Musical an der Academy. Als Jüngste! Wahnsinn! Ich bin so glücklich!"

„Das freut mich für dich, Schatz."

Ihre Stimme wird ernst. „Denke daran, was du mir versprochen hast. Ich darf hier studieren, sollten sie mich annehmen. Eine von 30! Das ist unglaublich, Franzi."

O Sina, es tut mir leid. Ich habe versagt. Adieu Abitur!

Ich fische nach einem Kugelschreiber und male Figuren auf ein Blatt Papier.

„Das ist schön, Schatz. Und irgendwie werden wir die Gebühren schon zusammenbekommen." *Versprochen ist versprochen.*

Und dafür könnte ich mich selbst ohrfeigen.

Es ist nicht so, dass mich die Studiengebühren in den Abgrund stoßen, aber ich muss drei Jahre lang die Zähne zusammenbeißen. Es gibt dieses Sparbuch, gedacht für Maries Ausbildung. Auch wenn der darauf befindliche Betrag nicht mal ein Fünftel der Gebühren abdeckt, gibt mir das zumindest die nötige Zeit, um für das nächste Fünftel zu sparen.

Was jedoch viel schlimmer ist, ist die Tatsache, dass meine Nichte diesen unsteten Weg der Kunst einschlagen will.

Enttäuschungen werden ihren Weg pflastern, ebenso wie harte Arbeit, schmerzende Füße, Selbstzweifel.

Und ich habe es nicht geschafft, sie davor zu bewahren.

Von einem Augenblick auf den nächsten fühle ich mich entsetzlich müde und ausgelaugt. Fahrig reibe ich meine Stirn. „Lass uns später weitersprechen. Wenn du nach Hause kommst, erzählst du mir einfach alles."

Ich lege auf und betrachte meine kleinen Kunstwerke. Strichmännchen mit und ohne Kopf. Am Galgen baumelnd oder bereits erledigt auf dem nackten weißen Hintergrund des Papiers.

Wütend zerknülle ich das Blatt und werfe es in den Mülleimer unter dem Tisch.

„Mist, verdammter!"

„Probleme?"

Die sonore Stimme reißt mich aus meinen Verwünschungen. Ich habe seine Anwesenheit völlig ausgeblendet und blinzle kurz irritiert, ehe mein Kopf in die Höhe schnellt. „Keine, die Sie etwas angingen."

Er fährt sich durch die Haare, macht einen Schritt auf mich zu. „Vielleicht kann ich Ihnen ja helfen."

„Sicher. Sie sind Gottes Geschenk an mich."

„Wenn Sie so wollen ..."

„Sofern Sie mir die kleine Auslagenpauschale für die Musical-Academy unter mein Kopfkissen legen, die meine Nichte ab Oktober besuchen wird, würde ich mich vielleicht dazu herablassen, es zu glauben. Aber ich bin nicht fromm genug und Ihnen fehlt eindeutig der Heiligenschein. Also bitte ... Ich denke, es wird Zeit für Sie zu gehen."

~oOo~

Max fixiert Franziska Mölling, beobachtet jede Emotion, die sich in ihrem Gesicht widerspiegelt. Das Telefonat hat sie beunruhigt, dessen ist er sich sicher.

Ihre Lippen derart fest aufeinandergepresst, dass jegliches Blut aus ihnen gewichen ist.

Die resignierten Bewegungen, mit denen sie sich die rotblonden Strähnen aus der Stirn gestrichen hat, sind einer Emotion geschuldet, der er nur zu gern auf den Grund gehen möchte.

Sie fasziniert ihn, ob er das nun will oder nicht. Irgendwas hat diese Frau an sich, dass ihn mehr als nötig beschäftigt.

Zu seiner eigenen Schande muss er gestehen, dass sie ständig vor seinem inneren Auge auftaucht. In den ungünstigsten Momenten wiegt sie ihre Hüften zur Musik. Ihre langen erdbeerblonden Haare umspielen ihr zartes Gesicht, die vollen Lippen leicht geöffnet. Die Augen geschlossen.

Eine Einladung für jeden Mann und für ihn ganz im Besonderen.

Er spürt bereits das Blut, das ihm in die Lenden schießt. *Verdammtes Weib!* Er atmet tief durch. Und es stört ihn gehörig, dass sie ihn offenkundig abweist.

Sicher, das kann passieren.

Aber ihm passiert es nicht.

Er weiß um seine Qualitäten, braucht keinen weiblichen Zuspruch. Das hat er gar nicht nötig.

Ganz im Gegenteil. Und dass Franziska Mölling das so anders sieht, ist ihm mehr als nur ein Dorn im Auge.

Dabei sollte man meinen, dass sie ihm zugetaner wäre.

Immerhin hat er ihr im Club diesen zudringlichen Wichser vom Hals gehalten. Andere Frauen an ihrer Stelle hätten sich darüber gefreut, ihm dankbare Worte ins Ohr gesäuselt und vielleicht auch noch mehr.

Er stellt schockiert fest, dass diese Frau ihn tatsächlich frustriert.

Auch wenn er es nicht gern zugibt, diese Frau hat einen äußerst schlechten Einfluss auf sein Ego. Max geht in die Offensive.

„Von welchem Auslagenbetrag sprechen wir denn?" Er hat keine Ahnung, was ihn dazu bringt, ihr seine Hilfe anzubieten.

Ihr Blick fängt den seinen ein, Spott spiegelt sich in ihren Augen. „Rothenburg, lassen Sie sich etwa dazu herab, um Aufmerksamkeit zu betteln?"

So weit ist es bereits mit ihm gekommen, kaum dass ihm eine Frau begegnet, die sich nicht ohne Weiteres auf ihn einlässt.

Doch Franziska kitzelt eine Seite an ihm, von der er gar nicht wusste, dass er sie besitzt.

Er ist neugierig, wie weit er gehen muss, um sie ebenfalls zu seinen Eroberungen zählen zu können. Ob er es überhaupt schafft, oder ob sie tatsächlich die kühle Aura beibehält, die sie zu umgeben scheint.

Doch er ist sich auch im Klaren darüber, dass er es langsam angehen muss. Wenn er es überstürzt, hat er bereits verloren, bevor er überhaupt etwas gewonnen hat.

Also zuckt Max mit den Schultern, lächelt und beschließt, es für den Moment dabei zu belassen.

Er legt das, wie er findet, notwendige Timbre in seine Stimme. Mit leicht geneigtem Kopf sucht er erneut ihren Blick. „Gut, wie Sie meinen. Ich werde dann mal gehen."

„Das halte ich für eine fabelhafte Idee." Sie lächelt zurück, auch wenn es ihre Augen nicht erreicht. Sie ist wirklich eine harte Nuss, das muss er ihr lassen.

~oOo~

Ich kann es gar nicht glauben. Hat er jetzt tatsächlich angeboten, die Gebühren für die Academy zu bezahlen? Der spinnt doch.

Ungläubig und fassungslos schließe ich die Tür hinter ihm und lehne mich dagegen. Was ist nur in die Kerle gefahren? Spielen sich als Ritter auf, die einzig aus dem Grund zu leben scheinen, die Jungfrau vor dem bösen Drachen zu retten.

Mich muss niemand retten.

Das musste noch nie jemand.

Und dieser Vorzimmercasanova schon mal überhaupt nicht. *Tzzz, nicht zu fassen.*

Ich räume meinen Kram zusammen und verabschiede mich für heute von der Buchhaltung. Immerhin gibt es etwas zu feiern. Auch wenn ich noch keine Ahnung habe, wie ich die monatliche Belastung stemmen werde, irgendwie wird es schon funktionieren. Bisher habe ich alles geschafft und diese kleine Geldhürde wird auch zu nehmen sein.

Kapitel 5

~oOo~

Seine Schwester lässt nicht locker. Sie bombardiert ihn mit Nachrichten – sowohl auf seinem Handy als auch auf seinem Anrufbeantworter. Max' Sekretärin bedenkt ihn bereits mit fragwürdigen Blicken und sein Gewissen beginnt tatsächlich, sich zu melden.

Was, wenn es wirklich so schlecht um seinen Vater bestellt ist? Was, wenn er stirbt? Ist er, Max, tatsächlich in der Lage, die Verantwortung für seine Familie von sich zu weisen?

Egal, was auch zwischen seinem Vater und ihm vorgefallen sein mag, der alte Herr ist ebenso störrisch wie Max.

Der Junge kommt schon zur Vernunft. Er weiß, wie viel das Gut seiner Mutter bedeutet hat. Er wird sich hüten, es abzulehnen, das alles hier mal nicht zu übernehmen.

Die Worte seines Vaters an seine Großmutter klingen ihm noch immer in den Ohren.

Seine Großmutter. Mit Liebe denkt er an sie. Sie war der Stützpfeiler der Familie, ist es wahrscheinlich noch immer.

Und die Einzige, zu der er regelmäßig den Kontakt hält, neben Sarah selbstverständlich.

Selbst sie hat es nicht geschafft, Max dazu zu bewegen, noch einmal einen Fuß in die Weinberge der *von* Rothenburgs zu setzen.

Max hat diesem Leben den Rücken gekehrt und er verspürt keinen Drang, daran noch einmal etwas zu ändern.

Und doch sagt ihm seine innere Stimme, dass er es womöglich muss. Wenn auch nur, um seinem Vater unmissverständlich klarzumachen, dass er eben nicht mehr *zur Vernunft kommt.* Dass ihm das Gut herzlichst egal ist und sein Vater alles getrost seiner Schwester überlassen kann. Er selbst verzichtet. Von Herzen gern.

Er hat das Hotel. Das füllt ihn aus.

Seiner Mutter wäre sicherlich egal, welches ihrer Kinder in die Fußstapfen des Vaters tritt.

Allerdings ist nicht von der Hand zu weisen, dass eine weitere Person profitiert, sollte Max tatsächlich darauf verzichten, das Weingut zu übernehmen.

Gallig erinnert er sich an das weitere Kind seines Vaters. Mit dieser ... *scoria.*

Sein Vater hat sich nach dem Tod der Mutter schnell getröstet. Eine andere Frau geschwängert und diese geheiratet, noch ehe Max selbst den Tod der eigenen Mutter überhaupt begriffen hatte. Er hat einen Halbbruder, den er nicht kennt. Jeden Annäherungsversuch seiner *Stiefmutter* hat er direkt im Keim erstickt. Er hat kein Interesse an dieser Frau oder an deren Kind.

Sie zählen nicht zu seiner Familie.

Erst recht nicht, nachdem er erfahren hat, dass sein Vater bereits Monate zuvor eine Affäre mit dieser Frau begonnen hatte.

Schon zu Zeiten, als seine Mutter noch um ihr Leben gekämpft hat.

Nur um diese Frau unverzüglich zu heiraten, kaum, dass er frei war.

Frei ... Pah.

Bis dass der Tod uns scheidet.

Richard von Rothenburg war nicht in der Lage, so lange zu warten. Nein, er hat die Krankheit seiner Ehefrau als Vorwand genutzt, sich anderweitig zu amüsieren, anstatt seiner todkranken Frau beizustehen, ihr die Hand zu halten. Alles zu versuchen, um ihr Linderung zu verschaffen. Alle Wege auszuloten, alles zu versuchen, damit sie wieder gesund wird.

Stattdessen hat er sie mit dieser widerwärtigen Affäre zusätzlich belastet.

Womöglich war das auch der Grund, warum seine Mutter aufgegeben hat, um ihr Leben zu kämpfen.

Sie ist einfach gestorben. In dem Wissen, verlassen worden zu sein.

Das erklärt deine Promiskuität, mein Junge, da bin ich mir ziemlich sicher. Du bist ein Beziehungslegastheniker. Zumindest behauptet das seine Großmutter. Dass er nicht lacht.

Dem Verhalten seines Vaters gegenüber seiner Mutter daran die Schuld zu geben, dass er noch nicht verheiratet ist, wäre doch sehr einfach. So viel Einfluss auf sein Leben will er ihm gar nicht erst zugestehen. Immerhin hat er keine seiner Freundinnen-Schrägstrich-Betthäschen belogen. Sie wussten sofort, worauf sie sich bei Max einlassen – wenn er sich auf sie eingelassen hat.

Er hat einfach die richtige Frau für sich selbst noch nicht gefunden. Und es liegt nicht in seiner Natur, Versprechen abzugeben, die er nicht halten kann. *Außer dieses eine ...* Er verbietet sich die Erinnerung an die letzten Worte seiner Mutter. An ihren letzten Wunsch ...

Aber Sarah war nicht dazu zu bewegen, das *Castello* zu verlassen. Unzählige Male hat er ihr angeboten, zu ihm zu kommen. Nach Hamburg. Er hat ihr seine Unterstützung zugesichert. Doch sie hat stets lächelnd abgelehnt. Immerhin sei er ihr Vater und irgendjemand müsste sich ja um die Weinberge kümmern.

Sicher, ebenso wie er hat sie den Weinanbau von der Pike auf gelernt und er ist sich ziemlich sicher, dass sie ihre Sache gut macht.

Seine Hand ballt sich unbewusst zu einer Faust.

Die Flitterwochen seines Partners sind so gut wie vorüber. Es spricht also nichts dagegen, in der kommenden Woche für einige Tage an die Ahr zu fahren. Aber alles in ihm wehrt sich dagegen. Er muss erst noch darüber nachdenken.

Seine Schwester wird es schon früh genug merken, sollte er wider Erwarten plötzlich in der Tür stehen.

~oOo~

„Und er hat dich tatsächlich gefragt, wie hoch die Gebühren für die Academy sind? Was für ein Mann!" Suse sitzt mir mit verklärtem Blick gegenüber, ein schiefes Grinsen im Gesicht, und ich verdrehe die Augen.

„Das ist nicht halb so romantisch, wie du es dir jetzt ausmalst, du Schaf." Ich nehme einen Schluck Wein und drehe das Glas in meinen Fingern.

„Ich finde schon. Du bist nur zu abgestumpft, um das zu bemerken. Himmel, das sind knapp … 25.000,00 EUR, über die wir hier reden und er hätte sie dir bestimmt gegeben. Wenn du ihn nur lassen würdest."

„Sicher. Um im Gegenzug irgendwas dafür zu verlangen."

„Er ist doch nicht Robert Redford – obwohl, er sieht schon ziemlich scharf aus. Ich würde mich darauf einlassen, auch wenn wir hier nicht von einer Million Dollar sprechen." Sie kichert dämlich in ihr Glas und ich beginne, von dem Gedanken angewidert, die Reste unserer kleinen Party aufzuräumen. Marie hat sich bereits verabschiedet, um mit ihren Freundinnen die frohe Botschaft zu feiern, dass sie ab Oktober eine Musical-Ausbildung beginnen wird.

„Warum bist du immer so prüde, Ziska? Wirklich, du solltest einfach mal was Verrücktes tun. Vielleicht lockert dich das ja ein wenig auf." Sie kommt gar nicht erst auf die Idee, mir beim Abräumen zu helfen, sondern nimmt mir die fast leere Flasche Weißwein wieder aus der Hand, um sich den darin befindlichen Rest noch in ihr Glas zu schütten.

Ich seufze resigniert. „In meinem Leben ist kein Platz für verrückte Dinge. Außerdem bist du für uns beide doch spontan genug."

Sie leert ihr Glas in einem Zug, ohne auf meine Anspielung einzugehen. Dann sieht sie zu mir auf, greift nach meinem Arm, um zu verhindern, dass ich die Tortenplatte in den Kühlschrank stelle. „Siehst du, das meine ich. Anstatt dich mit mir zu betrinken, beginnst du schon wieder Ordnung zu machen. Lass gefälligst die Torte hier stehen, der Tag ist noch entsetzlich lang." Ihre Stimme bekommt diesen selbstmitleidigen Unterton, der mich sofort hellhörig werden lässt. *Oha, Hannes hat sie versetzt.* Ich kenne diese Stimmung. Jetzt gibt es genau zwei Möglichkeiten: Entweder sie verfällt in Fressattacken oder sie zieht sich gleich jammervoll in ihr Zimmer zurück. Heute ist es wohl der Kuchen, der daran glauben muss.

Und ich.

Ergeben platziere ich die Schokoladentorte wieder vor ihrer Nase und Suse versenkt den Finger in die süße Creme.

„Haben wir noch eine Flasche?"

„Sogar noch zwei."

„Fantastisch. Immer her damit."

Entsetzlich müde sitzt Marie am Bahnhof, wartet auf den Bus. Kurz hat sie darüber nachgedacht, die Schule zu schwänzen. Aber sie hat noch weniger Lust auf die Diskussionen mit ihrer Tante, die unweigerlich folgen, sollte Franziska dahinterkommen. Sie gähnt genüsslich, bis ihre Kiefer knacken. Irgendwie wird sie den Tag schon überstehen.

„Soll ich dich mitnehmen?"

Es dauert einen Moment, ehe sie realisiert, dass der Typ in dem Lexus durch das geöffnete Fenster mit ihr spricht. Sie verengt die Augen zu Schlitzen. „Sicher, ich lass mich noch von dir entführen, nachdem du mich über den Haufen gefahren hast." Unwillkürlich greift sie nach ihrem Rucksack, der auf ihren Schuhen steht.

„Schreib deiner Tante eine Nachricht, dass du in mein Auto gestiegen bist. Und schon bin ich raus aus der Kidnapping-Nummer."

Er grinst dämlich, Marie schnaubt abfällig. „Du hältst dich wohl für besonders schlau."

Der Kerl zuckt lediglich mit den Achseln, öffnet die Tür für sie. Marie hadert noch einen kleinen Augenblick, dann steigt sie ein.

Warum nicht bequem mit dem Auto zur Schule fahren? Es gibt weitaus Schlimmeres. Mathe in der ersten Stunde zum Beispiel.

„Schnall dich an und sag mir, wohin ich genau fahren muss."

Sie sagt es ihm und er gibt Gas. „Und jetzt erzählst du mir was über die Academy."

Verwundert zieht das Mädchen die Augenbrauen in die Stirn. „Woher weißt du denn davon?"

„Ich war zufällig bei deiner Tante im Geschäft, als du angerufen hast. Sie wirkte ein wenig besorgt wegen der Kosten."

Sein Blick streift sie und Marie wägt ihre Optionen ab. „Ich denke nicht, dass dich das was angeht."

„Da irrst du dich gewaltig, denn ich habe vor, deine Ausbildung zu bezahlen."

„Klar und ich werde Fastnachtsprinzessin."

„Die Pappnase würde dir bestimmt gut stehen." Er lächelt und Marie kann nur den Kopf schütteln.

„Wir brauchen keine Almosen. Meine Mutter hat mir ein bisschen Geld hinterlassen."

Bei diesen Worten fällt ein Schatten über sein Gesicht.

„Ich denke nicht, dass du es dafür auszugeben brauchst. Ich habe es bereits entschieden. Ich komme für die Kosten auf."

„Ich bin doch keine Nutte."

Sein Kopf schnellt in ihre Richtung. „Ich zahle doch nicht, weil ich Sex mit dir haben will! Hältst du mich für einen Perversling?"

„Mit mir vielleicht nicht ... aber mit meiner Tante. Das ist ähnlich verwerflich."

Max beginnt laut zu lachen. Sie lehnt sich zurück, betrachtet ihn eingehend.

„Du bist ziemlich vorlaut für dein Alter. Wie alt bist du überhaupt?"

„17, also alt genug, um zu wissen, was in deinem Kopf vorgeht." Ein Grinsen huscht über ihr Gesicht. Unsympathisch ist er nicht, das muss sie sich wohl eingestehen. Und er sieht auch ziemlich gut aus ... für sein Alter.

Aber sie kennt diese Boy-Group-Fressen, zumindest hat sie genug von ihnen gehört. Susanne ist ihr eine gute Lehrerin in Jungsangelegenheiten. Und ihr Beschützerinstinkt meldet sich sofort. Franziska kann so etwas nun wirklich nicht gebrauchen. Sie ist anders als Suse.

Und dass der Kerl es auf ihre Tante abgesehen hat, könnte er doch gar nicht offensichtlicher zur Schau stellen.

Aber er ignoriert ihre Anspielung. „Also?"

„Also, was?"

„Über wie viel Geld sprechen wir?"

„25.000."

„Gut."

Er hat noch nicht mal mit der Wimper gezuckt. „Du meinst das ernst, oder?"

„Für gewöhnlich mache ich über Geld keine Späße. Ich habe dich nicht gesehen ... an der Ampel. Es tut mir leid und ich habe das Verlangen danach, es wiedergutzumachen."

„Wie edel. Wenn ich mir die Knochen gebrochen hätte, okay, dann könnte ich das vielleicht noch nachvollziehen. Aber so? Man könnte meinen, du suchst Familienanschluss. Womit wir wieder bei Franzi wären." Marie wiegt ihren Kopf hin und her.

~oOo~

Franzi ...

Sein Nacken prickelt. Die Kleine hat ja keine Ahnung, wie sehr sie den Nagel auf den Kopf getroffen hat.

Familienanschluss? Mal sehen. Sex mit ihrer Tante? Auf jeden Fall!

Jedoch ist davon auszugehen, dass sie eher das Bedürfnis verspürt, ihn zu kastrieren, sollte sie dahinterkommen, dass er die 25.000,00 EUR bezahlt. Er schätzt sie nämlich nicht so ein, dass sie ein *Dankeschön* murmeln wird.

Ganz im Gegenteil. Rote Haare und Sommersprossen versprechen Temperament. Und das gedenkt er hervorzulocken. Koste es, was es wolle.

In diesem Fall eben 25.000.

Und gleichzeitig kann er tatsächlich sein Gewissen beruhigen.

Was hätte alles passieren können? An dieser Ampel. Das Mädchen ist Tänzerin und er war nur um Haaresbreite davon entfernt, ihr diesen Lebenstraum zu zerstören. Erneut spürt er den Knoten in seiner Kehle.

Und noch etwas verbindet ihn mit Marie. Auch sie hat ihre Mutter verloren. Dabei ist sie erst siebzehn.

Sofort denkt er an Sarah. Sie war immerhin schon Anfang zwanzig. Was den Verlust nicht weniger schmerzhaft macht.

An der Schule angekommen, setzt er den Wagen in eine großzügige Parklücke. „Ich wünsche dir einen lehrreichen Tag, Rotzgöre." Das Funkeln seiner Augen bringt sie zum Grinsen.

„Und ich wünsche dir viel Spaß beim Geldausgeben, du Aufschneider."

„Es ist ja gut angelegtes Geld. Ich bekomme Karten für deine erste Premiere."

„Gebongt." Damit verlässt sie das Auto und er bekommt noch soeben mit, wie ihre Mitschüler verwunderte Blicke auf sein Auto werfen. Deren Fragen nach ihrem Sugardaddy beantwortet Marie gewohnt beherzt mit dem Finger Gottes und Max macht sich auf den Weg in die Academy. Er hat eine Rechnung zu bezahlen.

~oOo~

Kapitel 6

Der Brief liegt bleischwer in meinen Händen. Kalter Schweiß bricht mir aus und ich atme tief in den Brustkorb. *Das kann er nicht getan haben. Gott, sag mir, dass ich träume!* Schwindel erfasst mich und ich habe für einen klitzekleinen Augenblick das Gefühl, der Boden, auf dem ich stehe, kommt immer näher.

Wie gesagt, für einen klitzekleinen Augenblick. Denn bereits im nächsten Moment knotet sich Wut in meiner Magengegend zusammen und ich werfe den Brief achtlos in meine Tasche. Verlasse das Haus wieder.

Eigentlich hatte ich mich auf einen Filmabend mit Marie und Suse gefreut. Aber wie es aussieht, müssen die beiden ohne mich beginnen. Ich habe eine dringende Verabredung.

Das Hotel liegt unweit der Hamburger Innenstadt, also leicht zu finden und gut zu erreichen. Auch für eine besonders geladene Franziska Mölling. Rothenburg kann sich warm anziehen, sollte ich ihn zwischen die Finger bekommen. Was hat er sich nur gedacht? Dass ich ihm dankend um den Hals falle? *Hah!*

Oh ja, ich bin auf hundertachtzig, als ich der Dame an der Rezeption meinen Wunsch offenbare, Rothenburg … Verzeihung, *Herrn* Rothenburg augenblicklich sprechen zu wollen.

„Haben Sie denn einen Termin, Frau …?"

„Ich denke nicht, dass ich einen brauche. Mölling ist mein Name." Meine Fingernägel klopfen ungeduldig auf die Holzverkleidung der Theke.

„Es tut mir leid, Frau Mölling, aber ohne Termin kann ich Sie leider nicht anmelden. Herr Rothenburg ist in einer Besprechung." Ich übersehe ihren mitleidigen Blick, beuge mich zu ihr herüber und zische sie an.

„Sie können sich überhaupt nicht vorstellen, wie herzlich egal mir das ist. Sie werden jetzt diesen ...", nur um sicher zu gehen, dass sie mich auch versteht, deute ich auf das Ding, „... Telefonhörer in die Hand nehmen und mich unverzüglich anmelden. Sollten Sie nicht dazu in der Lage sein, werde ich mich selbst auf die Suche nach ihm machen und dann gnade ihm Gott ..." Zur Untermalung meiner Drohung balle ich die Hand zur Faust, überlege es mir aber im letzten Moment noch einmal anders. Lege stattdessen die flache Hand auf das Holz.

Sie zieht die Stirn kraus und hebt tatsächlich den Hörer ab, ohne mich jedoch aus den Augen zu lassen. Tippt eine dreistellige Nummer in die Tasten.

Ich warte ...

„Herr Rothenburg, entschuldigen Sie die Störung, aber hier unten steht eine Frau Mölling und möchte Sie dringend sprechen."

So ist's brav ...

Ihre Stirn wird wieder glatt und sie nickt mir bestätigend zu.

Fantastisch ...

„Ich schicke sie zu Ihnen."

Noch besser ...

Ich trete einen Schritt zurück, presse den Sauerstoff aus meinen Lungen.

Das klappt ja wie geschmiert.

„Herr Rothenburg hat gleich Zeit für Sie. Sie möchten bitte warten, er holt Sie im Foyer ab."

Auch gut ...

„Sehen Sie, ganz ohne Termin ..." Ich kann mir die kleine Spitze nicht verkneifen, obwohl die arme Frau nichts dafür kann, dass sie für dieses überhebliche Arschloch arbeiten muss. Höchstwahrscheinlich bereut sie es ja auch schon. Ich würde es ihr nicht verdenken.

Ihr strahlendes Lächeln, als er endlich auf der Bildfläche erscheint, belehrt mich jedoch eines Besseren.

Dann hat sie es auch nicht besser verdient ...

Noch ehe sie ein erklärendes Wort an ihn wenden kann, reiße ich den Wisch aus meiner Tasche, zerknittere es nur noch mehr in meiner Faust. Lenke seine Aufmerksamkeit auf mich, indem ich unverzüglich auf ihn losstürme.

„Rothenburg, erklären Sie mir das bitte!"

Seine Zähne blitzen kurz auf. „Ich freue mich auch, Sie zu sehen."

„Na, dann haben Sie mir einiges voraus. Was fällt Ihnen ein, die Gebühren für die Musicalschule zu bezahlen?" Ich muss den Kopf in den Nacken legen, um ihn direkt anzusehen. *Himmel, warum muss er denn so groß sein?*

„Sie brauchen sich nicht zu bedanken, gern geschehen."

Grinst er etwa?

„Habe ich einen Witz gemacht, Rothenburg?"

Er sieht an mir vorbei, ganz so, als müsste er tatsächlich darüber nachdenken. Dann fängt er erneut meinen Blick ein. „Sagen Sie es mir, Frau Mölling. Sie stürmen wie eine Furie durch mein Hotel und erschrecken meine Mitarbeiter." Er zieht eine Augenbraue spöttisch in die Höhe. Ich sehe seinen Mundwinkel zucken.

Verdutzt halte ich inne. *Ihm ist doch nicht mehr zu helfen ...*

„Furie ...? Sie sind doch nicht mehr ganz bei Trost, Sie ... Sie ..., ach mir fehlen die Worte für derartige Unverschämtheit." Abfällig schnaubend vergrößere ich den Abstand zwischen uns. Das Blut rauscht an meinen Ohren vorbei und ich spüre die wütende Hitze, die in einem Affenzahn durch meine Blutbahn rast.

„Vielleicht sollten wir in mein Büro gehen. Da gibt es weniger neugierige Zuschauer."

Mit einem Mal wird mir wieder bewusst, wo wir uns befinden. Angemessen beschämt sehe ich mich um, bemerke die beobachtenden Blicke ringsherum. „Nach Ihnen." Mit einem kleinlauten Wink deute ich in die Richtung, aus der er gekommen ist.

~oOo~

Er kann nicht verhindern, dass er die Situation bis in die Haarspitzen genießt. Da ist es ja, das kleine Temperament. Und er ist sich ziemlich sicher, dass da noch so viel mehr in diesem Persönchen steckt.

Jedoch alles zu seiner Zeit.

Ihm ist bereits ein Schauer über die Wirbelsäule gelaufen, als die Rezeption ihm Franziskas Besuch angekündigt hat. Er musste sich zusammenreißen, um sie nicht mit einem riesigen Grinsen zu empfangen. Und als diese kleine Furie – wirklich eine treffende Umschreibung für den kleinen Giftzwerg – ihn fast mit dem Brief der Academy zusammengeschlagen hätte ...

Er unterdrückt das tiefe Brummen, ehe es sich in einem lauten Lachen aus seinem Brustkorb zu lösen droht.

Um Gottes willen, wahrscheinlich würde sie ihn von hinten anfallen und mit ihren Fingernägeln ... Die bildliche Vorstellung sollte er lieber lassen. Das würde zu weit gehen und ihn womöglich noch mehr erregen, als es ihre bloße Anwesenheit sowieso schon tut.

Er beißt sich kurz auf die Unterlippe, um seinem Gesicht einen ernsten Ausdruck zu verleihen, als sie an ihm vorbei in sein Büro rauscht. Das gelingt ihm jedoch eher mäßig.

Ein Hauch Orange und Zedernholz folgt ihr unaufdringlich, jedoch betörend, und er schließt genießerisch die Augen, atmet tief ein und erwischt sich bei der Frage, wie sie wohl nach dem Sex duften wird.

„Rothenburg?!?"

Ihr äußerst bestimmter Aufruf holt ihn in die Gegenwart zurück.

Okay, sie denkt wohl gerade nicht an Sex.

Er fängt ihren Blick ein, legt den Zeigefinger über seine Oberlippe und räuspert sich. *Jetzt bloß nicht lachen.*

„Frau Mölling, ich verstehe das Problem nicht. Ich habe die Gebühren bezahlt. Sie haben demnach sogar ein Problem weniger." Er zuckt belanglos mit den Schultern.

„Wollen Sie mich verarschen? Welcher Idiot zahlt eben mal 25.000,00 EUR, einfach nur so? Sie haben doch nicht mehr alle Tassen im Schrank. Zumal ..." Sie klingt ein wenig atemlos.

„Zumal ... was, Frau Mölling? Ich über das Geld verfüge? Ich es war, der Ihre Nichte über den Haufen gefahren hat?" Der Blick aus ihren moosgrünen Augen verschärft sich. Sie knallt den Brief auf seinen Schreibtisch, ohne ihn loszulassen. Er folgt ihrer Bewegung, hat einen flüchtigen Augenblick Zweifel an seinem Handeln.

„Zumal ... nichts weiter passiert ist. Ihr ist nichts geschehen, dem Himmel sei Dank. Sie hätten das Geld besser anlegen können, indem Sie zum wiederholten Mal die Fahrschule besuchen. Das wäre für Sie zum einen günstiger gekommen und zum anderen hätte es mich nicht in diese verflucht undankbare Situation gebracht, Ihnen etwas schuldig zu sein."

Resigniert stiert sie auf das mittlerweile sehr mitgenommen wirkende Dokument, das sie noch immer in Händen hält, ehe sie die Lippen fest aufeinanderpresst und endlich ihre Finger davon löst. Diese über seinen Schreibtisch gleiten lässt, nur, um sich die Handinnenflächen verstohlen an der Jeans abzuwischen. Eine gefühlte Ewigkeit später hebt sie ihren Blick, sieht ihn vorwurfsvoll an.

Fast bereut er es, sie bei seiner Entscheidung übergangen zu haben. „Sie sind mir doch nichts schuldig! Im Gegenteil, fast hätte ich die Karriere Ihrer Nichte zerstört. Sie ist Tänzerin ..."

„Sie will erst mal eine werden, verflucht!", fährt sie ihm bestimmt über den Mund. „Und überhaupt, ich kann mich nur wiederholen ... ihr ist nichts geschehen."

„Nichts da ... Ich habe Ihre Nichte angefahren und bereue es zutiefst, unachtsam gewesen zu sein. Da Sie mir keine andere Möglichkeit geben, es wiedergutzumachen, versuche ich lediglich, mich bei Ihnen in ein besseres Licht zu rücken. Warum also nicht, indem ich Maries Ausbildung bezahle?"

„Sie machen es sich schön einfach."

„Ich werde ausreichend entlohnt, keine Angst! Marie hat mir Premierenkarten für ihre erste Rolle angeboten. Ich denke, damit sind wir quitt."

Sie sieht ihn fassungslos an. Er liegt wahrscheinlich richtig in seiner Annahme, dass Marie ihr nicht von ihrem zufälligen Treffen erzählt hat.

Und noch bevor sie ihn danach fragen kann, beginnt sein Telefon zu klingeln. Er blickt aufs Display, kräuselt seine Stirn. „Verzeihung, ich muss da rangehen."

Wutschnaubend lässt sie von ihm ab, dreht ihm demonstrativ den Rücken zu und sieht aus dem Panoramafenster seines Büros. Erneut verkneift er sich das Lächeln, nimmt mit der gebotenen Ernsthaftigkeit das Gespräch entgegen.

„Rothenburg."

„*Von* Rothenburg, Maximilian." Leiser als üblich, zittriger, weniger hart.

Doch immer noch drakonisch, streng, Respekt einflößend. Autoritär.

Das Lächeln gefriert in Max' Gesicht, als er die Stimme seines Vaters erkennt.

Niemand sonst nennt ihn noch bei seinem vollen Namen. Sein Nacken beginnt zu prickeln. Unbewusst nimmt er unverzüglich eine geradere Haltung ein.

Jetzt ist es an ihm, Franziska den Rücken zu kehren. Und sei es nur deshalb, um ihr den Anblick seines versteinerten Gesichts vorzuenthalten.

„Was willst du?" Verachtende Arroganz, das ist alles, wozu er sich herablässt. Obwohl sein Vater es nicht sehen kann, entspannt er trotzig seine Haltung, schiebt eine Hand in die Hosentasche.

„Dich sehen. Sarah erzählte mir von deiner Weigerung, deinen Vater in der schwersten Zeit seines Lebens besuchen zu wollen."

Die schwerste Zeit für dich hätte sein sollen, als deine Ehefrau starb ...

„Ich hätte es nicht treffender ausdrücken können." Er massiert seinen Nasenrücken.

„Ich bitte dich nun also persönlich, herzukommen."

Max spürt den Widerwillen, den diese bittenden Worte in seinem Vater hervorgerufen haben müssen.

Umso mehr genießt er seine Antwort auf diese als Bitte getarnte Forderung seines Vaters. „Auch das wird mich nicht umstimmen. Ich werde nicht kommen. Du bist die letzten Jahre ohne meinen Zuspruch klargekommen. Was erwartest du jetzt von mir? Soll ich etwa *deine Hand* halten?" Die Schärfe seiner Stimme lässt ihn schlucken. Er hört Geraschel in der Leitung, einen aufgeregten Tumult, Gerangel um den Telefonhörer. Dann erklingt das aufgebrachte Organ seiner Großmutter. „*Massimo*, du wirst dich in dein Auto setzen und deinen Hintern unverzüglich hierher bewegen, *capito?*"

„Ich lasse mich doch nicht von euch derart unter Druck setzen." Er dämpft den drohenden Unterton in seiner Stimme, schielt zu Franziska, nimmt erleichtert zur Kenntnis, dass sie eben keine Kenntnis nimmt von diesem absolut absurden Telefonat. Zumindest erweckt sie nicht den Anschein, als würde sie es tun.

„Was heißt hier *unter Druck setzen*? Komm gefälligst nach Hause. Kümmere dich um deine Angelegenheiten."

„Das sind schon lange nicht mehr meine Angelegenheiten, *Nonna*. Du müsstest das am besten wissen." Diesen Verrat an seiner Person wird er ihr lange übel nehmen, Liebe hin oder her.

„Die Familie ist immer deine Angelegenheit, das kannst du dir mal merken. Wer hat dich nur erzogen?" Er hört ihren schweren italienischen Dialekt durchbrechen. Wie es immer geschieht, wenn die Mutter seiner *Mamma* in Rage gerät. „Viel zu lange hast du schon so getan, als würdest du uns nicht kennen, *carissimo.*"

Sie seufzt tief und dramatisch, benutzt den Kosenamen seiner Kindheit und er ist sich sicher, dass sie es mit Berechnung tut. Die hilflose Geste einer Frau, die tief in ihre Trickkiste greift, um ihren Willen durchzusetzen.

Aber dieses Spiel beherrscht er auch.

„*Non ci posso credere, Nonna!* Wie kann es sein, dass du dich auf seine Seite schlägst?" Er muss sich setzen.

Mittlerweile zählt Franziska die Blätter seiner Yuccapalme, sieht kurz auf, als sie seinen Blick in ihrem

Rücken bemerkt. Ein angestrengtes Lächeln huscht über ihr Gesicht, jedoch nur kurz.

Es wird Zeit das Gespräch zu beenden. „Ich lege jetzt auf. Bestell Sarah liebe Grüße von mir."

„Die kannst du ihr gefälligst persönlich ausrichten." Seine *Nonna* legt den Hörer auf, noch ehe er diese Ansage verdaut hat.

Sta andando alla grande! Genau das kann er jetzt besonders gut gebrauchen. Eine beleidigte Großmutter. Er widersteht dem Drang, den Hörer samt Telefon aus dem Fenster zu werfen. Fährt sich stattdessen unwirsch durch die Haare.

„Ist etwas Schlimmes passiert? Sie sehen mit einem Mal so besorgt aus."

Er bemüht sich um einen gleichgültigen Gesichtsausdruck. „Der Schein trügt. Aber wenn wir dann nichts mehr zu besprechen hätten ... Ich habe noch einige wichtige Termine."

Plötzlich sehnt er sich nach Ruhe. So sehr er die kleinen *Intermezz*i mit Franziska Mölling auch genießt, just in diesem Moment braucht er dringend Zeit für sich, um zu überlegen, wie er mit diesem familiären Dilemma umgehen soll. Langsam beschleicht ihn die ungute Vorahnung, dass sie keine Ruhe geben werden, bis er *nach Hause* kommt.

~oOo~

Kapitel 7

Es fällt mir schwer, nicht zu lauschen. Obwohl Rothenburg sich bemüht, seine Stimme zu dämpfen und einen belanglosen Tonfall anzuschlagen, spüre ich die Spannung, die in jedem seiner Worte mitschwingt.

Kurz überlege ich, den Raum zu verlassen. Immerhin störe ich hier ganz offensichtlich seine Privatsphäre.

Andererseits hat er sich um meine auch einen Dreck geschert, indem er einfach die Gebühren für die Musical-Academy gezahlt hat. Also zeichne ich stattdessen lieber kleine Gesichter auf die staubigen Blätter seiner Pflanze.

Er beginnt, Italienisch zu sprechen, und eine Gänsehaut läuft mir die Wirbelsäule hinab.

Aus welchem Grund muss er derart sexy Eigenschaften in sich vereinen, wo ich ihn doch so absolut unerträglich finde?

Dieser Mann ist eine Plage. Mag er noch so groß, gut aussehend und sprachbegabt sein. Sein Charakter lässt eindeutig zu wünschen übrig.

Wenn ich mir das nur oft genug vorbete, gibt es hoffentlich keinen Grund zur Sorge.

Und doch kann ich mich seinem Charme nicht vollständig entziehen. Dafür sind die Grübchen zu anziehend, wenn er …

Schluss damit, Franziska! Das ist keine Option.

Ich drehe mich wieder in seine Richtung, als das Telefonat beendet scheint.

Seine Frisur wirkt ein wenig aus der Fassung geraten. Ebenso wie er selbst. „Ist etwas Schlimmes passiert? Sie sehen mit einem Mal so besorgt aus."

Er sieht mich an, fast ein wenig überrascht darüber, mich hier anzutreffen. Jedoch hat er sich derart schnell wieder im Griff, dass ich mich frage, ob ich mir den Ausdruck in seinem Gesicht nur eingebildet habe.

„Der Schein trügt. Aber wenn wir dann nichts mehr zu besprechen hätten … Ich habe noch einige wichtige Termine."

Da ist er wieder ... der leicht überhebliche Unterton. Ich sag's ja ... eine Plage.

„Sie haben wohl vergessen, aus welchem Grund ich hier bin, Rothenburg. Wir haben noch eine ganze Menge zu besprechen."

„Diese Meinung teile ich nicht ganz. Ich habe die Rechnung beglichen. Daran können Sie de facto nichts mehr ändern." Er macht einige Schritte auf mich zu. Langsam. Geschmeidig. Und absolut gefährlich.

Konzentriere dich auf das Wesentliche!

„Das ist eine reichlich selbstgefällige Einstellung, Rothenburg. Ob ihre *Nonna* wohl mit Ihrem Auftreten einverstanden wäre?" Keine Ahnung, warum ich das sage. Vielleicht liegt es an meinem Drang, ihn aus der Reserve zu locken.

Die Muskeln an seinem Kiefer beginnen zu zucken.

Er fixiert mich mit seinen fast schwarzen Augen und kommt einen weiteren Schritt auf mich zu. Ich kann seinen Atem auf meiner Haut spüren. Zumindest bin ich geneigt, es mir einzubilden.

Doch ehe er etwas erwidern kann, stürmt eine junge Frau sein Büro. Sie beachtet mich nicht weiter, sodass ich mich frage, ob sie mich überhaupt zur Kenntnis genommen hat, da sie unverzüglich damit beginnt, in wütenden Tiraden auf mein Gegenüber einzureden.

Der wiederum sieht sie an, als wäre ihm ein Geist begegnet.

Ich nutze die Chance, entferne mich lieber wieder ein Stück von ihm.

„Maximilian, du solltest dich was schämen. Was muss eigentlich noch passieren, damit du endlich zur Besinnung kommst?"

Er räuspert sich vernehmlich, nickt in meine Richtung. „Hallo Sarah, es ist auch schön, dich zu sehen. Ich weiß nicht, ob du es mitbekommen hast aber ich habe Besuch."

Sie registriert meine Anwesenheit, scheint sich aber nicht weiter daran stören zu wollen, dass das Gespräch sicherlich nicht für meine Ohren bestimmt ist. „Deine Freundin kann hören, was für einen Mistkerl sie da abbekommen hat."

Seine Freundin? So weit kommt es noch!

Gut, wir standen ziemlich nah beieinander, aber mir direkt eine tiefergehende Beziehung zu diesem Kerl anzudichten …? Ein flüchtiger Blick auf Rothenburg, doch er erweckt nicht den Anschein, als wollte er die junge Frau über unser Verhältnis aufklären.

„Verzeihung, aber ich sollte besser gehen."

Das, was ich zu sagen habe, kann ich auch später noch mit Max Rothenburg besprechen. Ich versuche die Tür zu erreichen, aber Sarah versperrt mir den Weg. „Nein, nein. Bleiben Sie nur. Sie können ruhig hören, was ich meinem

Bruder zu sagen habe. Vielleicht überdenken Sie Ihre Beziehung zu ihm ja noch einmal. Besser für Sie wäre es mit aller Sicherheit, sich lieber einen Mann zu suchen, der nicht bei der kleinsten Schwierigkeit die Flucht ergreift." Ihre Hände verkrallen sich sichtbar in den Griffen ihrer Handtasche. Fast, als würde ihr das dabei helfen, von einem tätlichen Angriff Abstand zu nehmen.

So, so, ihr Bruder also. Damit überrascht sie mich derart, dass ich für den Augenblick sogar ihre Annahme, Rothenburg und ich hätten eine *Beziehung*, unkommentiert lasse.

Die Ähnlichkeit zwischen den beiden ist tatsächlich bestechend. Sarah hat dasselbe dunkle Haar, den gleichen Schwung der Augenbrauen. Auch wenn ihre Gesichtszüge fein sind und ein wenig weicher wirken als die ihres Bruders, der momentane Zorn darin ist offensichtlich. Sie ist hochgewachsen, schlank. Eine sehr attraktive junge Frau.

„Ich denke, es ist eine gute Idee von Franziska, jetzt zu gehen."

Irritiert sehe ich ihn an. Seit wann sind wir beim vertraulichen *Du*? Er wird Sie anscheinend ebenfalls nicht darüber in Kenntnis setzen, wer ich bin. Das habe ich nun davon, dass ich sie nicht selbst darüber aufgeklärt habe.

Ich schlucke trocken. *Er und ich ...? Lächerlich!*

Schockiert öffne ich den Mund, um diesen Irrtum aufzulösen, doch er hebt abwehrend seine Hand und ich schließe ihn wieder. Spare mir den Atem.

Fürs Erste zumindest.

Mit einem Schlag bin ich ausgesprochen neugierig, was er mit dieser unerwarteten Vertraulichkeit bezweckt. Außerdem bin ich sehr gespannt auf die pädagogische Quintessenz meiner nächsten Worte. „Aber nein, *Maximilian*. Das interessiert mich jetzt doch sehr", entgegne ich stattdessen zuckersüß.

So viel steht bereits jetzt fest: der Mann sollte sich ganz genau überlegen, was er von sich gibt.

Er zieht lediglich eine Augenbraue in die Höhe, mustert mich mit unergründlichem Blick. Ein Schauer erfasst mich.

Schon wieder ...

Um meinen wackeligen Knien wieder Herr zu werden, setze ich mich demonstrativ in einen der kleinen Ledersessel, die den hinteren Teil seines Büros ausmachen.

Von hier aus habe ich einen unübertrefflichen Blick auf das Geschehen und kann mich doch von dem Schock erholen, dass dieser Mann anscheinend eine gewisse Macht über mich zu haben scheint.

Wer auch immer dieser kleine Teufel ist, der mich dazu veranlasst hat, mich in dieses Gespräch einzumischen, er ist sicherlich noch nicht fertig mit mir.

Franziska. Franziska, wohin soll dich das noch führen, du törichtes, törichtes Mädchen.

Dieser Mann ist definitiv meine ganz persönliche Herausforderung.

Aber so weit war ich ja auch schon in früheren Gedankengängen.

Leider habe ich mir jetzt selbst ein Bein gestellt.

Hervorragend!

Und dann richtet seine Schwester auch noch das Wort direkt an mich. „Wissen Sie, Franziska, Sie haben doch nichts dagegen, wenn ich Sie Franziska nenne, oder?"

Ich schüttele verneinend den Kopf. *Schlimmer kann es sowieso nicht mehr kommen.*

„Gut. Denn mein Bruder hält es nicht für nötig, seinen wirklich sehr kranken Vater zu besuchen."

Nickend atme ich tief ein.

Mit einer Familientragödie hatte ich hingegen nicht gerechnet. Das ist selbst mir zu privat.

„Ich fürchte, ich muss gehen." Meinen Versuch, mich dieser Auseinandersetzung zu entziehen, vereitelt Sarah erneut.

Ich sinke wieder tiefer in den Sessel, aus dem ich mich gerade noch erheben wollte.

„Sie müssen wissen, unser Vater hatte einen Herzinfarkt. Die Ärzte behaupten, es sieht nicht gut aus. Er ist schwach und müde. Sie können nicht sagen, ob er sich jemals vollständig davon erholen wird. Und was macht mein Bruder?" Wütend wirft sie ihren Kopf in die Richtung des Sünders, hebt hilflos ihre Hände in die Luft. „Er macht sich hier ein schönes Leben. Missachtet den vielleicht letzten Wunsch seines Vaters, sich mit ihm wieder zu versöhnen."

Ihre Stimme bricht bei diesen Worten und sie ringt mit ihrer Fassung.

„Sarah, das geht zu weit. Es reicht!" Max' Hände sind zu Fäusten geballt und ich schließe meine Augen, völlig überfordert mit dieser absurden Situation, in die ich mich selbst gebracht habe. Völlig fremde Menschen mit offensichtlich tiefgründigen Problemen legen mir ihre

Familiengeschichte offen und ich bin weder willens noch in der Lage eine Lösung herbeizuführen. Im Gegenteil. Eigentlich möchte ich gar nichts darüber wissen. Ich habe genügend eigene Probleme.

Jedoch habe ich das Bedürfnis, der armen Frau wenigstens mein Mitgefühl zum Ausdruck zu bringen, selbst wenn sie das nicht über den Umstand trösten wird, dass sich ihr Bruder wie ein Ekel aufführt.

„Das tut mir wirklich sehr leid für Ihren Vater." Das ist nicht gelogen.

Zu sehen, wie ein geliebtes Familienmitglied Opfer einer heimtückischen Krankheit wird, ist ein traumatisches Erlebnis.

„Halte dich da raus!" Rothenburgs Stimme donnert durch das Büro und ich zucke zusammen.

Meint er etwa mich?

Augenscheinlich! Eine Ader an seiner Schläfe pocht gefährlich und eine wütende Falte zeigt sich über seinem Nasenbein.

Nicht mit mir, Freundchen! „Ich glaube, du vergreifst dich im Ton, *Maximilian*." Und an die junge Frau gewandt hake ich noch einmal nach. „Seit wann geht es Ihrem Vater denn schon schlecht?"

„Seit zwei Wochen. Er ist zwar nicht mehr rund um die Uhr ans Bett gefesselt, aber es geht ihm wirklich nicht gut. Er muss sich schonen, darf sich auf keinen Fall aufregen. Und Maximilians Verhalten trägt nicht unbedingt zu seiner Besserung bei." Mit schwimmenden Augen beantwortet sie meine Frage. Mein Herz quillt regelrecht über.

Mein Unverständnis darüber wächst, dass Rothenburg tatenlos zusieht, wie sich seine Schwester quält. Es wird wohl Zeit, dass ihm mal jemand gehörig die Meinung sagt. Warum sollte das nicht seine *Beziehung* in die Hand nehmen, ehe sie sich *einen anderen Mann* sucht? Angriffslustig fahre ich ihn an. „Deine Schwester hat völlig recht. Du solltest dich was schämen. Wie kannst du einem kranken Mann den Wunsch verweigern, seinen Sohn zu sehen? Sei froh, dass du noch Familie hast, die sich für dich interessiert."

„Frau Mölling, Sie überschreiten hier deutlich Ihre Kompetenz!"

„Frau Mölling? Mit einem Mal bin ich wieder *Frau Mölling?"*

Vielleicht sollte ich ihn verprügeln? Bei manchen soll das helfen ...

„Das wird ja immer schöner! Darüber hättest du dir Gedanken machen sollen, ehe du dich als den *verständnisvollen und gewissenhaften Gönner* darstellst, Rothenburg!" Mir ist plötzlich unglaublich heiß und meine Hände beginnen zu zittern. „Selbst hast du keine Skrupel davor, dich ungefragt in fremde Angelegenheiten zu mischen. Aber wenn es darauf ankommt, hast du wohl keine Eier in der Hose, wie? Typisch. Für mich sieht es danach aus, als solltest du dich zuerst um deine eigene Familie kümmern, ehe du meine durcheinanderbringst. Womöglich bist du ja wirklich der Feigling, für den deine Schwester dich hält? Himmel, ich habe meine Schwester verloren und würde alles dafür geben, sie noch einmal sehen zu können. Was kann so Schreckliches geschehen sein, dass du deinem Vater den Wunsch verwehrst, dich zu sehen?"

Sarah sieht verdutzt zwischen uns hin und her. Und ich möchte mir am liebsten die Zunge abbeißen. *Aber warum reizt er mich auch so?*

Der Ausdruck in Rothenburgs Gesicht verändert sich, wird undurchdringlich. Ich schlucke hart an dem Kloß in meinem Hals vorbei. Da bin ich wohl deutlich über mein Ziel hinausgeschossen. Was weiß ich schon von seinem Leben?

Erneut pocht die Ader an seiner Schläfe. „Vielleicht möchtest *du* mich ja auch begleiten, Franziska? Wenn ich in die *liebenden Arme* meines Vaters zurückkehre."

Noch ehe ich überhaupt begreife, was für ein ungehöriges Angebot er mir gemacht hat, ergreift Sarah hoffnungsvoll meine Hände. „Bitte, Franziska, sagen Sie nicht Nein. Wenn das die einzige Chance ist, Max nach Hause zu bekommen, müssen Sie uns begleiten."

Tja, und schon hänge ich im Fliegenfänger.

Meine Hände gefangen in dem eisernen Griff einer Frau, deren ganzer Körper angespannt ist, in der Hoffnung auf eine positive Antwort von mir.

Ich bin fassungslos darüber, wie sich mein Besuch bei Rothenburg entwickelt hat.

Dabei wollte ich ihn nur zur Rechenschaft ziehen und ihm ein für alle Mal klarmachen, dass ich kein Interesse daran habe, unsere Bekanntschaft zu vertiefen, und dass er sich sein Geld sonst wo hinstecken kann. *Das war ja ein Erfolg auf der ganzen Linie.*

Stattdessen scheine ich mitten in eine Tragödie geraten zu sein und es sieht nicht danach aus, als würde diese in einer Komödie enden.

„Wer von uns beiden ist jetzt der Feigling, *Schatz*?" Spöttisch zieht er einen Mundwinkel in die Höhe, als ich beiden meine Antwort schuldig bleibe.

Mein Augenlid beginnt zu zucken.

~oOo~

Die Frauen haben sich gegen ihn verschworen.

Sowohl seine Schwester wie auch Franziska Mölling, wie ihm scheint.

Max ist über diese Wendung keinesfalls glücklich. Aber wie soll er aus dieser Misere wieder herauskommen, ohne dabei sein Gesicht zu verlieren?

Er selbst hat Franziska herausgefordert.

Ohne mit der Wimper zu zucken, hat er sie in die Enge getrieben.

Sicher, sie könnte noch immer ablehnen, ihn zu begleiten. Es war nicht unbedingt gentlemanlike, wie er über ihren Kopf entschieden hat, Maries Gebühren der Musical-Academy zu tragen. Noch weniger, sie zum Teil seiner niveaulosen Show zu machen. Aber seine Schwester hat ihm diese Schmierenkomödie buchstäblich in die Hände gespielt, als sie dem Irrglaube erlegen ist, Franziska Mölling wäre mehr für ihn als nur die aufgebrachte Tante seines Protegés.

Na ja, sie hat es ja ebenfalls nicht dementiert.

Man kann ihm sicherlich nicht allein die Schuld daran geben, dass sich die Ereignisse der letzten Minuten überschlagen haben. Er hat sie immerhin nicht gebeten, herzukommen.

„Weißt du, *Liebling*, ich kann das Geschäft so kurzfristig nicht allein lassen."

Sie geht also in die Defensive. Sehr gut.

Jedoch erweckt sie damit nur seinen Ehrgeiz.

Plötzlich nimmt eine fixe Idee in seinem Kopf Formen an. Es ist nur ein flüchtiger Gedanke. Und doch, je mehr er darüber nachdenkt, desto logischer erscheint er ihm.

„Aber *Schatz*, deine Freundin kann doch sicherlich für eine Woche einspringen, meinst du nicht?"

Die zarte Röte, die langsam Franziskas Hals schmückt, ist mehr als nur anziehend. Zu gern würde er ihre Haut mit seinen Fingern berühren. Ihre Hitze spüren.

Sein Blut rauscht unvermittelt zu schnell durch seine Blutbahn, er verlagert sein Gewicht.

Die Möglichkeit, diese Frau mehrere Tage an seiner Seite zu wissen, ist nicht nur verlockend, sondern im höchsten Maße erregend.

Er ist sich durchaus im Klaren darüber, dass er sie benutzt hat. Für seine Zwecke missbraucht, in der Hoffnung, seine Schwester würde es dabei belassen, wenn sie merkt, dass der Zeitpunkt ungünstig ist, um ein derart heikles Thema wie den Streit zwischen seinem Vater und ihm anzusprechen.

Er hätte es vielleicht niemals in Erwägung gezogen, nach Hause zu fahren. Seinem Vater noch einmal zu begegnen.

Aber warum eigentlich nicht?

Mit einer Frau an seiner Seite, die er als die seine präsentieren kann und die seine Familie genügend von ihm selbst ablenken wird. Plötzlich erscheint ihm dieser Gedanke nicht mehr so abwegig.

Franziska Mölling ist perfekt geeignet.

Er muss sich anstrengen, dass seine Brust nicht allzu sichtbar anschwillt. Er ist wahrlich ein Fuchs.

„Da müsste ich sie selbstverständlich erst fragen. Und Marie darfst du auch nicht vergessen." Sie klingt etwas schrill.

„Deine Nichte ist alt genug, um auch mal einige Tage auf dich zu verzichten, denke ich." Er liest in Franziskas Blick, dass sie beginnt, an seinem Verstand zu zweifeln. Es ist ja nicht so, als würde er nicht selbst gerade daran zweifeln.

Entsetzen flackert in ihren Augen auf, als ihr die Argumente ausgehen, da er eines nach dem anderen für nichtig erklärt.

Max zwingt sich, sein Grinsen zu unterdrücken. Er leckt sich stattdessen über die Lippen, bedenkt das Objekt seiner derzeitigen Begierde mit einem fragenden Blick.

„Also? Was sagst du?

~oOo~

Kapitel 8

Verachtung wäre nicht mal annähernd das Gefühl, das ich mit Maximilian *von* Rothenburg verbinde.

Oh ja, er ist ein *von* Rothenburg.

Mit einem klitzekleinen Weingut, irgendwo in der Pampa.

Und einem todkranken Vater, dem er mich gern vorstellen möchte – als *seine Freundin*.

Es ist zum Verrücktwerden!

Wild fluchend reiße ich Kleider, Hosen, Blusen und Pullover aus meinem Schrank, werfe sie unachtsam auf mein Bett. „Das kann doch alles nicht wahr sein! Wieso passiert mir immer so was?" Es klopft an meiner Tür. Ich beachte es nicht. „So ein Drecksack. Ein dämlicher Scheißkerl." Ich pfeffere ein paar Pumps in meine Reisetasche.

Maries Kopf erscheint im Türrahmen. „Ist alles in Ordnung mit dir?"

„Du fehlst mir gerade noch zu meinem Glück! Auf dich habe ich gewartet, Fräulein! Was fällt dir eigentlich ein, dich von so einem … so einem oberflächlichen, arroganten, selbstverliebten *von und zu* Arschloch über den Haufen fahren zu lassen?" Ich werfe den Ballerina, der sich zufällig in meinen Händen befindet, in ihre Richtung. Er landet vor ihr auf dem Boden. Sie betrachtet ihn argwöhnisch, hebt ihn auf und legt ihn zu den Pumps in meinen Koffer.

„Wie ich sehe, möchtest du verreisen."

„Oh nein, meine Liebe! Ich werde *genötigt* zu verreisen. Das ist ein himmelweiter Unterschied. Du bist übrigens nicht ganz unschuldig an diesem Zustand." Der zweite Ballerina landet unmittelbar neben seinem Gegenstück. „Wohin willst du überhaupt? Und was bitte hat denn Max damit zu tun?"

„Max? *MAX*?" Das schlägt dem Fass den Boden aus. „Du nennst ihn Max? Dann hast du ihm tatsächlich Premierenkarten versprochen?"

„Klar. Er zahlt immerhin die Ausbildung." Marie zuckt belanglos mit den Schultern, setzt sich auf meine Bettkante.

„Er zahlt deine ... DU wusstest davon?" Jetzt muss auch ich mich setzen.

„Ja. Er hat mich zur Schule gefahren und wir haben uns darüber unterhalten."

„Er hat dich ...? Ihr habt euch darüber ...?"

„Mach doch nicht so ein Drama daraus. Er hat doch Geld wie Heu. Allein schon die Bonzenkarre, dann diese teuren Anzüge. Er kann es sich leisten." Sie grinst mir frech ins Gesicht.

„Er kann es sich ...?" Ich bin sprachlos über so viel kindliche Naivität.

„Hast du dein Sprachvermögen verloren? Du beendest keinen einzigen deiner Sätze." Sie legt den Kopf schief.

Ich balle meine Hände zu Fäusten. „Aaaaargh." Warum nur bin ich gestraft mit so viel Ignoranz um mich herum?

„Du hast mir noch nicht geantwortet."

„Geantwortet? Worauf?" Enerviert streiche ich mir eine gelöste Haarsträhne hinter meine Ohren.

„Auf meine Frage, wohin du fährst." Ihre Hände umzeichnen mein Chaos auf und neben dem Bett.

„In meine eigene persönliche Hölle." Ich scheuche meine entzückende Nichte auf. „Die du entzündet hast, mein liebstes Kind."

„Du sprichst in Rätseln, Tante Franziska."

„Ich gebe dir gleich *Tante Franziska*. Du wirst dich eine Woche lang zu benehmen wissen. Und du wirst Suse im Geschäft zur Hand gehen." Ich hänge zwei Hosen zurück in den Schrank.

„Och nein. Ich habe Training und muss für die Schule lernen."

„Keine Widerrede, hast du mich verstanden? Sonst werde ich deinen *Max* darüber in Kenntnis setzen, dass du nicht mehr vorhast die Academy zu besuchen und er sein verfluchtes Geld lieber der Wohlfahrt spenden kann."

Ergeben wirft sie ihre Hände in die Luft. „Jaja, schon gut. Ich quetsche die Ladys in ihre schicken Brautkleider. *‚Oh ja, das sieht fantastisch an Ihnen aus. Ihr Verlobter wird ausflippen vor Glück.'*" Sie äfft meine Stimme nach und ich muss gegen meinen Willen lachen.

„Mach nur weiter so, du Früchtchen. Du wirst schon sehen, was du davon hast."

„Oh, in erster Linie eine vortreffliche Ausbildung."

„Verzieh dich aus meinem Zimmer. Ich habe noch zu packen."

„Du willst mir also nicht sagen, wohin du fährst? Wobei … interessanter wäre es zu wissen, mit wem du fährst."

„Zu einer Weinverkostung in die Pampa. Mit *Mäxchen*."

„*Nein!*" Sie setzt sich auf meine Seidenbluse. Die hübsche mit der Schleife am Kragen.

„Glaub mir, ich bin auch alles andere als glücklich darüber. Steh doch bitte von diesem Kleidungsstück auf, ja?"

Die Bluse raschelt beleidigt, als Marie sie unter ihrem Hintern hervorzieht. Ich verdrehe die Augen, nehme sie ihr aus der Hand. „Na schön, dann bleibt dieses schöne Stück eben hier." Mit einem Seufzen hänge ich sie über einen Stuhl.

Der Anlass ist vielleicht wirklich nicht dazu gemacht, Lieblingsklamotten auszuführen.

„Ich werde dann mal lieber gehen. Das Tanztraining beginnt gleich."

„Das ist eine vorzügliche Idee. Wir sehen uns heute Abend."

„Mh-mh."

Ich werfe den Deckel meines Koffers zu und setze mich leicht frustriert aufs Bett.

Wie konnte ich mich nur darauf einlassen, mit diesem Schnösel eine Woche bei seiner Familie zu verbringen?

Er hat mich überrumpelt.

Aber was hat mich davon abgehalten, seine Schwester darüber aufzuklären, dass Max und ich mit Sicherheit alles sind, aber bestimmt kein glückliches Paar? Ich werde es noch bereuen, soviel steht fest.

Jetzt ist es offensichtlich zu spät, sich darüber Gedanken zu machen. Stattdessen warte ich darauf, dass dieser … dieser … scheinheilige Mistkerl mich darüber aufklärt, wann die Reise losgeht.

Ich höre die Haustür ins Schloss fallen.

Marie ist also ausgeflogen und auch Suse ist unterwegs.

Ich schiele auf meine Tanzschuhe … Warum eigentlich nicht? Ich habe schließlich Zeit.

~oOo~

Er hört die Musik, jedoch scheint niemand sein Klingeln zu hören. Oder vielleicht gerade eben wegen der Musik?

Unschlüssig, ob er einfach wieder gehen soll, entdeckt er, dass das Tor zum Vorgarten offen steht. Also tritt er ein, umrundet langsam das Haus. Blickt durch die Fenster, doch die Küche sieht verlassen aus.

Auch das augenscheinliche Wohnzimmer, in dem ein anständiges Chaos herrscht.

Und so was nennt sich nun Weiberhaushalt.

Mit einem Grinsen macht er sich weiter auf die Suche nach einem lebendigen Wesen. Überquert die Terrasse.

Eigentlich entbehrt es jeglicher Grundlage, hier einfach unangekündigt aufzutauchen, jedoch hat er im letzten Moment doch noch Skrupel, ob er Franziska Mölling gestern nicht ein wenig überrannt hat, mit seiner Provokation, ihn zu begleiten.

Er war rein zufällig in der Nähe, also … *Sicher, Rothenburg! Und das Meer teilt sich, wenn du es befiehlst.*

Aber wenn er schon mal hier ist …

Hinter einem Rosenbusch entdeckt er eine Treppe, die in die untere Etage des Hauses führt. Ein etwas verblichenes, vom Rost zerfressenes Schild verrät, dass das Haus über einen Partykeller verfügt. Er lauscht und tatsächlich scheint die Musik von dort zu kommen.

Max nimmt zwei Stufen auf einmal, bis ihm ein schmales Fenster Einblick gewährt. Plötzlich stockt ihm der Atem und er setzt sich auf einen Stufenvorsprung. Beobachtet fasziniert die anmutigen Bewegungsabläufe Franziska Möllings. Ihre Drehungen, Sprünge, das geschmeidige Spiel ihrer Arme. Ihr langer schlanker Hals, der ihren Kopf in Würde trägt. *Heilige Scheiße.* Er hatte keine Ahnung, dass Ballett ihn derart in Franziskas Bann ziehen kann.

„Wenn sie dich hier erwischt, schneidet sie dir die Eier ab. Ich hoffe, du weißt das."

Sein Herz macht einen erschrockenen Satz, als die kleine Göre sich neben ihn setzt und ihm ihre Warnung ins Ohr flüstert.

„Musst du mich so erschrecken?" Er ärgert sich mehr über sich selbst, dass er Marie nicht rechtzeitig gehört hat, als über ihre Mahnung. Sitzt hier rum und wird auch noch auf frischer Tat ertappt. „Was ist das eigentlich für eine Ausdrucksweise, junges Fräulein? Und woher wusstest du, dass ich hier bin?"

Sie grinst ihn an. „Besprich das mit deinem Auto. Das ist nicht sonderlich subtil. Man könnte ja fast meinen, meine Tante hätte seit Neuestem einen Stalker. Da fragt man sich doch glatt, welche Verfehlung schwerer ins Gewicht fällt. Meine Ausdrucksweise oder deine Spannerei." Sie betrachtet angelegentlich gelangweilt ihre Fingernägel.

„Du brauchst es ihr ja nicht verraten. Eigentlich wollte ich mich entschuldigen. Aber sie hat die Klingel nicht gehört."

„Du aber dafür die Musik."

Er sieht sie von der Seite an. Mal wieder überrascht von ihrer Auffassungsgabe.

Ob alle siebzehnjährigen Mädchen so sind? Wohl nicht. Jedoch hat er noch nicht so viele kennengelernt, um diese Frage sicher beantworten zu können.

„Das ist die Piano-Version von *Tango with You at Moulin Rouge*. Darauf tanzt sie gern." Auch Marie ist dazu übergegangen, Franziska zu beobachten.

„Erkläre mir, was sie macht."

Ein spöttischer Blick. „Tanzen?!" Sie zieht die Vokale absichtlich in die Länge.

„Hey, ich bin kein Tänzer. Die Drehung nennt sich Pirouette, das ist einfach. Aber alles andere? Hüpfen, Springen, Zehentanz?"

„Du bist wahrlich ein Banause, Max. Ganz ehrlich, ich habe keine Ahnung, was sie an dir findet."

Er stutzt. „Was sie an mir … Soll das heißen, ihr redet über mich?" Er hat wohl zu laut gesprochen, denn Marie reißt ihre Augen auf und legt einen Zeigefinger über ihre Lippen.

„Pscht, du musst leiser sein, sonst hört sie uns. Dann kannst du dich von deinem Leben verabschieden."

„Ja, schon gut. Also … redet ihr nun über mich?" Das interessiert ihn wirklich brennend.

„Nein, *sie* redet über dich. Das soll schon was heißen. Und dass sie mit dir zu dieser Weinverkostung in die Pampa fährt, darauf kannst du dir etwas einbilden. Wenn es nur um das Geld ginge, hätte sie es dir wahrscheinlich in den Rachen gestopft. Ich kenne Franzi."

„Zur Weinverkostung in die Pampa? Das hat sie gesagt?"

Ein Lachen braut sich in seinem Brustkorb zusammen und er muss sich wirklich zusammenreißen, um es zu unterdrücken.

Marie nickt, ohne ihn anzusehen. Er beobachtet ihren Blick, die leicht ausschweifende Gestik ihrer Hände beim Klang der Musik. Fast, als würde sie sich jede einzelne Bewegung ihrer Tante einprägen.

„Rechts vorne *Croisé* ... Arm auf zwei ... *Plié* ... *Tendu* ... *Arabesque* ... *Développé* ... *Croisé* ... *Attitude* hinten ... *Arabesque* ... *Pas de bourrée* ... *Tendu* zurück ... *Allongé* ... *Pirouette* ..."

Er lauscht ihren Worten, die für ihn jedoch wenig Sinn ergeben. Mit einem Mal überkommt ihn so etwas wie Ehrfurcht. Was er hier zu sehen bekommt, ist wahrscheinlich ein Geschenk.

„Sie ist gut, oder?"

„Sie war die Beste. Sie hatte gerade einen Solovertrag unterschrieben, als meine Mutter starb. Sie hat für mich darauf verzichtet und führt stattdessen das Brautgeschäft meiner Mutter weiter."

Dann fixiert sie ihn. Ihre Augen haben fast denselben Grünton wie Franziskas. Marie ist bereits heute eine Schönheit.

Eine Schönheit, die sie leider unter Make-up versteckt.

Aber er ist sich sicher, sobald sie zu sich selbst gefunden hat, gereift ist, werden ihr die Männer reihenweise zu Füßen liegen.

Selbstverständlich nur unter der Voraussetzung, dass sie ihre spitze Zunge im Zaum halten kann.

„Du solltest also auf sie Acht geben, sonst kannst du was erleben." Er hört den bitteren Ernst aus ihrer Drohung heraus. Bevor er jedoch etwas darauf erwidern kann, verklingt die Musik. Er hält den Atem an, starrt durch das Fenster.

Franziska wischt sich mit einem Handtuch über Gesicht und Nacken und nimmt einen Schluck Wasser aus einer Flasche, die auf dem Boden steht. Ihr Body klebt schweißnass an ihrem Rücken. Die Stulpen an ihren Waden sind leicht verrutscht, einige Löckchen haben sich aus ihrem Dutt gelöst, kringeln sich in ihrem Nacken. Er kann den Blick nicht von ihr nehmen.

Sie wirkt zerbrechlich, aber dass sie eben genau das nicht ist, hat sie längst bewiesen. Wer würde sich die Chance seines Lebens entgehen lassen, um die Verantwortung für ein fremdes Kind zu übernehmen? Sie hat es getan.

Gut, Marie ist kein fremdes Kind, sondern ihre Nichte, aber dennoch.

Franziska verlässt den Raum, ohne sie entdeckt zu haben.

Erleichterung macht sich in ihm breit. Jetzt muss er nur noch überlegen, wie er sich von hier wieder wegschleichen kann, ohne gesehen zu werden.

Wieder ist es Marie, die auf seine ungestellte Frage antwortet. „Warte zehn Minuten, dann klingelst du einfach noch mal. Sie wird jetzt duschen und keinen Verdacht schöpfen, dass du sie bereits seit Stunden beobachtest." Dieses kleine Aas zwinkert ihm zu und erhebt sich. „Ich gehe rein, damit dir jemand die Tür öffnen kann."

So ein Biest.

Da sitzt er nun auf einem Treppenabsatz wie ein Voyeur. Fühlt sich wie ein verdammter Eindringling. *Was du auch bist, Rothenburg. Niemand hat dich hierher eingeladen.* Dennoch macht er sich nach einiger Zeit auf den Weg zum Hauseingang und betätigt die Klingel.

„Sieh mal an … wen haben wir denn da?" Marie öffnet ihm tatsächlich die Tür. Er verkneift sich das Grinsen. Sie hingegen nicht. „Was für ein Zufall. Wir bereiten gerade das Essen vor. Du hast doch bestimmt Zeit, uns Gesellschaft zu leisten?"

„Du bist wirklich eine Rotzgöre." Er flüstert, sie lacht.

Dann beginnt sie durchs Haus zu schreien. „Franzi, wir haben einen Gast. Die Lasagne reicht doch bestimmt für uns alle, oder?"

„Wer ist es denn?" Franziska kommt die Treppe herunter, richtet gedankenverloren den Kragen ihrer Bluse. Ihr Zopf ist noch feucht vom Duschen. Selbst von hier unten aus kann er ihren Duft wahrnehmen. Verheißungsvoll wie der Sommer.

Sein Blut wandert abwärts.

Dann sieht sie auf. Überraschung liegt in ihren Zügen, als sie ihn entdeckt. „Rothenburg. Sie hätte ich am allerwenigsten erwartet."

Dass sie ihn siezt, macht ihm nur mehr bewusst, dass sie ihn für den Eindringling hält, der er tatsächlich ist. Erneut beschleichen ihn Skrupel. „Sollte ich ungelegen kommen, dann werde ich wieder …" Er macht Anstalten zu gehen, doch Franziska schüttelt den Kopf, verschwindet in der Küche.

„Nicht doch. Bleiben Sie ruhig. Sonst interessiert es Sie doch auch nicht, ob Sie unerwünscht sind."

Marie zieht ihn am Arm aus dem Eingang, schließt die Tür. „Da lang geht es in die Küche."

~oOo~

Was habe ich nur angestellt, dass er mir derart an den Fersen zu kleben scheint?

Jetzt taucht er schon hier auf, lädt sich quasi selbst zum Essen ein. Ich kann nicht verhindern, dass mein Herz vor Aufregung hüpft, ihn zu sehen. Aber ich werde es bei Gott nicht zugeben, geschweige denn, es ihn wissen lassen. Solche Typen sind die Pest.

Die Lasagne ist bereits vorbereitet, ich schiebe sie in den Ofen. Gut, dann sind wir eben zu dritt ... oder zu viert, sollte Suse ausnahmsweise Mal pünktlich hier erscheinen.

Ich spüre ihn hinter mir, jedoch drehe ich mich nicht zu ihm um. „Sie können Marie helfen, den Tisch zu decken, während ich den Salat mache. Ich hoffe, Sie mögen Lasagne." Jetzt sehe ich ihn doch an. Selbstverständlich sieht er fantastisch aus. Er trägt Jeans und ein Polo. Er wirkt etwas betreten, das kann ich mir jedoch auch nur einbilden. „Sonst müssen Sie mit Salat vorliebnehmen."

„Nein, Lasagne hört sich fantastisch an. Erinnert mich an zu Hause."

Richtig, der Italiener in ihm. „Na, dann will ich hoffen, an den besseren Teil von *zu Hause*."

Er fängt meinen Blick ein und ich wende mich schleunigst wieder ab.

Sicher hat er auch soeben an sein Telefonat gedacht, oder an seine arme Schwester, die er einfach in dem Glauben gelassen hat, wir wären ein sich liebendes Paar.

Diese Situation hat etwas Groteskes. Jedoch ist mir nicht nach Lachen zumute.

Ich bin mir nicht sicher, wie um alles in der Welt ich die mir bevorstehenden Tage mit ihm überleben soll. In trauter Zweisamkeit.

Und wie es mir gelingen soll, seiner Familie eine glückliche Freundin vorzugaukeln, selbst wenn seine Schwester bereits nach einigen Sekunden davon ausgegangen ist, dass wir eine Beziehung miteinander führen. Sie wird sicherlich auch nicht sehr viel länger dazu brauchen, um dieses Ammenmärchen zu durchschauen, sobald sie uns 24 Stunden um sich hat.

Was weiß ich schon von Maximilian von Rothenburg? Nichts.

Wie also soll ich diesen Irrsinn aufrechterhalten? Ich bin eine Tänzerin, die Brautkleider verkauft, keine Schauspielerin.

Und was sagt es über den Mann aus, der seine Familie derart an der Nase herumführen möchte? Mit einer wildfremden Frau an seiner Seite.

Denn nichts anderes sind wir.

Zwei Fremde, die sich zufällig begegnet sind. Marie ist unsere einzige Verbindung.

Das heißt, das Geld, mit welchem er Maries Ausbildung finanziert.

Schlimm genug, dass ich das zulasse.

Aber ich würde lügen, wenn ich abstreite, dass ich nicht selbst gespannt darauf bin, wie weit ich tatsächlich bereit bin, dafür zu gehen. Eine absurde Vorfreude verspüre, Zeit mit ihm zu verbringen.

Was genau sagt das wohl über mich selbst aus?

Die Tomaten unterziehen sich durch mich einer besonders liebevollen Zuwendung, während im Esszimmer das Geschirr klappert. Sehr gut. Zumindest weiß er sich zu benehmen und hilft tatsächlich dabei, den Tisch zu decken.

Ich höre die beiden miteinander lachen und beneide sie fast um ihr vertrautes Verhältnis zueinander. *Du bist und bleibst eine dumme Gans.*

Ich nehme mir die Gurke vor.

„Marie meinte, es gäbe Weißwein im Kühlschrank?"

„Sicher, wenn Sie vielleicht …?" Ich hebe meine verschmierten Tomaten-Gurken-Finger in die Höhe, um ihm zu sagen, dass er die Erlaubnis hat, danach zu suchen. Max versteht meinen Wink, sieht selbst nach.

„Ähem … finde ich ihn links oder rechts von den Schuhen?"

Ach ja … Ich muss kichern. „Das ist ein Tänzerhaushalt. Entschuldigung, aber hier liegen die Tanzschuhe gerne mal unter Kühlung. Der Wein liegt bestimmt dahinter."

Ich blicke über die Schulter, beobachte ihn dabei, wie er vorsichtig die Spitzenschuhe von Marie aus dem Fach nimmt. „Keine Angst, sie gehen nicht kaputt." Ich presse meine Lippen zusammen, um nicht laut loszulachen.

„Nein, wahrscheinlich nicht." Er grinst schief, findet den Wein und stellt die Schuhe wieder zurück.

„Ein Flaschenöffner hängt dort." Ich nicke in Richtung Küchenleiste zu meiner Rechten. Max steht hinter mir, greift nach dem Öffner. Sein Aftershave schleicht mir in die Nase. Ich atme unbewusst tief ein, was sich unverzüglich als riesiger Fehler herausstellt. Mein Puls erhöht sich merklich.

Warum muss er auch noch so verdammt gut riechen?

„… Gläser?"

Ich räuspere mich und hoffe, dass er es nicht mitbekommen hat, dass ich auch nur so ein lausiges Frauenzimmer bin, das sich von solchen Banalitäten wie attraktiven, gut riechenden Männern ablenken lässt. Denn das bin ich nicht! War ich nie.

„Im Esszimmer."

Und das werde ich auch niemals sein!

Er beginnt fröhlich zu pfeifen und verlässt die Küche. Mit der Flasche Wein und dem Öffner bewaffnet. Mir gleitet das Messer aus den Händen, fällt laut klirrend auf die Arbeitsplatte.

Überall würde ich diese Melodie wiedererkennen.

Das war nichts anderes als *Tango with You at Moulin Rouge*.

Kapitel 9

Ich erwische mich dabei, dass ich mich entgegen meiner Erwartungen tatsächlich wohlfühle. Max entpuppt sich als angenehmer Gesellschafter. Er trägt den Salat ins Esszimmer und holt die heiße Lasagne aus dem Ofen. Kümmert sich um unsere Weingläser und das Wasserglas meiner Nichte. Selbst Suse hat es geschafft, uns mit ihrer Anwesenheit zu beehren.

Ihr Gesichtsausdruck ist filmreif, als sie Max entdeckt.

Mit einem anzüglichen Augenbrauenhochziehen in meine Richtung lässt sie sich neben Marie nieder und sitzt mir gegenüber. Ich sehe den beiden ihren Spaß an meinem Dilemma an und füge mich meinem Schicksal.

Wer den Schaden hat ...

Immer wieder werfe ich verstohlene Blicke auf Max.

Sein markantes Gesicht nicht attraktiv zu nennen, käme Blasphemie gleich. *Von schönen Tellern isst man nicht, Kind*, mahnt mich die Stimme meiner Mutter. Aber ich bin sicher, von diesem würde sie auch kosten, wäre sie an meiner Stelle.

Moment mal, wo kommt das denn plötzlich her? Ich habe doch gar nicht vor ...

Im Gegenteil. Ich werde meine Schuld begleichen, indem ich ihn zu seiner Familie begleite, und dann möchte ich den Namen *von Rothenburg* in diesem Haus nicht mehr hören. So zumindest ist der Plan.

„Wann geht es denn los?" Marie legt ihr Besteck auf den Teller und sieht auffordernd zwischen Max und mir hin und her. Sie verzieht keine Miene und doch vibriert ihr lautes Gelächter regelrecht durch meinen Körper.

Am liebsten würde ich ihr die Zunge herausstrecken, aber das wäre wohl am pädagogischen Auftrag vorbeigeschossen.

„Mein Partner kommt am Wochenende aus seinen Flitterwochen und sollte es deiner Tante genehm sein, könnten wir direkt am Montag aufbrechen." Sein Blick ruht auf mir und ich verschlucke mich geradezu an meiner Lasagne. Auch wenn mein Koffer schon halb gepackt ist, hatte ich doch die Hoffnung, ich hätte noch ein wenig mehr Zeit.

„Wann genau geht was los?" Suse tupft sich den Mund mit ihrer Serviette ab. Die Gute hat ja noch keine Ahnung, dass sie den Brautladen für eine Woche allein schmeißen muss.

„Mein kleiner Ausflug mit Rothenburg."

Jetzt ist es an ihr, sich zu verschlucken. „Bitte?"

„Franzi fährt mit Max auf eine *Weinverkostung in die Pampa*. Wusstest du denn nichts davon?" Marie lehnt sich zurück. Es ist unschwer zu erkennen, wie sehr sie ihren Auftritt genießt.

„Aha. Und wie lange dauert so eine *Weinverkostung* im Allgemeinen?" Suse runzelt ihre Stirn. Ihr schwant wahrscheinlich, dass die Brautkleider an ihr hängen bleiben.

Dabei hat sie Glück. Die Messen sind gelaufen. Das beste Geschäft machen wir im Herbst, da die meisten Brautpaare während dieser Jahreszeit beginnen, ihre Hochzeit für den kommenden Sommer zu planen. Jetzt haben wir Frühling. Die Hochzeitskleider sind längst gekauft.

Sie könnte eigentlich direkt die Buchhaltung auf Vordermann bringen.

Dann hätten wir beide etwas davon. Sie einen geregelten Tagesablauf und ich einen zutiefst zufriedenen Steuerberater.

„Aus diesem Grund bin ich eigentlich hergekommen. Ich wollte deine Tante aus der Verpflichtung entlassen, mich zu begleiten." Rothenburgs Blick ruht auf mir. Er beschert mir eine ungewollte Gänsehaut.

Ich sollte wohl etwas darauf erwidern, jedoch habe ich scheinbar meinen Einsatz verpasst. Völlig gefesselt von seinen dunklen Augen, die mich fragend mustern. Und auch ein wenig verlegen.

Heilige Scheiße ...

Suse nimmt mir die Antwort ab. „Um Gottes willen, nimm sie bloß mit. Ein Urlaub ist genau das Richtige für unser Aschenputtel. Den Laden schmeiße ich schon ... Und ihr solltet endlich aufhören, euch zu siezen." Damit erhebt sie sich und räumt ihren Teller ab. Ich starre ihr hinterher. *Wie kommt sie nur dazu ...?*

„Wehe, du lässt sie hier. Dann habe ich endlich mal Ferien vor ihren andauernden Gardinenpredigten." Marie erhebt sich ebenfalls, verlässt das Esszimmer. *Das ist doch jetzt nicht deren ernst?* Meine Gesichtszüge drohen zu entgleisen.

„Ihr spinnt doch! Alle beide!" Mein Frust ist nicht zu überhören. Das Gelächter aus der Küche allerdings auch nicht.

Herrlich, Familie ist etwas so Wunderbares. Auch wenn ich mich dazu entschließe, Suse ab sofort nicht mehr dazu zu zählen.

Freunde sind leicht austauschbar, oder nicht? Direkt morgen werde ich mir eine neue beste Freundin suchen. Kann doch nicht so schwer sein, etwas ähnlich Loyales irgendwo aufzutun?

Und Marie? Die stecke ich in ein Internat. Vielleicht möchte Rothenburg auch für diese Kosten aufkommen?!

Keine von beiden lässt sich dazu herab, erneut im Esszimmer aufzutauchen.

Schon sitze ich mit Rothenburg allein am Tisch. Eine halb volle Flasche Weißwein vor uns und absolut keine Aussicht auf Rettung. Er erweckt zumindest nicht den Anschein, als wolle er bald aufbrechen.

Ich fülle mein Glas. „Ich fahre mit! Unter diesen Ignoranten zu bleiben, ist auch keine Lösung!"

Er beginnt zu lachen. Ein tiefes Lachen. Frei von Arroganz oder Selbstgefälligkeit. Samtig und anziehend. Einfach ein Mann, der sich köstlich amüsiert. Auf meine Kosten.

Ich schiele ihn böse an. „Sie finden mich wirklich witzig, oder?" Ich erinnere mich noch zu gut daran, wie er mich im Hotel empfangen hat.

„Witzig ist das falsche Wort." Er räuspert sich, legt zwei Finger über seine Lippen. Dann sieht er mich an. Mit glänzenden Augen. „Amüsant ... das trifft es wohl eher."

Ich bin schockiert.

„Amüsant? Und was genau finden Sie an mir amüsant?" Noch während diese Worte meinen Mund verlassen, beginne ich selbst zu lachen. Laut und aus vollem Herzen. „Diese beiden sind Verräter! Das ... können Sie ... doch nicht ... das können Sie doch nicht witzig finden!" Tränen lösen sich aus meinen Augenwinkeln.

„Amüsant. Ich finde es amüsant, Frau Mölling ... Das ist etwas völlig anderes!"

Wir lachen beide, bis uns die Bäuche wehtun. Dann wird er ernst. „Vielleicht sollten wir das *Sie* tatsächlich lassen. Ich bin Max." Seine Samtstimme lullt mich ein, während seine Schokoladenaugen mich in seinen Bann ziehen.

Auweia ...

Ich klimpere zweimal mit den Wimpern, um wieder auf Spur zu kommen. Verlegen senke ich den Blick, begutachte einen Krümmel auf der Tischplatte. „Es wäre wahrscheinlich merkwürdig, wenn Sie ... du *deine Freundin* im Angesicht deiner Familie siezen würdest."

Erneut beginnt mein Herz wild zu klopfen.

Wie bin ich nur auf diese blöde Idee gekommen, dass ich diesen Trip mit Rothenburg unbeschadet überstehe?

Dieser Kerl hat sicherlich reichlich Übung darin, Frauen um den Finger zu wickeln. Und egal, wie sehr ich mich auch dagegen wehre, er übt eine ungemeine Anziehungskraft auf mich aus. Bleibt nur zu hoffen, dass ich ihr standhalten kann.

Warum sagt er denn nichts?
Ich sehe wieder auf. Nur um seinem durchdringenden Blick erneut zu begegnen. Ich lecke über meine Lippen.

Er hebt sein Glas an und gerade als ich befürchte, er fordert mich dazu auf, Brüderschaft mit ihm zu trinken, erwidert er trocken: „Schade. Dabei habe ich mich gerade an dieses liebevoll gesäuselte *Rothenburg* gewöhnt."

„Spinner!" Ich muss leise lachen und der Damm ist gebrochen.

Eine halbe Stunde später finde ich mich in ein Gespräch mit Rothenburg vertieft, von dem ich annahm, es niemals zu führen. Zumindest nicht mit einem Mann seines Kalibers.

Er ist selbstverliebt, provokant. Und doch schafft er es, mich erneut positiv zu überraschen.

Wir räumen unser benutztes Geschirr ebenfalls in die Küche, nur um festzustellen, dass die Teller meiner Mitbewohnerinnen es lediglich bis auf die Spüle geschafft haben. Ich verdrehe die Augen. „Na, vielleicht wissen die beiden mich wieder zu schätzen, wenn ich zurück bin. Mal sehen, ob sie in der Zwischenzeit eine Putzfrau engagieren." Ich stelle das Geschirr in die Spülmaschine, während Max nach und nach dafür Sorge trägt, den Esszimmertisch wieder in seinen ursprünglichen Zustand zu versetzen.

„Vielen Dank für deine Hilfe. Ich sag's ja ... Ignoranten in jeder Lebenslage. Ein Wunder, dass die beiden noch nicht unter die Räder gekommen sind."

„Ich fürchte, ich muss dich daran erinnern, dass deine Nichte ziemlich nah dran war, unter meine Räder zu gelangen." Er stellt die Auflaufform auf die Arbeitsplatte. „Aber um es noch einmal zu betonen. Es war nicht meine Absicht, dich derart zu bedrängen. Es steht mir nicht zu, und ich möchte dir noch einmal sagen, dass es mir leidtut. Du brauchst selbstverständlich nicht mit mir in die *Pampa* zu fahren." Er versucht ein Lächeln. Es will ihm nicht wirklich gelingen.

Und doch lässt allein der Versuch meine Knie weich werden.

Es fällt mir nicht schwer, zu glauben, dass er ungeübt darin ist, sich zu entschuldigen oder zuzugeben, dass er einen Fehler gemacht hat. Umso mehr berühren mich seine Worte.

Ich beiße auf die Innenseite meiner Wange, versuche das Chaos, welches in mir tobt, zu ignorieren.

Selbst wenn ich wollte … Ich habe den Zeitpunkt eindeutig verpasst, um ihm eine Absage zu erteilen. Außerdem würde ich es hassen – dieses Gefühl, ihm etwas schuldig zu sein.

„Darüber hättest du dir Gedanken machen sollen, ehe du ungefragt die Gebühren bezahlt hast. Ich werde dir nichts schuldig bleiben. Auch wenn ich nicht den blassesten Hauch einer Ahnung habe, auf was genau ich mich da einlasse." Ich schließe die Spülmaschine, stelle mich mit dem Rücken gegen die Arbeitsplatte. Verschränke die Arme vor der Brust.

Er nickt langsam, aber bestimmt. „Das habe ich wohl verdient. Auch wenn ich noch immer der Meinung bin, dass es absolut gerechtfertigt ist, diesen kleinen Beitrag zu Maries Ausbildung zu leisten."

Das kann auch nur ein Mann sagen, dessen Hintern mit Goldstaub gepudert wurde.

„Kleiner Beitrag? Wir sprechen hier von 25.000,00 EUR!" Ungehalten stemme ich die Fäuste in meine Seite.

Er hebt abwehrend die Hände. „Ich möchte mich nicht mit dir streiten, denn es steht nicht mehr zur Diskussion. Ich habe die Kosten der Academy übernommen und werde einen Teufel tun, das Geld von dir oder sonst irgendjemandem zurückzunehmen. Das, was ich von dir verlange, ist weitaus mehr wert, das kannst du mir glauben. Daher frage ich dich ein letztes Mal, ob du dir sicher bist, mich begleiten zu wollen." Abermals fixiert er mich.

Himmel, gut nur, dass ich einen Halt im Rücken habe.

Mein Mitleid geht an die weiblichen Wesen da draußen, welche diesen Augen bereits zum Opfer gefallen sind.

„Selbstverständlich. Denn auch ich stehe zu meinem Wort!" Meine Stimme klingt entschlossener, als ich tatsächlich bin.

„Dann weise ich dich darauf hin, dass das gerade eben deine letzte Chance gewesen wäre, aus der Nummer wieder herauszukommen." Er macht einen Schritt auf mich zu. Verringert die Distanz und mir bleibt fast das Herz stehen. Ich hoffe, dass er mein klopfendes Herz nicht hören kann.

„Ich jedenfalls freue mich sehr, dass du mir Gesellschaft leisten wirst …"

Holla, die Waldfee …

Sein heißer Atem streift meine Wange, während er mir ins Ohr flüstert. Ich beiße mir auf die Unterlippe, schließe die Augen. „Und jetzt ist es Zeit, den Tisch abzuwischen."

Seinen Duft lässt er in der Küche, während er selbst sie verlässt. Mit einem feuchten Tuch in den Händen.

Das macht er doch mit voller Absicht.

Ich wäre ein Schaf, würde ich das nicht durchschauen, und atme durch hohle Wangen ein.

Mir wird ganz schwummerig bei so viel männlicher Manipulation und ich kralle mich an der Arbeitsplatte fest. Es sollte ein Verbot geben, derart gut zu riechen.

Das kann ja heiter werden ...

Wir haben es uns auf der Couch bequem gemacht. Selbstverständlich mit dem gebotenen Sicherheitsabstand. Max hat eine weitere Flasche Wein geöffnet. Er scheint ihn als gut zu befinden. Ich weiß nicht warum, aber aus irgendeinem Grund klopfe ich mir innerlich auf die Schulter für meine vortreffliche Wahl.

Anscheinend ist er ja vom Fach.

Von den restlichen Damen des Hauses ist noch nicht mal mehr der Kondensstreifen zu sehen, den sie beim Verlassen des Hauses hinterlassen haben.

Marie hat etwas von Gesangsunterricht gefaselt, auch wenn ich davon ausgehe, dass das schlichtweg gelogen war, aber bitte ...

Suse macht mit Hannes die Stadt unsicher und ich sitze tatsächlich mit Rothenburg – ich meine natürlich mit *Max* – in unserem Wohnzimmer, als wäre es das Natürlichste der Welt.

Und wir *quatschen* wie alte Freunde.

Geschickt lenkt er das Gespräch ständig auf mich, sodass er letzten Endes ziemlich viel über mich erfahren hat und ich noch immer keinen blauen Dunst habe, was mich im Ahrtal erwarten wird.

Dorthin wird unsere Reise gehen. Wie gesagt ... in die *Pampa* oder an den *Arsch der Welt* oder dorthin, wo im Allgemeinen der Pfeffer wächst.

Oder ganz einfach gesprochen ... in dein persönliches Verderben.

Ich höre meiner inneren Stimme einfach gar nicht mehr zu, die ständig darüber lamentiert, dass es mit Sicherheit kein Zuckerschlecken sein wird, eine gesamte Woche in ungeschützter Nähe zu Max von Rothenburg zu verbringen. Nicht für mich und auch nicht für meinen Seelenfrieden.

Allerdings habe ich auch nicht vor mich zu verlieben.

Also wird das auch nicht geschehen.

Sie kann demnach getrost die Klappe halten ... diese innere Stimme.

„Wie kann es sein, dass es in eurem Haushalt etwas derart Gehaltvolles wie Lasagne zu essen gibt?" Er nimmt noch einen Schluck Wein.

„Weil ich darauf bestehe, dass Marie zumindest dreimal in der Woche genügend Kohlenhydrate zu sich nimmt. Sie befindet sich noch im Wachstum und als Tänzerin ist man leider dazu verdammt, sein Körpergewicht ständig einige Gramm unter Untergewicht zu halten." Auch ich gönne mir noch etwas von der fruchtigen Flüssigkeit aus meinem Glas. „Du hattest also definitiv Glück. Es bestand die

Möglichkeit, dass du an einem unserer Rohkosttage zum Essen eingeladen wirst." Ich muss schmunzeln.

Zu gern wäre ich Zeugin gewesen, wie er dieses Essen hinuntergewürgt hätte. Männer und Gemüse ... das kennt man ja ... und dann noch ungekochtes.

„Oh, neben einem Steak sieht Rohkost ganz hübsch aus. Unser Küchenchef dekoriert sehr gern mit Salatblättern." Er zieht eine Augenbraue in die Höhe, nippt an seinem Wein.

„Sicher." Ich halte seinem Blick stand. Er weicht mir aus, sieht sich um. Dann bleiben seine Augen auf dem alten Klavier meines Vaters hängen.

„Spielst du?" Er erhebt sich, setzt sich doch tatsächlich vor die Klaviatur. Beginnt darauf zu klimpern.

„Den Flohwalzer. Das ist doch eher Maries Terrain."

Er lächelt mir zu. Dann konzentriert er sich auf die Tasten und versucht sich an *Gymnopédie No.1* von Erik Satie. Und er ist gar nicht mal so schlecht.

„Ein Mann, der Klavier spielt." Eine Feststellung.

„Ein bisschen." Wieder sieht er lächelnd zu mir herüber. *Verdammt. Er soll das lassen.*

„Marie ist wohl ein Multitalent, wie? Tanzen, singen, und jetzt auch noch Klavier?"

„Sie würde dir sogar etwas vorgeigen, wenn du es möchtest." Gott sei Dank möchte sie das selbst nicht allzu oft.

Er hört auf zu spielen, dreht sich mit dem Hocker in Richtung Couch. „Ich mag eure Familie. Diesen Zusammenhalt. Da könnte sich manch andere eine Scheibe von abschneiden." Ein Schatten fällt über sein Gesicht und ich bin mir sicher, er spielt auf seine eigene Familie an.

„Auch hier ist nicht alles Gold, was glänzt, Rothenburg." Zeit, ihm den Wind direkt aus den Segeln zu nehmen. „Wir haben eine ziemlich schwere Zeit hinter uns. Vor allen Dingen Marie." Wie immer erfasst mich tiefe Traurigkeit, wenn ich an den schweren Verlust denke. An die klaffende Lücke in unserem Leben, die Sinas Tod hinterlassen hat. „Sie war deine Schwester. Marie hat mir erzählt, dass sie vor fünf Jahren gestorben ist."

Ich nicke lediglich, aus Angst, dass meine Stimme versagt.

„Und dass du viel für sie aufgegeben hast." Wieder dieser Blick.

Ich schlucke und winke ab. „Das hätte wohl jeder in dieser Situation getan."

„Dass du dich da mal nicht irrst." Er setzt sich wieder zu mir auf das Sofa, füllt erst mein Glas, dann seines. „Was ist mit deinen Eltern? Hätten sie sich nicht um Marie kümmern können? Dann hättest du als Tänzerin Karriere machen können."

Ich beginne mich langsam zu fragen, über was er sich noch alles mit meiner entzückenden Nichte unterhalten hat. „Sie leben auf Teneriffa." Ich lasse bewusst den Teil aus, bei dem ich mich dazu entschlossen habe, nicht mehr zu heiraten.

„Das ist schön, oder?"

„Ja, für meine Eltern schon ... aber für Marie wäre es keine Option gewesen. Also habe ich entschieden, mich nach Sinas Tod um sie zu kümmern. Hättest du in einer Seniorensiedlung irgendwo in den vulkanischen Bergen einer Insel leben wollen? Als zwölfjähriges Mädchen?"

„Nein, wahrscheinlich nicht. Dennoch war es selbstlos von dir, auf so viel zu verzichten."

Okay. Er will es genau wissen.

„Wenn du damit eine klitzekleine Absteige mit Matratze auf dem Boden meinst und täglich mindestens zehn Stunden Training ... dann lass dir versichert sein, so schwer war es nicht." Ich verziehe den Mund.

Er legt seine Hand auf meine Schulter, nur um sie augenblicklich wieder zurückzuziehen. Fast, als hätte er sich selbst darüber erschrocken, mich berührt zu haben.

Meine Haut beginnt zu kribbeln. Trotz meiner Bluse.

Diese scheinbar unverfängliche Verabredung zum Essen entwickelt sich langsam, aber sicher zu einem Spießrutenlauf meiner Hormone. Und wenn ich eines nicht möchte, dann unkontrollierbares Herzklopfen in Max von Rothenburgs Nähe.

Oder wilde Massenkundgebungen irgendwelcher Schmetterlinge in meiner Magengegend.

Solche kindischen Gefühlsduseleien kann ich mir nicht leisten.

Sie wären wohl auch ziemlich verschwendet an einen Mann wie Rothenburg. Womöglich hat er eine extra für diese Zwecke angelegte Datei in seinem Smartphone, mit Kontaktdaten diverser Damen, sortiert nach Haarfarbe und Kleidergröße, je nach Gusto. Ich werde ganz sicher nicht Inhalt einer solchen Datei werden.

Ich presse die Lippen aufeinander und versuche die Verlegenheit zu überspielen, indem ich nach meinem Glas greife, welches auf dem Tisch steht. Nur, um mir den Inhalt ohne Umschweife über die Finger zu kippen.

„Ach Mist." Ich springe auf und mache es nur noch schlimmer. Das Glas gerät ins Straucheln und sein Inhalt ergießt sich letztendlich über den kompletten Tisch.

„Verflixt, ich bin aber auch …"

Max steht auf, stellt das verunglückte Glas aufrecht und läuft in die Küche, nur um sich Sekunden später mit Küchenkrepp der Sauerei anzunehmen, die ich fabriziert habe. „Danke. Ich bin wirklich ein Tollpatsch."

„Ach was, es ist ja noch mal gut gegangen." Er reißt zwei weitere Tücher ab und wickelt meine nassen Finger darin ein. Eigentlich wollte ich diese Art von Nähe vermeiden.

Na, das hat ja super geklappt.

Jetzt hat er mich völlig in der Hand. Im wahrsten Sinne des Wortes.

Er tupft, massiert, streichelt meine in Papier verpackten Hände und ich bekomme einen filmreifen Herzklabaster.

Um ein Haar lasse ich mich dazu herab, genüsslich meinen Kopf in den Nacken zu legen und tief zu seufzen. Ich schaffe es gerade eben noch, mich davon abzuhalten.

Aber es kostet mich jede Menge Disziplin und Selbstbeherrschung.

Wie, in Gottes Namen, willst du die Tage mit ihm bei seiner Familie überstehen? Du bist doch nicht mehr ganz gefechtsklar!

Nein, das bin ich ganz offensichtlich nicht!

Ich entziehe ihm meine Hände, ehe es noch zu einem Eklat kommt. „Ich fürchte, ich muss sie mir richtig waschen." Ein Reibeisen hätte nicht weicher klingen können.

Damit lasse ich ihn mit all seinem Küchenpapier einfach stehen.

Kapitel 10

~oOo~

Es wird allerhöchste Zeit für ihn.

Er spürt deutlich, dass es ihm immer schwerer fällt, die Finger von ihr zu lassen. Ihre Lippen laden ihn schier dazu ein, sie zu küssen. Die wunderschönen Sommersprossen auf ihrer Alabasterhaut.

Ihr Duft, der ihm bereits den gesamten Abend die Sinne blockiert.

Das unangenehme Pochen seiner Lenden wird fast unerträglich.

Er sollte gehen, um zu verhindern, dass er über sie herfällt.

Es war eine dämliche Idee, sie für seine Zwecke einzuspannen. Und sie hat die Chance leider nicht genutzt, um ihm abzusagen.

Leider? Es wäre schlichtweg gelogen, zu behaupten, dass er es nicht genießen würde, sie so eng an sich zu binden.

Eine Woche lang in ihrer Nähe zu verbringen. Tag und ... Nacht.

Erneut zieht es in seinem Unterleib.

Diese Frau hat keine Ahnung, was sie mit ihm anstellt.

Und er hat keine Ahnung, was er mit ihr anstellen soll.

Oh nein, das ist falsch ausgedrückt! *Er hat keine Ahnung, wie er es anstellen soll, nichts mit ihr anzustellen.*

Franziska Mölling entwickelt sich langsam, aber sicher zu seiner persönlichen Herausforderung.

„Möchtest du noch etwas trinken?" Franziska erscheint wieder in der Tür, sieht ihn an. Ihre Augen glänzen, ihre Wangen sind leicht gerötet. Nur zu gern möchte er daran glauben, dass seine Anwesenheit der Grund dafür ist, wahrscheinlicher ist jedoch, dass eine gewisse Weinseligkeit ihre Haut durchblutet.

Ob sie nach dem Sex ähnlich schimmert?

Er traut sich selbst nicht mehr über den Weg. *Zeit zu verschwinden, Rothenburg!*

„Nein, ich denke, ich hatte genug." Er zwingt sich, sie nicht mit seinen Blicken zu entkleiden. „Es wird Zeit für mich ... Es spricht doch nichts dagegen, dass mein Wagen hier stehen bleibt, oder?"

Ein bezauberndes Lächeln, das ihre Nase kräuseln lässt.

„Nein, ich denke, die Fußgänger werden es dir danken."

Die kleine Anspielung auf den Zusammenstoß mit Marie an einer Fußgängerampel.

Er erwidert ihr Lächeln. „Da könntest du Recht haben."

„Soll ich dir ein Taxi rufen?" Franziska lehnt sich in den Türrahmen. Beobachtet ihn.

Max schüttelt den Kopf. „Ich gehe ein Stück zu Fuß, aber danke."

Er braucht dringend frische Luft. Vielleicht einen Tornado, der ihm die nicht ganz jugendfreien Gedanken aus dem Hirn fegt. Aber wahrscheinlich wird das nicht reichen. Eine kalte Dusche ist da wohl eher angebracht.

„Bist du sicher?"

Er nickt, macht einen Schritt auf sie zu. „Ich danke dir für das Essen. Die Lasagne war wirklich gut."

„Du musst es ja wissen." Schelmisch sieht sie zu ihm auf. *Himmel, wie soll er da widerstehen?*

„*Mia nonna non può cucinare meglio di tu.*" Nein, seine Nonna hätte es tatsächlich auch nicht besser machen können ... Zart streicht er mit den Fingerspitzen über ihren Hals, an ihrem Ohr vorbei. Genießt den Schauer, der ihre Haut entlangfährt. Sie hebt ihm ihr Gesicht noch ein Stück entgegen. *Gott möge ihm vergeben ...* Er beugt sich hinunter und küsst flüchtig ihre Lippen. Weich, voll, einladend. Unendlich süß. Er nutzt das Überraschungsmoment, um sich wieder von ihr zu lösen.

„Ich gehe dann mal."

Sie nickt. Mit geschlossenen Augen zieht sie ihre Oberlippe zwischen die Zähne.

Verflucht noch mal! Er umfasst ihr Gesicht, fängt ihr überraschtes Keuchen mit seinem Mund auf. Presst ihren Körper gegen den Türrahmen, in dem sie noch immer steht. Folgt seinen niederen Instinkten.

Er ist auch nur ein Mann ... und sie eine einzige verdammte Verlockung.

~oOo~

Ehe ich mich versehe, liege ich in seinen Armen. Wirklich starke Arme.

Eine Gefühlsexplosion, als er mich erneut küsst. Mein Herz sprengt meinen Brustkorb, während ich Halt an seinem Nacken suche. *O Gott, ich hatte vergessen, wie es sich anfühlt ...*

Nein, falsch. Ich habe nicht gewusst, dass es sich *so* anfühlt!

Seine Zunge fordert mich heraus. Keineswegs zögerlich, sondern fordernd, leidenschaftlich, wild nimmt sie mich in Besitz.

Mein Körper verselbstständigt sich, drückt sich näher gegen seinen, sofern das überhaupt möglich ist. Max' Hände beginnen seitlich an mir entlangzuwandern, sein Knie stellt sich zwischen meine Schenkel. Er umfasst meinen Hintern.

Ein Knurren löst sich aus seiner Kehle. Dann lässt er von mir ab. Legt seine Stirn gegen meine. Alles in mir flirrt und pulsiert. Das Blut rauscht unkontrolliert durch meine Blutbahn, ungeahnte Hitze überkommt mich. Die Härte in seiner Hose ist deutlich spürbar. Meine Fingernägel graben sich in seinen Haaransatz. Ich atme durch spitze Lippen aus.

„Wenn wir jetzt nicht aufhören, kann ich keine Garantie abgeben, dass das hier jugendfrei endet."

Er klingt ähnlich atemlos, wie ich mich fühle.

Heilige Jungfrau, darauf bin ich nicht vorbereitet.

Meine Brüste fühlen sich schwer an und bitten um Erlösung, als sie sich gegen meinen BH drücken. Das wilde Ziehen in meinem Höschen fordert mich geradezu auf, mich wie eine Katze an ihm zu reiben. Der wollüstige Teil in mir schreit *weiter, weiter, weiter* und *hör jetzt nur nicht auf.* Aber der rationale Teil weiß, dass er gehen muss. Jetzt! Auf der Stelle!

Ich lecke über meine Lippen. Sie fühlen sich geschwollen an.

Sie sind definitiv zu lange nicht geküsst worden.

Widerwillig nehme ich die Hände aus seinen Haaren, taste mich über seine breiten Schultern. Sein Körper scheint zu beben. „Franziska, glaubst du mir, wenn ich dir sage, dass ich das nicht beabsichtigt hatte?" Sein Atem streichelt meine Haut, lässt mich erneut erschaudern.

„Spielt das eine Rolle?" Selbst für meine Ohren klingt meine Stimme hohl. Ich ziehe sein Gesicht zu mir, zwinge ihn, mich anzusehen. Bartstoppeln kratzen in meinen Handinnenflächen und ich ertappe mich bei der Frage, wie sie sich wohl auf dem Rest meiner Haut anfühlen würden. Ich atme tief ein, tauche ab in seine Schokoladenaugen. Erkenne die grünen Sprenkel darin. „Max, was immer das hier ist, … war …"

Ein Haustürschlüssel dreht sich im Schloss und ich stoße ihn hastig von mir. Max scheint es ebenfalls gehört zu haben, geht unverzüglich auf Abstand. Fährt sich ertappt durch die Haare.

Ich wische mir über den Mund, kontrolliere meine Klamotten. Doch anscheinend war ich nicht schnell genug. Das offensichtliche Bild, welches wir abgeben, entgeht meiner Nichte selbstverständlich nicht. Mit einem anzüglichen Grinsen steht sie im Wohnzimmer. „Oh, es tut mir leid. Ich wollte euch auf keinen Fall stören. Soll ich lieber noch mal gehen?"

„Rede keinen Unsinn." Unwirsch marschiere ich an ihr vorbei, nur um in der Küche rücklings gegen den Kühlschrank zu fallen.

Verfluchte Scheiße! Scheiße, scheiße, scheiße! Verdammter Mist!

Mein Puls rast und hinter meiner Stirn beginnt es unangenehm zu pochen.

Jetzt nur nicht durchdrehen, Franziska.

„Hey, alles in Ordnung?" Max linst um die Ecke. Ich nicke, ohne ihn anzusehen.

„Das war ganz schön knapp", kommentiere ich tonlos. Ich spüre das irrationale Verlangen, laut zu lachen. Dass ich mich selbst in eine solch verfahrene Situation bringe ...

Meine Mundwinkel ziehen sich unwillkürlich nach oben und schon pruste ich los, geschüttelt von einem Lachanfall, der seinesgleichen sucht. Meine Knie geben nach und ich rutsche langsam an der Edelstahlverkleidung unseres Kühlelements gen Boden.

Auch Max beginnt zu lachen. Hockt sich neben mich. Ich lege meinen Kopf gegen seinen Oberarm, den er direkt um mich legt. Mich an seinen Oberkörper bettet. Eine perfekte Franziska-Wohlfühlzone.

Sein Kinn liegt auf meinem Scheitel. Noch immer lächelnd gibt er mir recht. „Das stimmt. Wäre sie nur eine Minute eher gekommen. Oh Mann ..."

Peinlich berührt vergrabe ich mein Gesicht in sein Polo, ... atme ihn ein ... Das Karussell in meinem Kopf beginnt unverzüglich, sich erneut zu drehen. Ich sehe auf. Seine Augen fangen meinen Blick ein und ich spüre das Klopfen seines Herzens. Fest und zuverlässig.

Die Welt hingegen scheint stillzustehen. Für einen klitzekleinen Moment gebe ich mich der Illusion hin.

Er beugt seinen Kopf herab, küsst meine Stirn. „Ich sollte jetzt wirklich aufbrechen." Max löst sich von mir und ich beginne tatsächlich zu frösteln, ohne seine mich wärmende Aura.

Das gibt es doch nicht ...

Er hilft mir auf. Der Schwung lässt mich wieder gegen seine Brust prallen. „Du kannst ja gar nicht genug von mir bekommen." Er zieht spöttisch die Augenbrauen in die Höhe.

„Träum weiter ..." Zum wiederholten Mal an diesem Abend zupfe ich mein Outfit zurecht. „Ich bringe dich noch zur Tür."

„Sehr gern." Heiser und rauchig. Ich halte mitten in der Bewegung inne. Ich kann mir nicht helfen, aber irgendwie hat dieser Abend sich in die völlig falsche Richtung entwickelt ...

Mit zartem Druck fährt seine Hand über meine nackte Wade in höhere Gefilde. Spreizt meine Schenkel. Ein stoppeliges Kinn reibt sich über meine völlig erhitzte Haut, entlockt mir ein lustvolles Stöhnen. Sinnliche Bisse zeichnen einen Pfad von meinen Brüsten hinab, umkreisen meinen Bauchnabel. Mit der Rückseite seiner Finger sucht er meine Nässe. Knurrt, als er sie findet.

Sein Daumen reizt mein angeschwollenes Lustzentrum. Ich biege den Rücken durch. Seine Zähne knabbern an meinen Knospen und meine Hände graben sich links und rechts in das Bettlaken, als er einen Finger in mich versenkt. „*Aaahhhh* ...“

Ich schrecke auf. Atemlos, mit rasendem Herzschlag. Und einem völlig überreizten Körper.

Ein Traum ... *nichts weiter als ein Traum* ...

Dennoch befühle ich das Bett nach der Spur eines anderen Körpers – *seines Körpers* – neben dem meinen.

Nur ein kleiner Hinweis ..., den ich selbstverständlich nicht finde.

Unendlich enttäuscht ziehe ich mir die Bettdecke bis unters Kinn, lausche frustriert in die Stille.

Ziehe meinen Beckenboden zusammen, der noch immer sehnsuchtsvoll pocht. Ich schließe die Augen, gleite mit meiner Hand in den Slip und bringe zu Ende, was er begonnen hat.

~oOo~

Das heiße Wasser prasselt auf seinen Kopf, läuft über sein Gesicht. Seine Hände an die Fliesen gelegt, lässt er den Abend Revue passieren. *Ihr Tanzen.* Die fließenden Bewegungen ihres zierlichen Körpers.

Das Essen, ihre Unterhaltung und dann der Kuss ... Er wird schon wieder hart.

Dabei hat er sich gerade eben erst Erleichterung verschafft.

Max dreht das Wasser ab und wickelt sich ein Handtuch um die Hüften, welches sofort ein Zelt bildet. Er braucht dringend einen kühlen Kopf. Weder der Fußmarsch nach

Hause noch die anschließende kalte Dusche konnten die heißen Gedanken an diese Frau abkühlen.

Auch nicht die Tatsache, dass er mit der Faust um seinen Schwanz die Erinnerung an ihren schmiegsamen und *scheiße noch mal* äußerst willigen Körper den Abfluss hinuntergespült hat. Und wie es aussieht, ist die Nacht noch lange nicht zu Ende.

Er wischt über den beschlagenen Spiegel und schiebt sich die Zahnbürste in den Mund. Wie soll er die Zeit im *Castello,* wie seine Mutter das alte Herrenhaus genannt hat, überstehen?

Oh, er hat keine Schwierigkeiten damit, sich die Schweinereien vorzustellen, die er mit Franziska Mölling anzustellen gedenkt.

Allerdings nicht, solange er mit seinem Vater unter einem Dach verweilt.

Das wäre völlig am Thema vorbei.

Sie ist der Katalysator.

Der Grund, warum er sich überhaupt darauf eingelassen hat.

Wäre sie nicht anwesend gewesen, als Sarah sein Büro gestürmt hat, hätte er seine Schwester postwendend zurückgeschickt. Ohne, dass er überhaupt die Zusage gemacht hätte, noch einmal einen Fuß über die Schwelle dieses Hauses zu setzen.

Was immer ihn in diesem Moment dazu getrieben hat, es ist an der Zeit, sich zu fragen, ob es so klug war, Franziska mit in diese *tragedia familiare* zu ziehen. Sie, die alles aufgegeben hat, um sich ihrer Familie zu widmen, ohne großartig darüber nachzudenken. Völlig selbstlos.

Aus Liebe zu ihrer Schwester. Zu ihrer Nichte.

Und er selbst war noch nicht mal in der Lage, den letzten Wunsch seiner Mutter zu erfüllen.

„Sei deinem Vater nicht böse, Massimo. Er liebt dich und Sarah. Versprich mir, dass du es ihm nicht nachträgst, dass er nicht hier ist. Er würde euch niemals im Stich lassen." Mit schwacher Stimme und schwimmenden Augen nahm seine Mutter ihm dieses Versprechen ab. Sogar ihre letzten Worte galten seinem Vater.

Aber er will seinen Vater weder sehen, geschweige denn mit ihm sprechen.

Es war nicht seine Entscheidung, dass sich sein Vater neben seiner todkranken Ehefrau noch ein Liebchen fürs Bett gesucht hat!

In der Nacht, als seine Mutter starb, hat sein Vater dieses Flittchen wahrscheinlich in andere Sphären gefickt.

Als seine *Mamma* ihren letzten Atemzug tat, hat er, Max, ihre Hand gehalten. Und das wäre *verflucht noch mal* die Aufgabe ihres Ehemannes gewesen.

Es wäre die Aufgabe seines Vaters gewesen, sich von ihr zu verabschieden. Ihr zu versichern, dass alles gut wird. Dass er da sein wird, sollten die Kinder ihn brauchen. Dass er sich um alles kümmert.

Damit sie beruhigt und in Frieden gehen kann.

Stattdessen war es Max, der seiner *Mamma* versichert hat, immer auf Sarah aufzupassen. Dafür Sorge zu tragen, dass das Gut in Familienhand bleibt.

Er scheppert die Zahnbürste zurück in den Becher und beugt sich unter den Wasserstrahl, um zu spülen.

Richard von Rothenburg hat sich einen Scheiß um seine Familie geschert.

Er hat Erlösung in den Armen einer anderen Frau gesucht.

Um den Schmerz besser verarbeiten zu können.

Max kommt die Galle hoch, wenn er nur daran denkt, wie sein Vater in dieser Erklärung seine Rechtfertigung findet.

Er spuckt das Zahnpasta-Wasser-Galle-Gemisch ins Waschbecken und fährt sich über die Lippen.

Er konnte dieses letzte Versprechen an seine Mutter nicht halten. Er hat jegliche Achtung vor seinem Vater verloren, in dem Moment, als seine Mutter ihre Augen für immer schloss und er seine Schwester tröstend in seine Arme geschlossen hatte.

Ihn musste niemand trösten. Er hat seine Kraft daraus gezogen, seinem Vater mit der Despektierlichkeit zu begegnen, die Richard von Rothenburg seiner sterbenden Ehefrau und Mutter seiner Kinder entgegengebracht hatte.

Letzten Endes ist Max gegangen. Es war ihm nicht mehr möglich, mit seinem Vater unter einem Dach zu leben, die Geschäfte gemeinsam mit ihm zu führen.

Er hat seinen Weg gefunden, ohne die Unterstützung seines alten Herrn.

Hat in Hamburg studiert – Betriebswirtschaft statt Önologie.

Führt ein angesehenes Hotel, zusammen mit seinem Partner und bestem Freund.

Max hat ein gutes Leben. Und doch spürt er, dass irgendetwas fehlt.

Seine Mutter war Italienerin. Die *famiglia* spielte eine große Rolle in ihrem Leben.

Das zählt zu den Attributen, die sie ihren Kindern mit auf den Weg gegeben hat. *Egal, was auch immer geschieht, in der famiglia findet ihr den Halt und die Unterstützung für euer gesamtes Leben. Hütet sie wie einen Schatz, denn sie ist kostbarer als alles Gold der Welt.* Er könnte kotzen ...

„Du wirst was ...?" Philipp dreht sich zu ihm um, wirkt ein wenig ungläubig.

„Du hast mich schon richtig verstanden. Ich fahre nach Hause. Für ein paar Tage." Max nippt an seinem Scotch. Dreht das Glas in seinen Händen, betrachtet die bronzen schimmernde Flüssigkeit.

„Wow! Dass ich das noch erleben darf. Ich hoffe jedoch, du bist mir nicht böse, wenn ich dich nicht begleite." Er feixt in seine Faust, die er sich vor den Mund hält.

„Wie könnte ich ... Du musst dich ums Hotel kümmern."

„Und wie bist du auf diese, entschuldige bitte, wenn ich das so sage, völlig bescheuerte Idee gekommen?" Philipp kennt ihn gut. Sehr gut sogar.

Er kennt die Hintergründe, weiß um den Bruch mit seinem Vater. „Nicht, dass ich noch eine Kaution für dich hinterlegen muss, weil du deinem Vater an die Gurgel gegangen bist."

„Das ist vielleicht gar nicht mehr nötig. Der alte Herr hatte einen Herzinfarkt. Es sieht danach aus, als würde sich das von selbst erledigen", erklärt er bitter. Spült die Schärfe mit Scotch aus seiner Stimme.

„Das tut mir leid für deine Schwester." Philipp setzt sich, nimmt ebenfalls einen Schluck aus seinem Glas.

„Angeblich ist sie zum Shoppen nach Hamburg gekommen, also kannst du es ihr direkt selbst sagen. Allerdings war es wohl eher ihre Mission, mich davon zu überzeugen, dass es Zeit wird, meinen Frieden mit dem alten Sack zu machen."

„Wieso werde ich dann das Gefühl nicht los, dass ihr das nicht gelungen ist?"

„Du kennst mich eben." Er grinst, hebt sein Glas in Richtung seines besten Freundes. Philipp schüttelt den Kopf. Es ist gut, dass Philipp wieder da ist. Sie haben ihm gefehlt, diese Treffen am Ende eines arbeitsreichen Tages.

Selbst heute, obwohl er erst vor wenigen Stunden aus den eigenen Flitterwochen gekommen ist, hat Philipp es sich nicht nehmen lassen, sich kurz mit Max auszutauschen. Nicht dass es nötig gewesen wäre. Sie vertrauen einander blind. Aber das gab Max die Gelegenheit, ihn direkt darüber in Kenntnis zu setzen, dass er in der kommenden Woche nicht anwesend sein wird.

Es klopft an seiner Bürotür und seine Schwester schiebt ihren Kopf in den Raum. „Ich wollte mich verabschieden." Dann fällt ihr Blick auf Philipp und sie beginnt über das ganze Gesicht zu strahlen. „Philipp, meine Güte. Mit dir habe ich nicht gerechnet."

Philipp erhebt sich wieder und nimmt sie überschwänglich in die Arme. „Sarah! Wo ist die kleine Schwester von Max abgeblieben?" Er kneift ihr in die Wange und fügt mit piepsig verstellter Stimme hinzu: „Mein Gott, bist du groß geworden."

Max betrachtet belustigt die Röte, die seine Schwester erfasst. Er weiß, dass Sarah immer schon heimlich ein wenig in seinen Freund verliebt war. Auch wenn Philipp sie niemals dazu ermutigt hätte oder ihr in irgendeiner Form falsche Hoffnungen gemacht hätte. Für ihn war sie immer nur Max' kleine Schwester.

Sie boxt ihm auf den Oberarm. „Rede keinen Unsinn. Du siehst großartig aus. Die Ehe scheint dir zu bekommen." Dennoch kann sie es nicht lassen, ihm einen hollywoodreifen Augenaufschlag zu schenken.

War seine Schwester schon immer so ein verführerisches Weibsbild? Vielleicht ist es tatsächlich nicht das Schlechteste, zu Hause mal nach dem Rechten zu sehen.

„Vielen Dank! Wir haben dich auf der Hochzeit vermisst."

Er deutet Sarah an, sich zu ihnen zu setzen. Was sie augenblicklich tut. Ihre langen Beine übereinanderschlägt.

Für Max' Befinden rutscht ihr viel zu enger Rock dabei ein wenig zu hoch.

Jedoch kann er hier wohl mal ein Auge zudrücken. Philipp hat sowieso nur noch Augen für Hanna, seine Ehefrau.

„Leider bin ich zu Hause nicht weggekommen. Max hat dir bestimmt erzählt, dass es unserem Vater nicht gut geht. Der Arzt hat jede Aufregung strikt verboten." Der Seitenhieb in seine Richtung entgeht Max nicht. Er lehnt sich zurück. „Aber es ist gut, dass mein Bruder zur Vernunft kommt. Das wird Vater sicherlich dabei helfen, wieder gesund zu werden."

„Erwarte nicht zu viel, Sarah. Ich komme nicht, um ihn in meine Arme zu schließen. Ich tue es nur Nonna und dir zum Gefallen."

Sie winkt ab. „Schon gut, spar dir den Atem. Franziska wird dir hoffentlich diesbezüglich den Kopf waschen." Das war genau der Teil der Geschichte, den Max lieber für sich behalten hätte.

Philipps Augenbraue zieht sich hoch in die Stirn. „Franziska?"

„Max' Freundin. Sie wird ihn begleiten. Hat er das nicht erwähnt?" Sie sieht fragend zwischen den Männern hin und her.

„Nein. Weder das eine noch das andere ..." Die Mundwinkel seines Freundes verziehen sich spöttisch. „Aber das wird er sicher gleich noch tun."

„Nun gut, dann werde ich euch mal allein lassen. Ich habe noch ein Stück zu fahren." Sarah erhebt sich, drückt ihrem Bruder einen Kuss auf die Wange. „Wir erwarten euch dann am Montag. Nonna freut sich sehr."

„Melde dich, wenn du angekommen bist."

Sie nickt, lässt sich von Philipp zur Tür begleiten. Max atmet tief ein.

„Franziska, he?"

„Genau."

„Deine Freundin, ja?"

„Mmh, das wäre wohl zu viel Interpretation."

„Dann eine deiner Bettgefährtinnen?"

„Nein, auch das nicht."

„Muss ich dir alles aus der Nase ziehen? Was hat es nun mit dieser ominösen Franziska auf sich?"

Max lockert seine Krawatte, öffnet den obersten Knopf seines Hemdes. „Da gibt es nicht viel zu erzählen. Kennst du das Brautmodengeschäft Mölling?" Mit einem Mal brennt er darauf, zu erfahren, ob Philipp weiß, von wem hier die Rede ist.

„Ja, Hanna hat ihr Brautkleid dort gekauft. Eine junge Frau führt den Lad…" Sofort blitzt Verständnis in seinem Gesicht auf. „Eine äußerst attraktive junge Frau. Rotblonde Haare, wilde Sommersprossen."

„Ich habe ihre Nichte angefahren."

Philipp lässt sich wieder in den Sessel fallen. Er wirkt ein wenig bleich. „Angefahren …? Scheiße, Max. Ist sie verletzt?"

Er schüttelt verneinend den Kopf, sieht seinen Freund an. „Nein, Gott sei Dank nicht."

„Gut … Aber sie wird dich ja nicht aus lauter Dankbarkeit begleiten, oder?"

„Nein, selbstverständlich nicht. Ich habe die Tanzausbildung ihrer Nichte bezahlt. Quasi als Wiedergutmachung für mein kleines Missgeschick an einer roten Ampel. Ich habe mich jedenfalls geweigert, das Geld von ihr zurückzunehmen, und sie wollte mir nichts schuldig bleiben. Als sie mich deshalb zur Rede stellen wollte, ist Sarah hereingeplatzt und hat die Situation missgedeutet. Nun ja, der Rest ergab sich irgendwie von selbst."

Philipps Hand schlägt auf seinen Oberschenkel. „Gibt es doch noch eine Frau in Hamburg, die du noch nicht in deinem Bett hattest. Das erklärt zwar, warum sie sich hat breitschlagen lassen, dir in die Höhle des Löwen zu folgen, jedoch bin ich mir deiner Motive noch nicht so sicher."

„Ich habe keinerlei Hintergedanken, mein Freund."

„Selbstverständlich nicht." Der Sarkasmus ist nicht zu überhören.

„Ich weiß, was ich tue." *Das hofft er zumindest.*

„Das weißt du ja immer."

~oOo~

Kapitel 11

„Meinst du nicht, du solltest noch einkaufen gehen, bevor du mit dieser Sahneschnitte verreist?" Suse hält einen nudefarbenen Sport-BH von mir zwischen spitzen Fingern, betrachtet ihn mit fragwürdigen Blicken.

„Ich denke nicht, dass es dich etwas angeht, aber sei dir sicher, dass er nicht einen davon zu Gesicht bekommen wird." Ich entreiße ihn ihr und stopfe ihn zurück zu den anderen. Tief in meine Schublade. Wo er hingehört.

„Das wäre auch besser. Diese Farbe habe ich zuletzt an meiner Großmutter gesehen."

„Suse, halt die Klappe. Er erfüllt seinen Zweck, das reicht vollkommen. Außerdem habe ich es nicht nötig, mich ausschließlich in Seide und Spitze zu hüllen, um einem Mann zu gefallen."

„Ach, du willst ihm also gefallen. Damit kämen wir dem wahren Grund deiner Reise langsam auf die Spur."

„Nein, denn dann würde ich *diese hier* mitnehmen." Ich sehe sie auffordernd an und öffne die Schublade mit den extravaganten, ausgesprochen schicken Dessous, die ich mein Eigen nenne.

Sie nickt anerkennend. „Uiuiui, ich wette, du hast schon einen von diesen kleinen Überredungskünstlern eingepackt." Mit einem selbstgefälligen Grinsen wühlt sie in meinem Koffer. Durchsucht ihn nach Indizien für ihre völlig an den Haaren herbeigezogene Vermutung, ich hätte mit Max etwas Unanständiges vor. „Vielleicht leihe ich mir mal etwas davon aus."

Ich schlage den Deckel über ihren Fingern zu. „Autsch, du blöde Kuh."

„Überredungskünstler? Du hast sie nicht mehr alle. Als hätte ich es nötig, einen Mann dazu zu überreden, mit mir zu schlafen. Außerdem würde er sie eh erst zu Gesicht bekommen, wenn er mich gänzlich ausgepackt hat. Und dann wird es ihm sicherlich egal sein, ob ich Sport oder Sex darunter trage." Im selben Moment wird mir klar, was ich gesagt habe, und schlage mir vor die Stirn. „Ich habe allerdings überhaupt nicht vor, mit Max zu schlafen, Suse. Weder mit ihm noch mit einem anderen Mann."

„Nein, dass möchtest du nicht. Du hast schon so lange nicht mehr mit einem Mann geschlafen, dass du dir lieber vorher eine Bedienungsanleitung für diese Art von Aktivität besorgen solltest. Nur für den Fall, weißt du? Denn was wir beide nicht möchten, ist, dass es peinlich wird." Ihr Lachen ist dreckig.

„Susanne, weißt du, was ich wirklich möchte? Dass du mich endlich in Ruhe lässt. Hast du mir nicht unlängst vorgeworfen, ich wäre nicht spontan genug?" Ich ziehe meine Stirn kraus.

Sie reibt sich ihre Hand, versucht, sich das widerliche Lachen zu verkneifen. „Das stimmt. Allerdings wirkt diese Aktion hier doch sehr spontan. Selbst für meine Begriffe."

Mit einem Grunzen drehe ich mich um. „Ich werde schon heil wieder nach Hause kommen, keine Angst. Ich mache mir eher Gedanken um den Laden."

„Ach was. Marie und ich werden das Kind schon schaukeln. Es sind ja nur ein paar Tage. Soll ich dir vielleicht ein Negligé von mir leihen? Ich konnte keines in deinem Koffer finden."

„Susanne Förster, du bist die schlechteste beste Freundin, die man sich wünschen kann. Und jetzt möchte ich, dass du mich in Ruhe lässt. Ich bezahle lediglich eine Schuld, das ist alles. Und Sex steht definitiv nicht auf meiner To-do-Liste. Also mach dir keine Gedanken um meine Nachtwäsche."

„Denk an dein Jungfernhäutchen, dem bist du auch etwas schuldig." Sie lacht sogar noch dreckiger als vorher, sofern das überhaupt möglich ist. „Er hat sich diesen kleinen Urlaub immerhin 25.000,00 EUR kosten lassen und ich gehe davon aus, er wäre nur allzu bereit, dir dafür auch noch einige multiple Orgasmen zu schenken. Das hübsche Kerlchen konnte beim Essen den Blick ja gar nicht von dir nehmen."

Ich erdolche sie förmlich mit meinen Blicken. *Eine neue beste Freundin* ... das sollte der erste Punkt meiner *To-do-Liste* sein. „Keine Ahnung, was du gesehen haben willst. Maximilian von Rothenburg lässt mich völlig kalt."

„Na klar, und ich werde Päpstin, und das, obwohl ich in Flammen aufgehe, sobald ich eine Kirche betrete." Ihre Hände fuchteln um ihren Kopf, als sie mit angezogenen Schultern mein Zimmer verlässt. „Aber behaupte hinterher nicht, ich hätte dich nicht gewarnt. Männer mögen hübsch verpackte Dinge."

Dinge? Seit wann bin ich ein Ding?

Ich ziehe die Schublade wieder auf, betrachte die sündige Wäsche.

Ob ich vielleicht doch ...? Wütend über mich selbst schiebe ich sie wieder in die Dunkelheit meines Schrankes.

Na toll, ich hatte gar nicht vor, mich auf Max überhaupt einzulassen. Und jetzt inspiziere ich schon meine Unterwäsche nach Tauglichkeit. Wo sind alle meine Vorsätze nur geblieben?

Ein Blick auf die Uhr verrät mir, dass ich sogar noch ein wenig Zeit zum Shoppen hätte.

Theoretisch ...

Ich wollte doch sowieso noch kurz ins Geschäft, um einen besonderen Kundentermin lieber auf die folgende Woche zu verlegen. Nicht, dass die beiden das nicht hinbekämen, aber sicher ist sicher.

Der Brautladen verfügt selbst über eine kleine Auswahl an Dessous.

Nein, es wäre zu auffällig, wenn ich mich ausgerechnet daran bedienen würde.

Suse hat auch so schon genügend Futter für ihr Kopfkino.

Rein zufällig gibt es doch diesen netten kleinen Laden, zwei Straßen weiter ...

Max ist pünktlich. Alles andere hätte mich auch sehr gewundert.

Wir schleichen umeinander herum, jeder von uns darauf bedacht, den anderen nicht zu berühren. Seit unserem Kuss haben wir uns nicht mehr gesehen. Er hat lediglich kurz angerufen. Mir die Zeit mitgeteilt, wann er mich abholen will.

Zu behaupten, meine Gemütslage sei entspannt, wäre maßlos übertrieben.

Das Gegenteil ist der Fall.

Ich werde immerhin fast fünf Stunden mit ihm auf kleinstem Raum verbringen.

Zugegeben, ein sehr luxuriöser kleiner Raum.

Dennoch. Das allein gilt es erst mal zu bewältigen.

Ständig ertappe ich mich dabei, wie ich ihn von der Seite betrachte. Sein schönes Profil.

Er wirkt entspannt. Sein Haar liegt auf dem Kragen seines Hemdes und nur zu gern würde ich hindurchfahren. Fühlen, ob es sich genauso weich anfühlt wie beim letzten Mal. Allein die Erinnerung an unser *letztes Mal* bringt meinen Puls auf Hochtouren. Nervös verschränke ich meine Finger ineinander. Wenn auch nur, um zu verhindern, dass sie sich tatsächlich in seiner Frisur verirren.

Ich versuche, mich auf die Sendung im Radio zu konzentrieren, und bin erleichtert über die kleine Ablenkung. Zu meinem persönlichen Glück spielt der Sender nicht die Sorte von, na ja, nennen wir es mal Musik, die Marie in der Regel bevorzugt.

Max beginnt bei Songs, die mir auch gut gefallen, mit den Daumen im Takt aufs Lenkrad zu klopfen. Bei *U2* dreht er sogar ein wenig lauter.

Und ich genieße Bonos Stimme. Widerstehe dem Drang, lauthals *I still haven't found what I'm looking for* mitzusingen. *U2* war eine der Lieblingsbands meiner Schwester. Ich bin mit dieser Band erwachsen geworden.

„Geht es dir gut?"

Er reißt mich aus meinen Erinnerungen und ich zucke unmerklich zusammen. „Ja, ich denke schon. Ich war ganz in Gedanken."

Kleine Fältchen bilden sich um seine Augen. „Das habe ich gemerkt. Du kannst den Song auswendig, wie mir scheint."

Habe ich etwa doch laut mitgegrölt?

„Entschuldige. Dabei war ich sehr darauf bedacht, dich mit meiner Gesangseinlage zu verschonen. Eine blöde Angewohnheit …" Etwas entrüstet über mich selbst ziehe ich die Oberlippe zwischen die Zähne. *Ich kann eben nicht aus meiner Haut …*

„Nein, bitte, nur zu. Dann ist es vielleicht nur noch halb so peinlich, wenn ich selbst anfange, mitzusingen." Er lacht leise auf.

„Sina liebte diese Band. Ich fürchte, sie hat mich auf alle Zeit verdorben."

„Sie hatte einen guten Geschmack, deine Schwester." Er sieht mich kurz an, ich nicke.

„Ja, das stimmt. Zumindest was die Musik angeht." Ihr Männergeschmack steht auf einem anderen Blatt. Sie war schnell begeistert von einem Mann und immer sofort unsterblich verliebt. Egal, ob der Kerl es wert war oder nicht. Ich war zu jung, um das zu verstehen. Sina war acht Jahre älter als ich. Und doch habe ich sie mitbekommen. All die hoffnungslosen Liebeskummernächte. *„Achte immer darauf, an wen du dein Herz verschenkst, Ziska. Sie sind deine Tränen nicht wert."* Und dann wurde sie schwanger.

Mit 18. Gerade mal ein Jahr älter, als Marie es heute ist. Unvorstellbar und doch möglich.

Unsere Eltern sind damals aus allen Wolken gefallen. Ihre Tochter – schwanger von irgendeinem Kerl, den sie noch nicht mal benennen wollte.

Aber Sina blieb standhaft. Niemals hat sie ein Wort über Maries Erzeuger verloren. Sie hat sich tapfer gegen alle Vorurteile zur Wehr gesetzt.

Ich hoffe für Marie, dass sie es ihrer Mutter niemals nachtragen wird, denn immerhin ist ihr Erzeuger ein Teil von ihr – oder besser gesagt, Marie ist ein Teil von ihm.

Sicher wird sie irgendwann einmal wissen wollen, wer den anderen Teil ihres Daseins ausmacht, womöglich für einige ihrer Eigenarten verantwortlich ist.

Marie ist Linkshänderin. Meine Schwester war es nicht und auch sonst niemand aus unserem näheren Verwandtenkreis, an den ich mich erinnern kann.

Was sagt das zum Beispiel über ihren Vater aus?

Ich werde Marie keine Hilfe sein können, bei der Suche nach ihren Wurzeln. Ich kenne sie selbst nicht.

„Warum so nachdenklich?"

„Ich musste gerade an meine Schwester denken. An ihre Entscheidung, das Geheimnis um Maries Vater mit ins Grab zu nehmen. Und daran, dass ich meine Nichte nicht darum beneide."

Max legt eine Hand auf meinen Oberschenkel. Ich folge seiner Bewegung mit den Augen, und seiner Berührung mit all meinen Sinnen. Benetze meine Lippen.

Heilige Scheiße!

Erwische meine Hand dabei, wie sie zuckt, nur um sich auf seine zu legen. Ich verbiete es ihr rigoros. *So weit kommt es noch ...*

Er drückt leicht in mein Fleisch. Legt die Finger zurück auf das Lenkrad. Und mich erfasst die Leere, die er damit zurücklässt. Ich blicke aus dem Fenster, damit er mir die Enttäuschung nicht ansieht. *Geht es noch, Franziska? Was ist denn mit dir los?*

„Gleich kommt ein Rastplatz. Soll ich ihn anfahren?"

„Ja, gern, ich könnte einen Kaffee vertragen. Und eine Toilette wäre auch nicht schlecht." Verwundert nehme ich zur Kenntnis, dass wir bereits die Hälfte der Strecke geschafft haben.

„Ich habe bereits begonnen, mich zu fragen, wann du endlich mal musst."

„Also wirklich. Du bist auch nur ein Gefangener gängiger Klischees, wie mir scheint."

„Das streite ich gar nicht ab. Aber es ist beruhigend zu wissen, dass du mich nicht enttäuschst." Er lacht.

Ich boxe ihn auf den Oberarm.

„Hey, ich fahre Auto ...!"

„Dann achte lieber auf den Verkehr, als dich um die Angelegenheiten meiner Blase zu kümmern."

„Vorausschauend fahren ... schon mal was davon gehört?" Er lacht ein wenig selbstgefällig auf.

Ich schnaube verächtlich. Letztendlich falle ich doch in sein Lachen mit ein.

Das kalte Wasser läuft über meine Hände und ich bin mir bewusst, dass ich ziemlich lange brauche, um sie mir zu waschen. Das alles ist nur ein letzter hoffnungsloser Versuch, Zeit zu schinden. Max' Nähe macht mich kribbelig.

Dass er kein Wort mehr über unseren Kuss verliert, hingegen unsicher. Wahrscheinlich sollte ich ihm auch nicht allzu viel Bedeutung beimessen. Max von Rothenburg wird sicherlich jedes Wochenende eine andere Frau küssen. Somit war der Kuss mit mir auch nichts Besonderes. *Zumindest nicht für ihn* ...

Ich werfe einen Blick in den Spiegel, zupfe eine Strähne zurück in meinen Zopf und atme tief ein. *Mach dich nicht lächerlich, Franziska. Eine verfluchte Woche. Und dann ist das alles vorbei. Du kannst wieder deine Brautkleider verkaufen und Max kann andere Frauen küssen.*

Das unangenehme Ziehen in meinem Bauchraum verrät mir bereits jetzt, dass ich die Rechnung ohne den Wirt gemacht habe.

Als ich zurück in den Verkaufsraum trete, zahlt Max gerade den Kaffee. Die junge Frau nimmt strahlend sein Geld entgegen. *Der Kater lässt das Mausen nicht.*

Ich halte mich bewusst im Hintergrund. Suhle mich lieber ein wenig in dieser merkwürdigen Stimmung, die dieser Anblick bei mir hinterlässt.

Max beugt sich für meine Begriffe zu weit über den Tresen, sagt etwas zu ihr, was sie auflachen lässt. Nicht die normale Art von Lachen ... es ist dieses *Ich-werfe-mein-Haar-zurück-Lachen*, das den Männern suggerieren soll, dass Flirten erwünscht ist.

Ich verdrehe entnervt die Augen und überlasse Max diesem Fan-Girl-Moment, denn in der kommenden Woche wird er davon zehren müssen. Von mir hat er in dieser Hinsicht nicht sonderlich viel zu erwarten.

Leicht gereizt über meine alberne Empfindlichkeit warte ich vor der Tür. Doch ich bin erstaunlicherweise darüber schockiert, dass diese Frau Max derartig offen angehimmelt hat. Sie wird mich doch zur Kenntnis genommen haben, oder? Max und ich hätten auch ein Paar ...

„Dein Kaffee." Er lächelt mir entgegen, als er sich endlich von der Tresenschlampe – *reiß dich mal zusammen, Franziska* – verabschiedet hat, und ich erwidere es steif.

„Vielen Dank. Was bin ich dir schuldig?"

Max taxiert mich. „Frage mich das bitte niemals wieder. Können wir uns darauf einigen?"

„Sicher." Ich habe keine Lust mit ihm zu diskutieren, schlage den Weg zum Auto ein.

„Hey, ist alles in Ordnung?" Max versucht mich einzuholen.

„Klar. Was sollte nicht in Ordnung sein?" *O Gott, klinge ich tatsächlich so verbittert?*

Er legt eine Hand auf meine Schulter, dreht mich. Mir bleibt gar nichts anderes übrig, als ihn anzusehen. „Ich weiß es nicht. Deshalb frage ich dich." Forschend blickt er mich an.

Anstatt zu antworten, hebe ich meinen Kaffeebecher an die Lippen und verbrenne mich selbstverständlich an dem so dringend benötigten flüssigen Koffein. Seine Züge werden augenblicklich weicher. „Vorsichtig, Dummerchen. Der ist doch heiß."

Tränen schießen mir in die Augen.

„Soll ich dir etwas Kaltes holen?" Er deutet auf den Verkaufsraum und ich zucke mit den Schultern.

„Ja, geh nur. Sie steht bestimmt schon hinter dem Fenster und drückt dir Eiswürfel in die Hand, wenn du den Laden wieder betrittst." Überraschung wandert durch sein Gesicht. Dann scheint er zu verstehen, worauf ich hinauswill. Legt den Kopf in den Nacken und lacht. Tief, laut und gelöst. Und ich möchte mir am liebsten die Zunge abbeißen. Wie konnte ich mich denn dazu hinreißen lassen?

Anstatt mich gebührend reserviert zu halten, spiele ich mich ihm immer mehr in die Hände. Und aus welchem Grund reagiere ich zickig auf ein derart harmloses Geplänkel meines Begleiters mit einer anderen Frau, obwohl es mir absolut egal sein sollte? *Egal sein muss!*

„Schön, dass du dich mal wieder auf meine Kosten amüsierst." Ich lege die Finger über meine geschundenen Lippen. Langsam lässt das Brennen nach.

Seine Augen lachen noch immer, als er mich wieder ansieht. „Du hast überhaupt keinen Grund, eifersüchtig zu sein."

„Eifersüchtig? Wie kommst du denn darauf?" *Da brat mir doch einer 'nen Storch.*

Sein Daumen fährt sachte über meine gerunzelte Stirn. Und mein Herz bleibt für einen Sekundenbruchteil stehen.

„Das ist doch offensichtlich." Sein Gesicht kommt dem meinem immer näher.

„Gut, dass du nicht von dir eingenommen bist." Lediglich ein Flüstern.

„Doch, das bin ich … ein wenig." Er küsst mich. Das Brennen, das sich nun in mir ausbreitet, hat wirklich überhaupt nichts mit zu hoch temperiertem Kaffee zu tun. So rein gar nichts.

Seine freie Hand nimmt mir den Becher aus der Hand, platziert ihn auf dem Dach des Autos, neben dem wir stehen. Dann umfasst er mein Gesicht. Alles um uns beginnt sich zu drehen. Vielleicht spielt auch irgendwo Musik zur malerischen Untermauerung unserer innigen Zweisamkeit. Aber ich höre lediglich das Klopfen meines Herzens. Und vielleicht auch seines.

Langsam löst er sich von mir, zeichnet mit dem Daumen über meinen Mund. „Ich hätte niemals geglaubt, dass ich das mal sagen würde, aber ich freue mich auf die Woche zu Hause. Mit dir." Seine Stimme ist samt. Vibriert durch meinen Unterleib. „Und das ist die Wahrheit. Ob du mir das nun glaubst oder nicht." Damit nimmt er seinen Kaffee wieder an sich und bewegt sich in Richtung seines eigenen Wagens. Dreht sich noch mal zu mir um. „Was ist? Brauchst du eine Extraeinladung?"

Nein, die brauche ich nicht. Es ist jedoch gar nicht so einfach, dieses unkontrollierte Zittern meiner Knie wieder in den Griff zu bekommen.

~oOo~

Max konnte nicht anders. Franziska war so unglaublich bezaubernd mit ihrer krausgezogenen Stirn. Dem wütenden Funkeln in ihren Augen.
Aus Eifersucht!

Das Grinsen in seinem Gesicht wird tiefer. Irgendwas stellt diese Frau mit ihm an und er ganz offensichtlich auch mit ihr. Und er hat sich fest vorgenommen, dem auf den Grund zu gehen. Immerhin hat er jetzt einige Tage Zeit, ihr und auch sich selbst auf den Zahn zu fühlen.

Kapitel 12

Langsam klettert die Nervosität ins Unermessliche. *Gleich werde ich seine Familie kennenlernen!* Unter anderen Umständen wäre das wohl der Moment für eine Frau, in dem die Beziehung zu dem Mann, den sie liebt, ernst zu werden scheint. *Den sie liebt ... Jetzt bin ich anscheinend vollends durchgeknallt!* Ich schlucke an dem Kloß in meinem Hals vorbei. Auch an Max entdecke ich eine Veränderung. Mit zusammengepressten Lippen verlässt er die Autobahn. Jetzt ist es wohl an mir, ihm beruhigend den Oberschenkel zu tätscheln. Wie in Zeitlupe bewegt sich meine Hand, zögert einen Augenblick und noch ehe ich sie auf seine Hose legen kann, umfassen seine Finger meine, jagen mir einen Schauer über den Rücken.

„Bist du aufgeregt?" Ich höre meine eigenen Worte, kann jedoch unsere ineinander verschränkten Glieder einfach nicht aus den Augen lassen.

„Das müsste ich eigentlich dich fragen." Er sieht kurz zu mir herüber, und ich spüre seinen Blick, hebe den Kopf. Er lächelt mich an.

Mir wird entsetzlich warm im Bauchraum. „Ich würde lügen, wenn ich das verneine. Allerdings wirst wohl eher du im Mittelpunkt des Interesses stehen. Was habe ich also zu befürchten? Suse wäre ziemlich schnell hier, um mich abzuholen, sollte es mir nicht gefallen."

Ein leises Lachen. „Das stimmt wohl." Er zieht die Unterlippe zwischen die Zähne, seufzt tief. „Weißt du, das Verhältnis zwischen meinem Vater und mir ist ziemlich …", er macht eine Pause, sucht nach den richtigen Worten, „nun, … nennen wir es kompliziert."

„Ja, mir schwante etwas in dieser Art bereits. Möchtest du darüber sprechen? Wann, wenn nicht jetzt, wäre der richtige Moment dazu?"

„Ich will dich damit nicht belasten. Du sollst völlig unvoreingenommen ein Gast der *von* Rothenburgs sein, Franziska. Was auch immer zwischen meinem Vater und mir steht, das hat mit dir überhaupt nichts zu tun." Seine Hand drückt die meine, auch wenn ich nicht sicher bin, ob diese Geste nicht eher ihn aufmuntern soll.

„Das ist sicherlich sehr ritterlich von dir. Jedoch solltest du mir vielleicht ein klein wenig Hintergrundwissen liefern. Nur so … zur Sicherheit. Ich fürchte, sonst fällt es direkt auf, dass wir beide eben keine Beziehung im herkömmlichen Sinne miteinander führen", gebe ich ihm zu bedenken.

„Dafür weiß ich doch schon eine Menge über dich. Das sollte reichen, um etwaige Zweifel auszuräumen."

Okay, er möchte also nicht darüber sprechen.

Ich bin enttäuscht, dass er so wenig Vertrauen in mich zu haben scheint, ziehe meine Hand wieder zurück. Eine Weile herrscht Schweigen und ich nutze die Zeit, um die Aussicht zu genießen. Die Landschaft wird zunehmend hügelig und geprägt vom Weinbau. Weinreben, so weit das Auge reicht. Steile terrassierte Hänge neben Weinfeldern, wohin man auch sieht.

Es fällt mir schwer, nicht in absolutes Entzücken zu verfallen.

Hier ist scheinbar die Romantik zu Hause.

Schwer vorzustellen, dass man das eintauscht gegen den Trubel und die Hektik einer Großstadt. *Aber was weiß ich schon, es ist schließlich kompliziert.*

„Vielleicht sollte ich dir wenigstens verraten, wer sich gleich alles vor der Haustür versammelt, um uns zu begrüßen." Versöhnlich bricht er das Schweigen.

„Ich bin ganz Ohr."

„Wahrscheinlich wird dich meine Großmutter direkt in Beschlag nehmen." Seine Gesichtszüge entspannen sich ein wenig, während er von ihr erzählt. „Sie ist die Mutter meiner Mutter Giulia. Nonna ist zu uns gezogen, als es meiner Mutter zusehends schlechter ging. Und sie ist geblieben, als sie starb. Wahrscheinlich, um meiner Schwester und mir eine Stütze zu sein. Meine Schwester kennst du ja bereits. Sarah."

Ich nicke, reibe mit den Handinnenflächen über meine Jeans.

Wie lange werden sie wohl brauchen, um zu bemerken, dass wir eben kein sich liebendes Paar sind?

Sicher, wir haben uns einmal geküsst ... nein, zweimal ... Aber wird das ausreichen, um alle anderen an der Nase herumzuführen?

Denn nichts anderes haben wir vor. Mit einem Mal beschleicht mich ein Schuldgefühl. Wie konnte ich nur zustimmen, mich auf diese Farce einzulassen?

Menschen zu hintergehen, die ich noch nicht mal kenne?

Was, wenn ich sie allesamt in mein Herz schließe?

Könnte ich damit leben, dass ich diese Menschen im Nachhinein nur hintergangen habe?

Ich bin ein harmoniesüchtiger Mensch. Man wird mir die Lüge bestimmt an der Nasenspitze ansehen.

„Was passiert, wenn sie dahinterkommen, wie wir zwei zueinander stehen?" Ich muss diese Frage stellen. Ich erwarte, dass er mich beruhigt. Mir sagt, dass es rechtens ist, was wir vorhaben.

„Wie stehen wir zwei denn zueinander, Franziska?"

Die Art, wie er meinen Namen sagt, lässt mich nach Luft schnappen. Suse nennt mich seit jeher Ziska, wie es Sina schon getan hat. Marie bevorzugt Franzi. Doch Max spricht meinen Namen in seiner vollen Länge aus und ich hatte keine Ahnung, wie sehr mir das gefällt.

Sogar die harten Konsonanten wirken wie eine Liebkosung, die meinen Unterleib geradezu auffordern, sich sehnsüchtig zusammenzuziehen.

Großartig! Was soll ich jetzt noch darauf antworten?

„Sag du es mir, Maximilian." Ich tue es ihm gleich. Hauche seinen Vornamen über meine Lippen und ernte dafür unverzüglich einen irritierten Blick meines Nebenan, was mich kichern lässt. „Zumindest weiß ich sehr wenig über dich und dein Leben hier an der Ahr. Würdest du das deiner Partnerin verschweigen? Erwartest du von mir so viel Improvisationstalent, dass es nicht auffällt, dass wir uns erst so kurze Zeit kennen?" Dann werde ich wieder ernst. „Denn das wird unweigerlich in die Hose gehen. Lass dir eines gesagt sein: Man sieht mir jede Art von Flunkerei direkt an. Mein Gesicht wird ganz rot und ich beginne zu stottern."

„Du sollst nicht lügen. Das würde ich nicht von dir erwarten. Sei einfach du selbst. Und wenn dich jemand danach fragt, sagst du die Wahrheit. Ich habe dich schließlich schamlos dazu genötigt, mich zu begleiten."

Ich bin baff.

Wenn er mich nicht mitnimmt, um mich als seine Freundin zu präsentieren ... ja, verdammt, welche Rolle soll ich dann spielen? Und was mache ich dann überhaupt in diesem Auto? Mit diesem Mann? Auf dem Weg zu seiner Familie?

„Ich werde nicht schlau aus dir." Noch ehe mir bewusst wird, was ich gerade von mir gebe, sind die Worte bereits gesagt.

Seine Mundwinkel zucken, erneut bilden sich kleine Lachfältchen um seine Augen, die ihn umso anziehender machen.

„Franziska, ich will ehrlich sein. Als Sarah dich für meine Freundin hielt und dich bat, mich hierher zu begleiten, kam mir das äußerst gelegen. Ich schätze, ohne diesen kleinen Wink wäre ich jetzt nicht auf dem Heimweg. Und im ersten Moment hatte ich tatsächlich vor, jedem hier weiszumachen, dass du das tatsächlich bist." Er lenkt den Wagen in eine kleine Parkbucht, stellt den Motor ab. Dreht sich zu mir. „Aber je länger ich darüber nachgedacht habe, desto unsinniger erschien es mir." Er kratzt sich im Nacken. Sieht mich an, mit diesen unergründlichen Schokoladenaugen. Ich spüre erneut mein Blut hinter den Ohren rauschen. Mein Brustkorb, der sich zu schnell hebt und senkt.

Was hat er nur mit mir vor?

„Das war der Grund, warum ich dich neulich von dem Versprechen entbinden wollte, mich zu begleiten."

Ich öffne den Mund, um etwas zu erwidern. Er hebt den Zeigefinger, ich schließe ihn wieder. „Wir reden ab sofort nicht mehr von dem bescheuerten Geld, von dem du annimmst, du müsstest es mir auf irgendeine Art zurückzahlen. Das musst du nicht."

Ich lehne mich zurück. Lasse ihn weiterreden.

„Ich bin dennoch froh darüber, dass du mich begleitest. Und das ist mein absoluter Ernst. Denn du wirst der Grund sein, dass es in der kommenden Woche nicht zum Eklat kommen wird. Du wirst mein Katalysator sein. Diejenige, die mich wieder erdet."

Das ist ziemlich starker Tobak.

„Wow! Und was verleitet dich zu der Annahme, dass ich dazu in der Lage wäre?" Das ist eine Menge Verantwortung, die er bewusst oder meinetwegen auch unbewusst auf meinen Schultern ablädt.

„Weil du eben du bist."

So einfach ... so simpel ... so viel Vertrauen in meine Person.

Ich zwirble das Ende meines Zopfes zwischen den Fingerspitzen. Hat er überhaupt eine Ahnung, was er soeben gesagt hat? „Zumindest bist du ehrlich."

„Deine eigene Vergangenheit ... der Tod deiner Schwester, dein Leben, das du sofort bereit warst zu ändern ... das hat mir mehr als nur imponiert. Ich war damals nicht in der Lage, über meinen Schatten zu springen. Als meine Mutter starb ... Ich war nicht in der Lage, meinen Stolz außen vor zu lassen. Meine Schwester wirft mir noch immer vor, dass ich meine eigenen Moralvorstellungen vor die aller anderen gestellt habe. Stur und ohne Rücksicht auf Verluste. Sie fühlt sich von mir verlassen. Und wahrscheinlich habe ich das sogar ... Sie verlassen. Ich habe jegliches Pflichtgefühl einfach abgestreift und bin gegangen. Ich habe sie in der Obhut meiner Großmutter und meines Vaters gelassen, in der Annahme, dass für sie gesorgt sein wird. Dass sie sehr gut ohne mich zurechtkommt. Und letztendlich ist ihr das ja auch gelungen." Er sieht an mir vorbei aus dem Fenster, fixiert einen Punkt außerhalb des Wagens.

Ich nehme tröstend seine Hand in meine. Das Lächeln, das er mir daraufhin schenkt, wärmt mich von innen heraus.

„Werd jetzt bloß nicht sentimental." Er streicht zart mit der freien Hand über mein Gesicht, ich schließe die Augen.

„Bin ich nicht." Ich schüttele leicht den Kopf. Das Kribbeln in meiner Nase straft meine Worte Lügen.

Zu gern würde ich erfahren, was es mit seinem Vater und ihm auf sich hat, allerdings wage ich nicht, ihn noch einmal danach zu fragen. Sollte er mir erneut die Antwort darauf verweigern, würde es meine Zuneigung empfindlich stören, die ich gerade für ihn empfinde.

„Vielleicht sollte ich dir noch erzählen, dass meine Stiefmutter ebenfalls Mitglied des Empfangskomitees sein wird. Und der Sohn, den sie mit meinem Vater hat."

Ich öffne meine Augen wieder. „Du hast auch einen Bruder?"

„Allenfalls einen Halbbruder." Er entzieht mir die Hand, startet den Motor, um unsere Fahrt fortzusetzen.

Ein offensichtlich wunder Punkt ...

„Hier beginnt es dann also kompliziert zu werden." Eine Feststellung, entgegen meiner Intention nicht nachzuhaken. „Genau." Erneut hüllt er sich in Schweigen und ich beschließe, alles auf mich zukommen zu lassen. Ich bin mir sicher, dass er bereits mehr von sich preisgegeben hat, als er ursprünglich vorhatte, und mache meinen Frieden damit. Vorerst.

~oOo~

Die Gedanken in Max' Kopf beginnen sich zu überschlagen. Vielleicht wäre es besser gewesen, Franziska nicht hierherzubringen. Denn egal, wie sehr er sich einbildet, sie hier zu brauchen, sie wird unweigerlich in die Schusslinie seiner Familie geraten.

Und dieser Gedanke allein behagt ihm überhaupt nicht.

Irgendwie fühlt er sich für sie verantwortlich.

Darüber hätte er wohl eher nachdenken sollen. Seine Fingerknöchel treten weiß hervor, während er sich krampfhaft ans Lenkrad klammert.

Er war mal wieder zu egoistisch. Nur auf sein eigenes Wohl bedacht. Er könnte sich dafür ohrfeigen.

Franziskas sensible Antennen für sein Befinden machen die Lage nicht besser. Er ist ein solcher Hornochse.

Max betrachtet sie aus den Augenwinkeln. Ihr zart geschnittenes Gesicht. Kleine Löckchen haben sich aus ihrem Zopf gelöst, kringeln sich auf ihrer Stirn, in ihrem Nacken. Ihr fein geschwungener Mund, der sofort die Erinnerung an ihren süßen Geschmack in ihm weckt. Eine Sehnsucht, unverzüglich davon zu kosten.

Die kleine Nase, übersät mit hellbraunen Sommersprossen. *Wie sie wohl im Sommer aussehen?* Er erwischt sich bei dem Wunsch, diesen Anblick auf keinen Fall verpassen zu wollen. Sie irgendwann einmal zu zählen. Jede einzelne Sprosse.

Oh ja, er will diese Frau.

Und nicht nur in seinem Bett.

Diese Einsicht sollte ihn erschrecken. Aber sie beruhigt ihn auf eigentümliche Weise.

Franziska ist eine Frau, der man auf Augenhöhe begegnen kann.

Niemals hätte er das in Erwägung gezogen – jedenfalls nicht für sich persönlich. Er bekommt ein ungefähres Verständnis für die Schwärmerei, in die Philipp verfällt, wenn er von seiner Ehefrau Hanna beginnt zu erzählen.

Wer hätte schon vermutet, dass das auch für einen Maximilian von Rothenburg infrage käme?

Maximilian von Rothenburg sicherlich am allerwenigsten.

Und doch … sie bringt ihn dazu, über all die Möglichkeiten nachzudenken, die es ihm eröffnet. Und er, dämlicher Idiot, der er nun mal ist, hat nichts Besseres zu tun, als sich selbst direkt aufs Abstellgleis zu manövrieren.

Noch ehe er überhaupt die Chance genutzt hätte, ihr zu zeigen, dass er es durchaus wert ist, einen weiteren Gedanken an ihn zu verschwenden.

Jetzt muss er sich selbst fragen, ob er es wirklich wert ist … *wäre*.

Max atmet tief ein.

Jetzt bleibt ihm nichts anderes übrig, als abzuwarten.

Abzuwarten, ob die Löwen Franziska bei lebendigem Leib zerfleischen werden.

Löwen, die er selbst auf sie losgelassen hat.

Und er selbst ist wahrscheinlich das gefährlichste Raubtier von allen.

Kapitel 13

„Wow! Maximilian von Rothenburg, das ist nicht nur *wow* ... das ist der *Wahnsinn*!" Ungläubig lasse ich meinen Blick wandern und bin mir sicher, ich muss mindestens noch einmal hier entlangfahren, um wirklich jeden Eindruck auch bewusst wahrnehmen zu können.

Die Weinberge allein sind schon beeindruckend. Wir sind jedoch schon an einigen vorbeigefahren, sodass sie nicht ungewöhnlich oder besonders auffällig das Bild der Umgebung prägen.

Dieses Haus jedoch verschlägt mir absolut den Atem.

„Das ist ja ein Schloss."

„Eher eine Burg." Er beginnt zu lachen, ob meiner Begeisterung für dieses Anwesen.

„Klar, Herr von Rothen*burg*."

Wir passieren das *Burg*tor und fast rechne ich damit, den einen oder anderen Ritter in Rüstung und hoch zu Ross an uns vorbeireiten zu sehen. Vielleicht auch einen Knappen, der im Schwerttraining auf ein Holzgerüst eindrischt. Oder ein Burgfräulein, die ihrem Liebsten mit Hörnerhaube und verschleiertem Gesicht vom Balkon aus die Ehre erweist und ihm ihr Taschentuch entgegenwirft.

„Oh, mein Gott! Mit allem habe ich gerechnet, aber das ..." Ich bin sprachlos.

„Ja, mein Vater liebt den Prunk. Aber lass dich nicht blenden, es ist alles nur Show."

Mir egal.

Kleine Erkertürme verströmen den Glanz einer längst vergangenen Zeit.

Das Haupthaus besteht tatsächlich aus dickem Zwickelmauerwerk. An den Fenstern hängen ausladende Blumenkästen mit tiefroten Hängegeranien, die bereits jetzt versprechen, dass sie im Laufe des bevorstehenden Sommers sicher an Volumen zunehmen werden. Wilder Wein erobert die Mauern, sorgfältig zurechtgestutzt, um den Blick auf die Fenster mit ihren Holzklappläden freizugeben.

Max steigt aus, um mir ritterlich die Beifahrertür zu öffnen.

„So etwas Schönes habe ich noch nie gesehen."

„Doch, das hast du bestimmt schon ..." Er klingt verhalten, aber mein Entzücken vermag er nicht zu erschüttern.

„Das kannst du auch nur behaupten, weil du hier aufgewachsen bist."

In diesem Moment öffnet sich die Tür und eine ältere Dame erscheint auf dem Hof. Ihr Gesicht strahlt vor Glück, als sie mit gegeneinander liegenden Handinnenflächen auf uns zugestürmt kommt.

„*Massimo*, endlich! Ich habe so sehr auf dich gewartet."

Massimo ... Zum ersten Mal, seit wir in die Nähe dieses Hauses gekommen sind, sehe ich so etwas wie Freude auf seinem Gesicht.

„Nonna." Er zieht sie in seine Arme.

Wärme breitet sich in mir aus, bei dem Bild, das die beiden abgeben. Diese kleine aparte Frau mit ihrem schlohweißen kurzen Haar, umfangen von diesem riesigen

Mann, der ihren Scheitel küsst, nur um unmittelbar danach seine Wange darauf abzulegen.

Sie schiebt ihn ein Stück von sich, streckt sich, um sein Gesicht umfassen zu können. „Ich habe dich so sehr vermisst und du hast das zugelassen." Dann beginnt sie auf Italienisch mit ihm zu sprechen ... nein, sie schimpft eher, wenn ich der Gestik ihrer Hand glauben darf. Sie legt den Daumen gegen den Zeigefinger und fuchtelt damit vor seinem Gesicht herum.

Und *Massimo* sieht doch tatsächlich betreten auf seine Schuhspitzen.

Das ist der ganze Trick? Italienisch meckern und schon ist dieser beeindruckende Mann nicht größer als ein Fingerhut? Ich sollte es mir aneignen ...

Um mein Kichern zu unterdrücken, hebe ich meine Faust vor den Mund. Mein angestrengtes Räuspern scheint jedoch nicht ungehört in meiner Hand zu verhallen, denn ihr Interesse liegt plötzlich auf meiner Person.

Ihr Körper entspannt sich und Maximilians Großmutter lächelt mich an, ehe sie mit zusammengezogenen Augenbrauen erneut zu ihrem Enkel spricht. „Wir sind noch nicht miteinander fertig, *asino*."

Er schüttelt ergeben den Kopf. „Nein, offensichtlich nicht."

Dann kommt sie auf mich zu, gibt Max erst gar keine Chance, meine Anwesenheit zu erklären oder mich vorzustellen.

„Was für eine wunderschöne Frau Sie sind."

Ich bin perplex. So etwas hat noch niemals jemand zu mir gesagt. Und schon gar nicht beim allerersten Aufeinandertreffen.

„Nun schauen Sie nicht so überrascht. Ihr Spiegel wird Ihnen das doch sicherlich jeden Morgen aufs Neue bestätigen." Ein verschmitztes Lächeln huscht über ihr Gesicht. „Ich bin Rosetta Castano. Die Großmutter dieses missratenen Jungen." Sie winkt in Max' Richtung, der sich lediglich genervt abwendet. „Und wie ist Ihr Name, *cara mia*?" Jetzt liegt ihre Hand auf meiner Wange. Sie ist überraschend warm.

„Franziska. Franziska Mölling", stelle ich mich ihr vor. „Frau Castano, es freut mich sehr, Sie kennenzulernen."

Sie schnalzt mit ihrer Zunge. „Papperlapapp, Frau Castano ... entweder Rosetta oder Nonna. Sofern ich nicht einer anderen Großmutter dieses Privileg abspenstig mache." Sie zwinkert.

Jetzt muss ich doch auflachen. „Nein, das tun Sie ..." Ihr Zeigefinger erhebt sich mahnend. Ich verbessere mich augenblicklich. „Nein, das tust du nicht." *Italienisch ist also der Schlüssel ...*

Wohlwollend betrachtet sie mich. „Schön. Das höre ich gern, *Francesca*." Sie dreht sich, marschiert zur Eingangstür. Winkt uns, ihr hinterherzukommen. „Was ist? Wollt ihr hier draußen versauern? Also kommt gefälligst mit rein. Das Essen wird kalt."

Max tritt neben mich, nimmt meine Hand. Ich beuge mich etwas vor.

„Was bedeutet *asino*?", frage ich ihn flüsternd.

„Das bedeutet, dass mein Enkel ein Esel ist." Rosetta winkt mir zu, ehe sie im Haus verschwindet.

Max seufzt leise und ich lege meine Schulter gegen seinen Oberarm. „Das werde ich mir merken."

„Sei gewiss, ehe wir abreisen, wird dein Wortschatz um einige italienische Schimpfwörter reicher sein." Er drückt leicht meine Finger. „Nun komm, *Francesca*. Lassen wir die Meute nicht länger warten."

„Sehr gern, *asino*." Max' Mundwinkel deuten ein Lächeln an und ich folge ihm bereitwillig.

Wir sitzen zu viert am Tisch. Sarah hat sich neben mich gesetzt, Max neben Rosetta mir gegenüber. Die Stimmung als gelöst zu bezeichnen, wäre sicherlich hoffnungslos übertrieben.

Max hat eine Menge von den Frauen seiner Familie einzustecken, auch wenn ich spüren kann, dass sie sich mit Vorwürfen zurückhalten.

Immerhin gehöre ich nicht zur Familie und einiges von dem, was sie ihm zu sagen haben, ist vielleicht auch nicht für meine Ohren bestimmt.

Fast tut er mir ein wenig leid.

Allerdings geht er äußerst souverän mit der Situation um.

Wahrscheinlich passiert es nicht zum ersten Mal, dass die Frauen versuchen, ihm ins Gewissen zu reden. Und so wie es scheint, wird es ihnen erneut nicht gelingen.

Max flirtet mit seiner Großmutter und auch wenn sie vielleicht über die eine oder andere Entscheidung ihres Enkels enttäuscht ist, kann sie sich seinem Charme dennoch nicht gänzlich entziehen. Was Max schamlos auszunutzen scheint.

Sarah hingegen wirkt in erster Linie glücklich und erleichtert darüber, ihren Bruder wieder im Schoß der Familie zu haben.

Max lässt jedoch keinen Zweifel daran, dass er nicht gedenkt, länger hier zu verweilen als unbedingt nötig und sicherlich nicht, um sich mit seinem Vater zu versöhnen.

Ich frage mich indes, wo der Rest der Familie abgeblieben ist.

Mein Blick schweift durch den Raum. Das großzügige Esszimmer besticht durch sein italienisches Flair. Edle Vliestapeten schmücken die Wände, dunkle zierliche Möbel aus Nussbaum runden das Ganze ab. Das Interieur ist geschmackvoll und definitiv gehobener Preisklasse.

Fast andächtig zerteile ich das Fleisch auf meinem Teller, aus Angst, das Porzellan zu zerkratzen. Die Weingläser sind aus Kristall, das Besteck aus Silber. Überall stehen kleine Bilderrahmen mit Familienfotos, von denen ich mir vornehme, sie später genauer zu studieren.

Leider hatte ich bisher keine Gelegenheit dazu.

Das Zimmer verfügt über drei deckenhohe Fenster, die den Blick auf einen umwerfenden Garten freigeben.

Alles wirkt liebevoll gepflegt.

Plötzlich spüre ich einen Fuß an meiner Wade. Erschrocken richte ich mein Augenmerk wieder auf meine Tischgesellschaft. Max lächelt verschmitzt und ich spüre, wie mir die Röte in die Wangen schießt, nehme einen kleinen Schluck von meinem Wein.

Rosettas erwartungsvoller Blick ruht auf mir und mir schwant, ich habe einen Teil der Konversation verpasst. „Verzeihung. Ich war ganz vertieft in dieses wunderschöne Ambiente." Sie lächelt mich verständnisvoll an. „Ja, man kann sich diesem Haus nicht entziehen. Nicht wahr, *Massimo*?" Max schnaubt, schiebt sich seine Gabel in den Mund. Womöglich, um nicht mehr antworten zu müssen. Meine Mundwinkel ziehen sich unweigerlich nach oben. Rosetta legt ihre Hand über meine, die den Fuß meines Weinglases umfasst. „Mein Enkel erwähnte gerade, dass du ein Brautmodengeschäft führst. Das stelle ich mir aufregend vor."

„Aufregend?" *Das wäre ganz neu ...*

„Ja, selbstverständlich! Erwartungsvolle Bräute, strahlende Gesichter, wundervolle Stoffe, schöne Kleider. Glück." Sie schließt genießerisch die Augen. *„L'Amor che move il sole e l'altre stelle."*

„Das klingt schön. Was bedeutet es?"

„Die Liebe, die die Sonne und die anderen Sterne bewegt." Max übersetzt es mir. „Dies ist der letzte Vers der *Divina Commedia*. Dantes Göttliche Komödie. Er bezieht sich auf die Tatsache, dass Liebe der Mechanismus der Welt und allen Lebens ist. Nonna ist eine hoffnungslose Romantikerin." Er schmunzelt.

„Ein wenig mehr Romantik würde diese Welt direkt lebenswerter machen, *cretino*." Sie zieht ihre Stirn kraus, bedenkt ihn mit einem mahnenden Blick.

Max erhebt sich, küsst seine Großmutter auf die Wange. „Oh, ich stecke voller Romantik, Nonna. Und jetzt werden Ziska und ich unser Gepäck aus dem Auto holen und nach oben bringen." Er greift nach meiner Hand. „Komm, wir gehen."

Ich schaffe es gerade noch, meine Serviette auf den Tisch zu legen, ehe er mich aus meinem Stuhl zieht.

„*Signore*, wir sehen uns morgen früh." Er nickt seiner Familie zu und das Abendessen ist auch für mich beendet. Ich werfe beiden Frauen einen entschuldigenden Blick zu, ehe die Tür sich hinter uns schließt.

„Das war extrem unfreundlich."

„Nein, das war Selbstschutz! Warte ab, am Ende der Woche wirst du wissen, wovon ich rede."

„Aber möchtest du nicht wenigstens auf deinen Vater warten?" Immerhin ist er doch der Grund, warum wir überhaupt hier sind. Oder habe ich da etwas falsch verstanden?

„Nein, das möchte ich nicht. Er hat sich bereits zurückgezogen und ich verspüre kein Verlangen danach, ihn heute schon zu sehen. Er hätte schließlich warten können, bis wir angekommen waren. Oder etwa nicht?" Wie ein kleiner trotziger Junge, der sich nicht an der Quengelware bedienen darf.

Ich muss entgegen dem eigentlichen Ernst dieses Umstands grinsen.

Max dreht sich zu mir um und ehe ich mich versehe, presst er mich mit seinem Gewicht gegen die Wand, seine Hände neben meinem Kopf an der Wand abgestützt.

Erstaunt halte ich den Atem an.

„Machst du dich jetzt lustig über mich?" Leise haucht er die Worte gegen mein Ohr. Ein Schauer erfasst mich. Ich schließe irritiert die Augen. Noch nicht eins mit mir, wie ich mit dieser Situation umgehen soll. Plötzlich wird mir klar, dass ich ihm hier nahezu schutzlos ausgeliefert bin. Die Tatsache sollte mir Angst machen, aber sie erregt mich maßlos.

Was mir dann doch ein wenig Angst macht.

Ich habe nicht vor, mich auf diesen Mann einzulassen.

Im Gegenteil.

Denn die von ihm bezahlte Rechnung ist noch immer nicht akzeptabel.

Gut, wir haben uns geküsst. Was, zugegebenermaßen, mehr als einfach nur heiß war.

Ja, aber macht mich das zu einem potenziellen Beutestück?

Doch ich muss zugeben, von dem anmaßenden, selbstgefälligen und hochmütigen Kerl, der meine Nichte über den Haufen gefahren hat, ist nicht mehr viel vorhanden.

Zumindest, wenn ich den letzten Tagen ein wenig mehr Vertrauen schenken darf.

Manchmal muss man vielleicht doch einen zweiten Blick riskieren. Und ein wenig toleranter sein. *Das ist doch genau das, was mir Suse ständig vorwirft. Dass ich zu spießig bin. Oder etwa nicht?*

„Antworte mir, *Francesca*." Sinnlich. Absolut gefährlich.

Sein Zeigefinger hebt mein Kinn. Ich öffne meine Lider, nur um seinem fast tiefschwarzen Blick zu begegnen.

Der unnachgiebig auf mir haftet.

Mich taxiert.

Keinen Zweifel daran lässt, was er mit mir vorhat.

Sein Duft steigt mir in die Nase, vernebelt mir das Hirn.

Zumindest den rational arbeitenden Teil davon.

Oh ja, ich bin mehr als gewillt, mich auf ihn einzulassen.

Wie ein Faustschlag trifft mich diese Erkenntnis mitten
vor den Brustkorb.

Mein Herzschlag erhöht sich.

Ich bin regelrecht verhungert nach dieser Art der Nähe,
möchte von ihm begehrt werden. Ich bin auch nur eine Frau.

Und dass er nicht ganz abgeneigt zu sein scheint, sich auf
dieses Abenteuer einzulassen, hat er mir bereits sehr
eindrucksvoll vermittelt.

Jedoch spielt sich dieses Spiel besser zu zweit. Das ist wie
Fahrradfahren … man verlernt es nicht. Der vorzügliche
Wein, den ich zum Essen genießen durfte, verleiht mir den
Mut mitzuspielen.

Mit meinem Daumen fahre ich über seine Unterlippe.

Lehne mich vor, bis ich seinen Atem fast auf meiner Haut
spüren kann. „Wie war doch gleich die Frage, *Massimo*?"

~oOo~

Max kann den auslösenden Moment nicht genau benennen.

Ob es ihr leises Kichern war, als er die Frage nach seinem
Vater beantwortet hat, oder aber das übermütige Flackern
in ihrem Blick, als er sich nach ihr umgedreht hat.

Das Bedürfnis, sie zu küssen, ist mit einem Mal
übermächtig.

Um sich ihr nicht aufzudrängen – aber wahrscheinlicher ist wohl, dass er sich selbst die Chance einräumen wollte, diesem Fakt einigermaßen moderat zu entkommen –, drückt er sie lediglich gegen die Wand. Unterdrückt den Wunsch, seine Lippen auf Franziskas zu pressen. Ihren Arsch zu umfassen und sie einfach die Treppe hinaufzutragen, sie auf irgendein Bett zu werfen und sie um den Verstand zu vögeln.

Seine Eier beginnen zu pochen und er spürt den Ständer, der sich hart und rücksichtslos gegen den Reißverschluss seiner Jeans zwängt.

Wie stehen wir zwei denn zueinander, Franziska? Diese Frage würde er sich nur allzu gern selbst beantworten.

Porca miseria!

Sie gehört auf keinen Fall in die Kategorie Frau, die man eben *nur zum Spaß* vögelt.

Nein, Franziska hat Klasse.

Daran gibt es nichts zu rütteln. Jedoch ist er sich noch nicht sicher, wie er damit umzugehen gedenkt.

Er begehrt sie, mit einer Kraft, die ihn schwindelig werden lässt. Keine andere Frau vor ihr hat ihn derart atemlos zurückgelassen. Er ist nicht Herr seiner Sinne, wenn sie in seiner Nähe ist. Ihr Geruch, ihre Art sich zu bewegen oder ihn anzusehen.

Sie bietet ihm die Stirn, himmelt ihn nicht an. Alles an ihr macht ihn unsagbar an.

Hinzu kommt, sie trägt ihr eigenes Schicksal mit Würde und Demut.

Etwas, was ihm völlig abhandengekommen zu sein scheint.

Und dennoch fühlt er sich ihr verbundener als jedem anderen Wesen, dem er je begegnet ist.

Nicht nur das. Die sexuelle Spannung ist fast greifbar. Er betrachtet voller Genugtuung die Gänsehaut in ihrem Nacken, verbietet sich, die zarte Haut unter ihrem Ohr zu küssen. Ehe er weiß, wie ihm geschieht, fährt ihr Daumen über seine Unterlippe.

„Wie war doch gleich die Frage, *Massimo?*" Sie zieht ihre eigene Unterlippe zwischen die Zähne, sieht ihn auffordernd an. Das Leuchten ihrer Augen vertieft sich.

Sein Schwanz zuckt, erinnert ihn an seine Prioritäten.

Diavolo! ... Er ist schließlich auch nur ein Mann.

Ein Mann, dem sich das Blut eindeutig in zu tiefen Regionen sammelt, um die Gegebenheiten nüchtern betrachten zu können.

~oOo~

Max macht sich erst gar nicht die Mühe, auf meine Frage zu antworten.

Ehe ich auch nur realisieren kann, was hier gerade mit mir geschieht – worauf ich mich eingelassen habe –, küsst er mich auch schon. Ich keuche auf, als seine Hände sich auf meinen Hintern legen. Seine Erregung drückt ungeduldig gegen meinen Bauch, während seine Hände forschend meinen Körper entlangwandern.

Seine Zunge fordert mich heraus. Ein sinnlicher Tanz. Ich öffne meine Lippen weiter für ihn, gebe mich seinem Fordern hin, als hätte ich nur darauf gewartet.

Suse wäre unsagbar stolz auf mich!

Dieser Gedanke animiert mich dazu, meinen Unterschenkel um seine Hüften zu legen.

Mit einem leisen Knurren lässt er von mir ab. „Franziska, ich kann nicht vernünftig denken, wenn du tust, was du gerade tust."

Erneut sammelt sich ein Kichern tief in meinem Bauchraum. „Was tue ich denn, *Massimo*?" Die italienische Variante seines Namens klingt ausgesprochen sexy …

Er umfasst mein Kinn mit einer Hand, die andere legt sich auf die Wade, welche noch immer um seine Mitte liegt.

„Genau das, Franziska. Wie soll ich nicht an das riesige Bett denken, das unweit von uns nur darauf zu warten scheint, dass ich dich glücklich mache?"

„Könntest du das denn? … Mich glücklich machen?" Ich stelle es infrage. Mit ziemlich gelungenem Augenaufschlag, wie ich finde.

„*Venite con me e ve lo proverò.*" Und dann sagt er nichts mehr. Er hebt mich an, als wäre ich ein Leichtgewicht.

Ungeachtet der Tatsache, dass es noch früher Abend ist, sich unser Gepäck noch immer im Kofferraum seines Autos befindet.

Ungeachtet der vielen Personen im Haus, die uns *in flagranti* erwischen könnten.

Max trägt mich die Treppe hoch, ohne seine Lippen von meinen zu nehmen. Oder seine Hände von meinem Hintern.

Tatsächlich findet er ein Zimmer. Mit dem Ellbogen drückt er die Klinke herunter, nur um sie mit der Hacke wieder zu schließen, nachdem wir eingetreten sind … Er ist eingetreten. Meine Füße schweben noch immer in der Luft.

Er fuchtelt an dem Schlüssel herum, schließt hinter uns ab.

Ich bin ihm außerordentlich dankbar für diese kleine Vorsichtsmaßnahme. So kann ich mich ganz auf ihn konzentrieren. Mein ausgehungertes *Ich* kann das. *Himmel, Franziska, woher kommt nur diese Gier ...?*

Mein Herz stolpert, als er mich auf dem Bett ablegt, nur um mich eingehend zu betrachten. Ich befeuchte meine Lippen. Er sieht es. Beobachtet es. Fährt sich durch die Haare. „Franziska, das hier entwickelt sich keinesfalls so, wie ich es mir vorgestellt habe ..."

Schlagartig kriecht Beklommenheit durch meine Glieder, staut sich in meiner Magengegend.

Er will mich nicht!

Ich setze mich aufrecht hin. Verschränke die Arme vor meiner Brust, sehe auf meine Füße. Sofort nimmt er meine Hände. „Nein, nicht so, wie du denkst." Er legt meine Finger auf die offensichtliche Beule seiner Hose. „Ich will dich. Mehr, als ich sagen kann ..." Er schluckt. Atmet tief ein.

„Jetzt kommt ein dickes *Aber* ...", versuche ich ihm auf die Sprünge zu helfen.

Er steht wieder auf, geht auf Abstand. „Oh Mann, ich hatte keine Ahnung, dass es derart ...", weicht er mir aus. Sucht nach den richtigen Worten.

Ich stehe auf, mache zwei Schritte auf ihn zu. „Es ist verflucht einfach, Max." Meine Arme legen sich um seinen Hals. Ich stelle mich auf die Zehenspitzen, um ihn küssen zu können. Für mich gibt es kein Zurück. Selbst wenn wir uns morgen nicht mehr in die Augen sehen können, heute will ich ihn anschauen. Und fühlen. Und berühren.

Meine Finger finden einen Weg über seinen Rücken. „Schenke mir diesen Moment. Bitte." Ich flüstere gegen seinen Mund. Bemerke seinen inneren Kampf, spüre die Anspannung in seinem Körper.

„Du sollst wissen, dass ich das nicht geplant habe. Ich habe dich nicht hierhergebracht, um dich flachzulegen." Seine Augen suchen die meinen.

„Ein ähnliches Gespräch hatten wir bereits ... vor einigen Tagen. Mitten in meinem Wohnzimmer. Das hattest du auch nicht geplant." Meine Mundwinkel ziehen sich synchron mit meinen Augenbrauen nach oben. „Wer sagt dir, dass das hier nicht genau der Grund war, warum ich mitgefahren bin?"

Holla, Ziska, du kleines Luder.

Wenn mir jemand vorher hätte erzählen wollen, dass ich diesen Mann verführen werde, den hätte ich für nicht ganz dicht gehalten.

Franziska Mölling, die normalerweise unter sexueller Appetitlosigkeit leidet ...

Er schenkt mir ein Lächeln. „Da ist wohl eine höhere Macht im Spiel, wie mir scheint."

Max lässt seine Hände unter meine Bluse wandern, die schon ziemlich lange nicht mehr korrekt sitzt. Die Berührung seiner Hände auf meiner nackten Haut lassen mich zischend durch die Zähne einatmen. Er spreizt die Finger, erhöht den Druck auf meinen Körper. Legt seine Stirn gegen meine.

„Wenn du jetzt nichts sagst, kann ich nicht mehr aufhören. So sehr ich auch wollte ... Ich könnte es nicht."

„Das sollst du auch nicht. Ich habe fast vergessen, wie es ist …" Ich presse kurz meine Lippen aufeinander. „… wie es sich anfühlt. Erinnere mich daran."

Noch ehe ich den Satz zu Ende gesprochen habe, findet meine Bluse den Weg über meinen Kopf auf den Boden des Schlafzimmers. Mein Zopf löst sich langsam in Wohlgefallen auf, was Max anscheinend dazu ermuntert, ihn mir zu lösen. Eine wilde Flut an Haaren fällt mir über den Rücken. Er lässt seine Finger hindurchgleiten, beobachtet die Locken, die sich mir über die Schultern legen, meine Brust bedecken.

Er beugt sich hinab, küsst die Haut entlang meines Schlüsselbeins und ich lege den Kopf in den Nacken. Mit hängenden Armen, um ihn bloß nicht zu behindern.

Er streichelt meine Wirbelsäule entlang, öffnet meinen BH, der ohne Umwege meiner Bluse auf dem Boden Gesellschaft leistet. Meine Brüste richten sich auf, als seine Finger zwischen ihnen entlangstreichen, meine Knospen umrunden.

Seine Zähne beginnen an mir zu knabbern und ich spüre, wie meine Knie nachgeben. Max fängt mich auf, drängt mich zurück zum Bett. „Leg dich hin." Ein sachter Befehl, den er nachdrücklich einfordert, indem er sich mit seinem Körper über meinen legt. Meine Arme über meinem Kopf mit seinen Händen fixiert.

Kapitel 14

~oOo~

Sie liegt vor ihm.

Max' Herzschlag beschleunigt sich und er kann nur hoffen, dass Franziska es sich nicht anders überlegt. Gott ist sein Zeuge, er hat dagegen angekämpft. Gegen dieses Verlangen.

Ihr Brustkorb hebt und senkt sich, ihre Lippen sind leicht geöffnet, geschwollen von seinen Küssen.

Das Grün ihrer Augen hat sich intensiviert, verdunkelt.

Ihre Haut schimmert fast durchsichtig, ihre Brüste sind feste kleine Äpfel. Warten nur darauf, dass er sie endlich umfasst. Sie liebkost.

Sie ist das schönste Geschöpf, das er jemals gesehen hat.

Und sie ist hier – mit ihm. Fordert das Gleiche wie er.

Und er ist tatsächlich nervös.

Max von Rothenburg hat Lampenfieber!

Seine Fingerspitzen streichen über die Innenseiten ihrer Arme, ihrer Achselhöhle, den Ansatz ihrer Brüste. Sie stöhnt leise, als er ihren Bauchnabel umrundet.

„Schon als ich dich das erste Mal gesehen habe, habe ich mir dich vorgestellt. Wie du unter mir liegst. Wie ich das hier mit dir mache …" Er senkt den Kopf, nimmt eine ihrer festen Knospen zwischen die Zähne. Knabbert daran.

Sie biegt den Rücken durch, schließt ihre Augen. Umfängt ihn mit ihren Schenkeln, um ihn noch näher an sich zu zwingen. Er muss schmunzeln, pustet gegen ihre erhitzte Haut. „Soll ich weitermachen?"

„Ja ..."

„Ja, ... was?"

„... Ja, bitte. Mach weiter ..." Ihre Fersen verstärken den Druck auf sein Gesäß. Sie versucht ihre Hände aus seinem Griff zu befreien.

Max hindert sie daran. „Lass die Hände oben, Ballerina." Sie leckt sich über die Lippen. Sein Daumen fährt über die feuchte Spur, die ihre rosige Zungenspitze hinterlassen hat.

„Lass die Hände einfach oben, okay?"

Franziska nickt, krallt ihre Nägel in die Bettdecke.

Max befreit sich aus der Umklammerung ihrer Beine, öffnet ihre Hose, um sie ihr auszuziehen.

~oOo~

Seine Hände sind überall und nirgends.

Ich würde ihn nur zu gern berühren, begnüge mich jedoch, das Laken festzuhalten. Das hindert mich daran, die Kontrolle zu verlieren.

Womöglich in Flammen aufzugehen.

Es ist himmlisch ... Er ist himmlisch.

Hauchzart und doch entschlossen, neugierig. Offensichtlich weiß er ganz genau, was er tut.

Ehe ich mich versehe, liege ich nackt vor ihm. Ein letzter Gedanke gilt meiner Unterwäsche ... Die neu gekaufte, sündhaft teure, sexy aussehende schlummert einsatzbereit in meinem Koffer und meinen schwarzen Baumwollslip hat er nicht eines Blickes gewürdigt.

Suse weiß eben manchmal nicht, wovon sie redet.

Seine Zunge fährt um meinen Bauchnabel, wandert abwärts und ich zerfließe. Gebe mich dem Feuer hin, das sich durch meine Adern brennt. Er bewegt sich immer tiefer zwischen meine Schenkel und ich bekomme eine ungefähre Ahnung davon, was er als Nächstes vorhat. Reflexartig spanne ich meine Muskeln an, versuche es zu verhindern.

Himmel, es ist zu lange her, dass mich ein Mann nackt gesehen hat ... geschweige denn ...

„Entspann dich, *cuore mio.*" Seine Stimme ist wie Honig. „Ich werde nichts tun, was du nicht möchtest. Wir haben alle Zeit der Welt."

Ich nicke. Und plötzlich ist er wieder bei mir. Küsst mich. Langsam.

Mein Herz quillt über.

Endlich kann ich ihn berühren, umfasse seinen Nacken, sein Gesicht. Er hört nicht auf, mich zu streicheln, und das Verlangen nach ihm lässt meinen Unterleib pochen.

Ich schiebe meine Hand unter sein Shirt, ertaste die festen Muskeln, seine harte Brust. Er löst sich kurz von mir, um sich des störenden Stoffes zu entledigen. Ich beobachte die Bewegung seiner Brust, seiner Schultern, setze mich auf. Lege meine Lippen auf seinen Brustkorb. Sein Geruch findet den Weg in mein Bewusstsein und ich weiß bereits jetzt, dass ich ihn nie wieder vergessen kann. Inhaliere ihn tief.

Max gibt mir die Zeit, die ich brauche, um seinen Körper zu erforschen. Ihn anzufassen.

Ich genieße seine Gänsehaut, als ich ihm über die Haut streiche. Er ist wunderbar warm und fest. Weich und hart zugleich.

Ich spüre seinen eigenen Herzschlag und muss lächeln. Auch seines stolpert ein wenig. Mit dem Zeigefinger folge ich dem schmalen Streifen Haar, das sich in seiner Hose verjüngt. Er spannt die Bauchdecke an.

„Du bist kitzelig." Ich nehme denselben Weg wieder hinauf zu seinem Bauchnabel. Er zuckt zurück, hält meine Hand fest. Ich lache leise auf.

„Allerdings. Und damit ist nicht zu spaßen!" So sehr er auch versucht, den nötigen Ernst in seine Stimmlage zu bringen, seine Augen beginnen zu lachen. Ich ziehe sein Gesicht zu mir, küsse ihn erneut. Vielleicht auch, um meine eigene Unsicherheit zu überspielen. Meine alkoholgeschwängerte Courage ist längst verflogen und ich bin hinreichend flatterig.

Himmel, ich bin keine Jungfrau mehr … eigentlich wäre ich bereits seit Jahren verheiratet. Aber mit diesem Mann ist es fast, als wäre es mein allererstes Mal.

Gut, es ist *unser* erstes Mal.

Und ich möchte auf keinen Fall irgendetwas falsch machen.

Der Druck seiner Lippen verstärkt sich, seine Zunge verlangt Einlass in meinen Mund, den ich ihr nur zu gern gewähre. Seine Hände auf meinem Gesicht, drückt er mich vorsichtig zurück auf die Matratze.

Mein Atem geht schneller, als er meine Brust umfasst. Sie leicht knetet, befühlt, meine Spitze zwischen Daumen und

Zeigefinger dreht. An ihr zupft. Ein Keuchen entfährt mir. Ich spüre seine Härte an meinem Oberschenkel, lasse meine Hand wandern, um sie zu erreichen. Ich kann seine Zurückhaltung nur erahnen. Er hält die Luft an, während ich sie durch den Stoff seiner Jeans berühre. Sie in meiner Handinnenfläche massiere.

Auch ich werde zunehmend ungeduldiger, öffne seine Hose, um ihn aus der Enge zu befreien. „Zieh sie aus!", fordere ich ihn auf.

Max lässt sich nicht zweimal bitten. Stolz und hart wippt mir sein Penis entgegen.

Zischend atme ich ein, bemerke seinen Blick auf mir. Seine fast schwarzen Augen mustern mich. „Bist du sicher, dass du …?"

Mein Zeigefinger schnellt in die Höhe, verbietet ihm weiterzusprechen. Ich nehme die samtige Haut in meine Faust. Jetzt ist es an ihm zu stöhnen. Ich muss von ihm kosten, küsse die Spitze, lasse ihn in meinen Mund gleiten. Seine Hände krallen sich in mein Haar, ziehen meinen Kopf ein wenig zurück. „Mach langsam, *cuore mio*. Ich kann sonst für nichts garantieren …" Er kniet sich vor mich, streicht über die Innenseite meiner Schenkel, während er sie für sich spreizt. Und dieses Mal gebiete ich ihm keinen Einhalt. Seine Bartstoppeln kratzen leicht über meine Haut, während er sich von meinen Waden aus nach oben küsst. Seine Hände, die elektrisierende Stöße in meinen Unterleib senden. Seine Zunge findet meinen empfindlichsten Punkt und ich keuche auf, grabe meine Hände von ganz allein in die Kissen. Er schmeckt, leckt, saugt und ich höre auf zu denken, gebe mich dem Verlangen hin.

Mit einem Aufstöhnen biege ich mich ihm unbewusst entgegen. Die Rückseite seiner Finger streichen über meine Spalte, ehe er sie in meiner Nässe versenkt. Hitze durchfährt meinen Körper in süßen Wellen und ich verliere mich im Rausch meiner Ekstase. Sein Daumen umkreist meine Perle. Erst langsam, vorsichtig. Er erhöht den Druck auf mein Lustzentrum und mein Herzschlag setzt aus. Mit der Zungenspitze umkreist er meinen Bauchnabel, pustet gegen meine überreizte Haut, eine harte Knospe verschwindet zwischen seinen Lippen. Er saugt und knabbert und ich beginne, mich aufzulösen. Ich schließe meine Lider ... *Genau so muss es sich anfühlen. Heilige Mutter Gottes ...,* beginne, unkontrolliert um seine Finger zu zucken. Meinen Schrei fängt er mit einem leidenschaftlichen Kuss auf. Ich schlinge ein Bein um seine Hüfte, nicht bereit, mich von ihm zu lösen.

~oOo~

Wenn Franziska noch ein wenig mehr Kraft in ihre Beinmuskulatur steckt, wäre sie eine Gefahr für seine Rippen. Vorsichtig löst er ihren Schenkel, legt sich neben sie und zieht sie an sich. Ihr Kopf ruht auf seinem Brustkorb. Der Duft ihrer Haare ist betörend. Er schließt die Augen, noch nicht gewillt, den Moment einfach ziehen zu lassen. Ihre Hand streichelt über seine Brust. Sie spreizt ihre Finger, wandert tiefer.

Er konzentriert sich darauf, an die letzte Steuererklärung zu denken, um sich von ihrer elektrisierenden Berührung abzulenken.

Sein Schwanz zuckt unwillig, absolut nicht bereit, es dabei zu belassen. Max hat gespürt, dass Franziska lange nicht mehr mit einem Mann zusammen war, und egal wie heroisch ihm der Gedanke auch im ersten Moment erschien, ihr so viel Zeit zu lassen, wie sie braucht – dieses Gefühl, jeden Moment explodieren zu können, ist weder befriedigend noch sonderlich angenehm.

Er ignoriert das schmerzhafte Ziehen seiner Hoden heldenhaft. Zumindest versucht er es.

Wenn dieses Weib jedoch ihre Finger nur noch ein kleines Stückchen tiefer wandern lässt, dann müsste er doch über sie herfallen. Er hält ihre Hand auf, ehe es zum Äußersten kommt. *„Cuore mio*, wenn auch nur noch ein einziger Tropfen Blut unter meiner Gürtellinie ankommt, mutiere ich zu einem wilden Tier."

Sie sieht zu ihm auf. „Sag mir, was du gern hättest."

Er stutzt. „Was ich gern …? Was meinst du?" Er wagt es nicht, auch nur ansatzweise daran zu denken, was er jetzt gern hätte. Wie er sie gern hätte ... *Am liebsten gegen die Wand, sein Schwanz bis zum Anschlag in ihr vergraben.*

Sofort meldet sich sein bestes Stück. Er schluckt schwer.

Ihre Mundwinkel ziehen sich nach oben, als sie ihren Körper verlagert. Auf ihm zum Sitzen kommt. Ihre Brustwarzen recken sich frech vor. Sein Schwanz reagiert prompt auf diesen Anblick, was auch Franziska nicht entgeht. Sinnlich beugt sie sich ein Stück nach vorn, reibt sich an ihm. „Ich bin doch keine Jungfrau mehr, Max. Auch wenn ich vielleicht diesen Anschein erwecke … Du brauchst mich nicht zu schonen." Ihre Nässe liegt über seinem Glied. Seine Spitze stößt bereits gefährlich gegen ihren Eingang. Nur eine kleine Bewegung … ein klitzekleines Stück … und er wäre in ihr … tief … befreiend.

Max schließt die Augen, als sie sich bewegt. Vor und zurück … vor und zurück … ihre Lippen auf seiner Haut. Kleine sinnliche Bisse. Das Kratzen ihrer Fingernägel über seinen Brustkorb. „Wer sagt denn, dass ich bereits aufhören möchte? …Wo sind die Kondome?"

Eine simple Frage … und eine durchaus berechtigte dazu.

Verdammt! In seiner Reisetasche …

Max schnellt hoch, ehe ein Unglück geschieht. „Im Auto." Franziskas Schultern beginnen zu beben. Sie beißt sich in die Finger ihrer geballten Faust. „Wer von uns beiden ist jetzt der Anfänger?" Dann findet das Lachen seinen Weg und ihm bleibt nichts anderes übrig, als darin einzustimmen.

„Die Dusche ist hinter dieser Tür, wenn mich nicht alles täuscht." Sie rutscht von seinem Schoß und deutet auf das Bad, welches unverkennbar mit diesem Zimmer verbunden ist.

„Jaja, spotte nur." Er lässt sich zurückfallen, fährt sich durchs Gesicht.

„Du solltest unsere Taschen holen, *Massimo*." Sie lässt ihren Blick schweifen, wickelt ihren sündigen Körper in eine Wolldecke, die auf einem Sessel gegenüber des Bettes liegt.

Er sieht es mit tiefem Bedauern.

„Vielleicht könnte ich in diesem Zimmer bleiben. Es ist hübsch und das Bett scheint auch ganz in Ordnung zu sein." Wieder ein Kichern.

Ihre gelöste Art gefällt ihm und auch, dass er einen Anteil daran zu haben scheint.

Er steht auf, zieht sie zu sich. „Sicher, denn meines liegt direkt nebenan. Und das Bad hat sogar eine Verbindungstür." Seine Augenbrauen tanzen anzüglich durch das Gesicht, was sie erneut lachen lässt. Er streicht zärtlich eine Haarsträhne aus ihrem Gesicht, küsst ihre Nasenspitze. „Ich hole dann mal das Gepäck."

Sie nickt, hält krampfhaft die Decke vor ihrer Brust zusammen.

~oOo~

Ich beobachte ihn dabei, wie er sich wieder anzieht, ehe er das Zimmer verlässt, um die Taschen aus dem Auto zu holen.

Mit einem zufriedenen Seufzer lasse ich mich aufs Bett fallen, stecke meine Nase in das Kopfkissen, auf dem er gelegen hat. Mein Herz beginnt unverzüglich wild zu klopfen und mein Unterleib zieht sich sehnsüchtig zusammen. *O Gott, Franziska, du verliebst dich doch wohl nicht in diesen arroganten, selbstverliebten Schnösel?* Ich muss lächeln, streiche über das zerknitterte Leinen. Doch, allerdings. *Ich bin auf dem besten Weg ...* Und es fühlt sich gut an.

Immerhin hat er es bereits geschafft, mich davon zu überzeugen, dass der erste Eindruck nicht immer der richtige sein muss.

Max war tatsächlich gewillt, auf sein Vergnügen zu verzichten, nur um mir die nötige Zeit zu geben, mich an ihn zu gewöhnen. Es gibt sicherlich nicht viele Männer, die das getan hätten. Jeder andere hätte die Situation ausgenutzt. Aber Max hat das nicht getan.

Es ist das erste Mal seit Tagen, dass ich an Adrian denken muss. Mein ehemaliger Kollege und Fast-Ehemann, dem die Karriere wichtiger war als ich. Ich habe gehört, dass er mittlerweile mit einer russischen Tänzerin verheiratet ist.

Es ist das erste Mal, dass es keinen schalen Beigeschmack hinterlässt, ihn mir mit einer anderen Frau vorzustellen.

Das erste Mal, dass ich keine Wut darüber empfinde, dass er mich hat sitzen lassen.

An Männern habe ich seitdem wenig Interesse gehabt. *Bis jetzt ...*

Ich betrete das Bad, welches tatsächlich eine Verbindungstür besitzt. Den ersten Impuls, einen Blick hinter diese Tür zu erhaschen, verwerfe ich unverzüglich wieder.

Ich werde sicher noch früh genug einen Blick in sein Zimmer werfen können, auch ohne zu spionieren. Hitze steigt mir in die Wangen, als ich über die Zweckmäßigkeit eines gemeinsamen Bades nachdenke.

Handtücher liegen bereit. Kleine Fläschchen mit Duschgel und Shampoo sind hübsch darauf drapiert. Sogar eine noch verpackte Zahnbürste. Man hat also tatsächlich mit meinem Besuch gerechnet.

Es gibt eine ebenerdige Dusche und eine Wanne, die tatsächlich auf großen goldenen Tatzen steht. Man könnte glauben, wir befänden uns mitten in Italien.

Die Hand seiner Nonna ist überall in diesem Haus zu sehen, aber vielleicht ist es auch der Geist seiner Mutter, der einen durch dieses Haus begleitet.

Ich bin sehr gespannt darauf, was mich in den nächsten Tagen erwartet.

Und auch wenn Max es vielleicht nicht gern hört, ich brenne darauf, seinen Vater kennenzulernen. Ob Max sein Aussehen wohl von ihm geerbt hat? Dann ist er sicherlich ein sehr attraktiver älterer Herr. Ich muss unwillkürlich lächeln.

Ohne groß darüber nachzudenken, lasse ich die Wolldecke fallen, knote meine Haare im Nacken zusammen und steige in die Dusche. Das Duschgel duftet nach Orangen und Sommer und ich schließe meine Augen, genieße die Wärme des Wassers und die kribbelnde Vorfreude auf meine gemeinsame Zeit mit Max.

Meine Haut beginnt zu prickeln, als ein Luftzug mich streift. Ich stehe mit dem Rücken zur Tür, und doch weiß ich, dass Max wieder da ist. Ich höre ihm dabei zu, wie er sich seiner Klamotten entledigt – bereits das zweite Mal an diesem Tag. Ein wohliger Schauer erfasst mich allein bei der Vorstellung, seine Hände gleich auf meinem Körper zu spüren. Ich wage einen Blick über die Schulter, nur um festzustellen, dass er bereits hinter mir steht. Seine Hände von hinten über meine Brüste legt, meine Brustwarzen zwischen Zeige- und Ringfinger schiebt. „Irgendwann werde ich all deine Sommersprossen zählen." Er haucht in mein Ohr und ich lasse mich gegen seinen Körper fallen, gebe mich seinen Berührungen hin.

„Mhm ..." Meine Stimme versagt. Aber jetzt ist auch nicht die Zeit zu reden.

Sein erigierter Penis drückt sich mir formvollendet in den Rücken und mit einem gekonnten Griff dreht er mich um, hebt mich an und versengt sich in mir, dehnt mich. Ich keuche überrascht auf. Er hält kurz inne, um sich zu vergewissern, dass es mir gut geht. Ich presse meine Lippen als Antwort auf die ungestellte Frage nach meinem Befinden auf seinen Mund.

Gierig erwidert er meinen Kuss, beginnt sich in mir zu bewegen. Erst langsam, dann in einem Rhythmus, der mir schier den Verstand raubt. Ich verschränke meine Füße in seinem Rücken, meine Fersen an seinem Po, und bin positiv überrascht, dass meine Tanzausbildung augenscheinlich nicht nur für die große Bühne von Nutzen ist.

Er stützt sich an den Fliesen hinter mir ab und stößt unablässig in mich. Unsere Körper klatschen gegeneinander. Ich spüre die Hitze, die mich durchfährt, und es dauert nicht lang, bis sie sich in meiner Mitte entlädt. Zum zweiten Mal an diesem Tag.

Mein Kopf kippt gegen die Fliesen, meine Haare lösen sich und meine Fingernägel hinterlassen mit Sicherheit ihre Spuren auf Max' Schultern. Mit einem tiefen Stöhnen beißt er mir in den Hals, als er kommt. Das warme Wasser prasselt auf uns hernieder, während Max nach Atem ringend in meine wirren Haare greift. Die Stelle küsst, die er soeben noch gebissen hat. Vorsichtig setzt er mich ab.

„Ich habe die Kondome gefunden."

„Tatsächlich?" Meine Mundwinkel verziehen sich zu einem glücklichen Lächeln. „Da bin ich aber froh." Ich kraule ihm über den Rücken, sehe zu ihm auf.

„Das sehe ich." Sein Grübchen ist einfach hinreißend. *Er hat dich so was von im Sack, Franziska Mölling!* Aber der Gedanke erschreckt mich nicht mehr. Ich lasse all diese Schmetterlinge bedenkenlos durch meinen Körper flattern. Sie sind mir willkommen. So leicht und unbeschwert habe ich mich schon lange nicht mehr gefühlt. Definitiv zu lange …

„Ich sollte dieses hier langsam entsorgen. Es gibt einen Fernseher in meinem Zimmer. Was meinst du?"

„Das klingt sehr verlockend. Jedoch muss ich meine Haare jetzt doch waschen, sonst beginnt morgen ein Vogel darin zu nisten."

Er beugt sich zu mir, küsst mich zärtlich. „Lass dir Zeit. Ich richte mal mein Zimmer ein, immerhin erwarte ich Damenbesuch." Mit einem Zwinkern lässt er mich unter der Dusche allein, greift nach einem Handtuch und wirft das gebrauchte Kondom in einen kleinen Mülleimer neben der Toilette.

Und ich schäume mir glückselig die zauseligen Locken ein.

Lediglich in ein Handtuch gewickelt, suche ich mir frische Wäsche, Schlafshirt und Shorts aus dem Trolley. Die Verbindungstüren stehen auf, sodass ich Max hören kann, der seinen eigenen Koffer auszuräumen scheint. „Hast du alles, was du brauchst, *cuore mio?*"

Ein Honigkuchenpferd muss sich ähnlich fühlen wie ich. Wahrscheinlich sind meine Gesichtszüge morgen völlig verschoben durch dieses Dauergrinsen. *Ach, was soll's?*

„Ja, danke. Ich ziehe mir nur schnell etwas über."

Er erscheint im Türrahmen. „Ach, lass das doch an ... Ich finde es extrem praktisch."

Ich schüttele den Kopf. „Das könnte dir so passen. Pack mich gefälligst aus. Das ist ja wohl das Mindestmaß an Anstand."

Er lacht lauthals und widmet sich wieder seinen eigenen Kramereien.

„Ich habe uns eine Flasche Wein besorgt. Hast du Lust?"

„Klar, mach mich ruhig betrunken. Dir gefällt wohl meine hemmungslose Seite, wie?" Meine Ohren werden erneut ganz warm, wenn ich an den Moment vorhin denke, in dem ich mich ihm förmlich an den Hals geschmissen habe.

„Diese ... und jede andere auch." Ich habe ihn nicht kommen hören. Er berührt meine nackten Schultern. Ich lege den Kopf schief, um ihm Zugang zu meinem Hals zu verschaffen. Seine Nasenspitze streicht über meine Haut, sein Atem kitzelt mich. Er entknotet mein Handtuch.

„Dieses Kleidungsstück ist wirklich praktisch ..."

Kapitel 15

~oOo~

Max konnte nicht mehr schlafen. Die Gedanken in seinem Kopf scheinen sich zu überschlagen. Dieses Haus und dieser Ort bergen so viele schöne, aber auch schlechte Erinnerungen, dass er Angst hat, daran zu ersticken. Auch Franziskas vom Schlaf warmer, nackter Körper kann daran nichts ändern.

Lächelnd schält er sich aus ihrer Umarmung, drückt seine Lippen hauchzart auf ihre Stirn. Mit einem kleinen, zufriedenen Seufzer dreht sie sich um. Schläft weiter.

Sie weckt Empfindungen in ihm, an die er nicht geglaubt hat. Alles in ihm sehnt sich nach ihrer Nähe, und zu ahnen, dass es ihr ganz ähnlich geht, macht es für ihn überhaupt erst erträglich, hier zu sein.

Leise schleicht er durch den Raum, auf der Suche nach seinen Laufsachen. Er hat sie gestern Abend absichtlich nicht in den Schrank geräumt, da er bereits vorausgesehen hat, dass diese Nacht nicht allzu lang andauern wird. Im diffusen Licht des erwachenden Tages hinterlässt er ihr eine kurze Nachricht, die er auf seinem Kopfkissen platziert, ehe er das Badezimmer betritt, um sich die Zähne zu putzen und anzuziehen.

Er steckt sich die Kopfhörer in die Ohren, aktiviert die Streaming-App seines Vertrauens und verlässt das nachtschlafende Haus.

Die Dämmerung hat gerade erst begonnen, über die Weinberge zu klettern. Er atmet tief ein und erinnert sich an vergangene Zeiten. Als er hier noch glücklich war. Depeche Mode schlagen die ersten Takte von *Strangelove* an und er beginnt zu laufen. All die Wege seiner Kindheit und Jugend. Mit jedem zurückgelegten Kilometer, mit dem er sich weiter vom Haus entfernt, scheint sich auch der Knoten in seiner Brust zu lösen.

~oOo~

Meine Hand greift ins Leere. Die Kälte des Bettes verrät mir, dass Max bereits länger nicht mehr neben mir zu liegen scheint.

Ich setze mich auf, versuche meiner Enttäuschung darüber nicht allzu viel Wert beizumessen. Dann entdecke ich den Zettel auf seinem Kissen.

Ich bin laufen. Schlaf dich aus.
Kuss auf deine Lieblingsstelle.

Mit einem Lächeln entspanne ich mich noch einmal. Kneife mir selbst in die Wangen, als ich mich dabei erwische. *Du erinnerst doch sehr stark an die Grinsekatze, meine liebe Franziska ...*
Es ist zwar erst vor sieben, doch an Schlaf ist dennoch nicht mehr zu denken. Also verlasse ich diesen warmen und doch gerade sehr einsamen Ort, um zu duschen und mich irgendwie menschenwürdig wieder herzurichten. Das leichte Ziehen zwischen meinen Beinen erinnert an die

lebhafte Nacht. Wahrscheinlich ist es nur meiner Kondition als Tänzerin geschuldet, dass ich überhaupt noch laufen kann. Erneut wandern meine Mundwinkel in Richtung meiner Ohren. *Das muss wirklich aufhören, Frau Mölling ...* Gerade, als ich darüber nachdenke, ob ich mich auf die Suche nach weiteren Lebewesen in diesem riesigen Haus mache, klopft es leise an der Tür zu meinem Zimmer und Sarah steckt ihren Kopf durch den Spalt. „Du bist ja schon wach!" Ihr wunderhübsches Gesicht beginnt zu strahlen und sie tritt ein. Ich denke kurz verschämt darüber nach, ob sie mir ansehen kann, wie unanständig ich in der vergangenen Nacht gewesen bin. Mit ihrem Bruder. Doch es scheint keine Rolle zu spielen. *Warum auch? Du bist schließlich als seine Freundin hier angekommen.*

„Eigentlich hätte ich nicht geklopft, aber Nonna hat darauf bestanden, dass ich wenigstens nachsehe, ob du nicht vielleicht doch mit uns frühstücken möchtest."

„Sehr gern. Ich wollte eh gerade runterkommen."

Gemeinsam begeben wir uns ins Esszimmer, das ich ja bereits kenne. Suchend blicke ich mich um.

„Wenn Sie meinen Sohn suchen, der hat wohl Besseres zu tun, als sich mit uns abzugeben." Die Bitterkeit, mit der diese Worte gesprochen werden, lässt mich unmerklich zusammenzucken. Niemand anderes als Max' Vater sitzt mir gegenüber.

Auch wenn er seinen Kindern nicht sonderlich ähnelt, besteht kein Zweifel daran, wer hier vor mir sitzt.

Er ist dennoch ein gut aussehender Mann, aber seine Haare sind hell, wohingegen Sarah und Max die dunklen Haare dann wohl von ihrer Mutter geerbt zu haben scheinen.

Seine eisblauen Augen mustern mich skeptisch. „Es tut mir leid. Ich wollte Sie nicht erschrecken." Seine Lippen deuten ein Lächeln an, das ich ziemlich verunsichert erwidere. „Setzen Sie sich doch bitte." Max' Vater deutet auf den Platz unmittelbar neben seinem Rollstuhl und ich möchte nicht unhöflich erscheinen, also nehme ich sein Angebot an.

Wenn auch mit einem ziemlich mulmigen Gefühl in der Magengegend.

„Ich habe mich Ihnen noch gar nicht vorgestellt. Wo sind nur meine Manieren." Er hält mir seine Hand entgegen. „Richard von Rothenburg." Sein Händedruck ist warm und fest.

„Franziska Mölling", bestätige ich seinen Gruß. „Sie haben wirklich ein wunderschönes Haus."

Er nickt, nimmt einen Schluck aus seiner Kaffeetasse.

„Ich würde Ihnen gern alles zeigen, aber die Damen des Hauses bestehen auf dieses mehr als hinderliche Gefährt."

Er lässt den Rollstuhl ein Stück zurückrollen, damit ich ihn besser sehen kann.

„Übertreibe nicht, Richard. Du würdest keine zehn Schritte laufen können, ehe du kraftlos zusammenbrichst."

Nonna wedelt mit ihren Hände durch die Luft.

Max' Vater schnaubt abfällig. „Es wird Zeit, dass du jemand anderen findest, dem du auf die Nerven gehen kannst, Rosetta."

Ich unterdrücke ein Kichern. Auch Sarahs Augen funkeln. Plötzlich steht Max' Großmutter neben mir, drückt mir einen Kuss auf die Wange und füllt meine Tasse mit lebensrettendem Koffein.

„Ich hoffe, du hast gut geschlafen, *cara mia.*" Ihre Hand drückt meine Schulter und ich lege meine Finger kurz über die ihren.

„Wie ein Baby. Es ist so unglaublich ruhig hier."

„Ja, Lärm gibt es nur im Herbst, während der Lese." Sie umrundet den Tisch, setzt sich wieder auf ihren Stuhl. „Bitte bediene dich. Es ist hoffentlich etwas dabei, was du magst."

Erst jetzt nehme ich den zum Bersten gefüllten Frühstückstisch wahr und greife nach einem Croissant, das ich mit Marmelade bestreiche.

„Sie ist eine Süße, ich habe es gewusst." Max' Vater zwinkert mir zu und ich grinse mit vollem Mund zurück. Auf mich wirkt er ziemlich zahm, und es fällt mir schwer, daran zu glauben, dass Max den Kontakt zu ihm meidet.

Ich wünschte, er hätte mir den Grund dafür verraten.

Die Tür fliegt auf und ein etwa achtjähriger blonder Junge stürmt das Esszimmer, greift sich ein Brötchen, um direkt herzhaft hineinzubeißen.

„Kannst du dich nicht vernünftig an den Tisch setzen, junger Mann?" Richard von Rothenburg zieht die Stirn kraus, aber der Junge scheint wenig beeindruckt von dieser Drohgebärde.

„Nein, ich habe verschlafen. Mama fährt mich direkt zur Schule." Kauend läuft er um den Tisch, küsst Nonna und Sarah jeweils auf die Wange und umarmt den Herrn des

Hauses inbrünstig. Vor mir bleibt er kurz stehen, überlegt anscheinend, ob er mich schon mal gesehen hat. Er scheint zu einem Entschluss gekommen zu sein, denn das Brötchen landet in seiner Hosentasche und er hält mir seine Hand entgegen. „Justus von Rothenburg. Sehr erfreut, Sie kennenzulernen."

Ich presse kurz meine Lippen aufeinander, um nicht laut zu lachen. „Franziska Mölling, ich bin auch sehr erfreut Justus von Rothenburg." Er küsst tatsächlich meine Hand und zwinkert mir zu. *Da bleibt mir glatt die Spucke weg ...* Damit verlässt er den Raum ebenso schnell, wie er erschienen ist, und mir bleibt nichts, als ihm sprachlos hinterherzusehen. *Hat man so was schon erlebt?*

Sarah beobachtet mich einige Zeit, ehe sie beginnt zu lachen. „Schade, dass ich das nicht auf einem Foto festhalten konnte. Dein Gesicht ist einfach zu schön."

Ich sehe sie verwundert an und sie klärt mich auf. „Das war unser kleiner Bruder Justus. Ein Charmeur, wie er im Buche steht. Ich habe keine Ahnung, von wem er das hat."

Sie trinkt einen Schluck Orangensaft, blickt mich über den Rand des Glases hinweg an. „Ich fürchte, du hast einen Verehrer mehr."

„Wer hat einen Verehrer?" Max steht plötzlich im Raum, fährt sich durch die schweißnassen Haare. Sein Shirt klebt ihm am Körper und meine Libido erwacht unvermittelt zum Leben. Ich rutsche auf meinem Stuhl hin und her.

„Guten Morgen, *carissimo*. Setz dich zu uns."

„Nein danke, Nonna, ich muss erst duschen." Er schenkt ihr sein Zahnpastalächeln, ehe er meinen Blick einfängt. Als er sieht, neben wem ich sitze, verhärtet sich sein

Gesichtsausdruck und er verlässt ohne ein weiteres Wort den Raum.

Entschuldigend blicke ich in die Runde. Nonna nickt mir zustimmend zu und ich erhebe mich, um ihm zu folgen. Max ist bereits in seinem Zimmer angekommen, als ich ihn endlich einhole. Nach seinem Oberarm greife. „Hey, ist alles in Ordnung mit dir?"

Er versteift sich. „Ja, sicher. Geh nur wieder runter und frühstücke zu Ende."

Ich lasse ihn los, schiebe die Hände in die Taschen meiner Jeans. „Ich bin bereits fertig."

Max verunsichert mich durch seine abweisende Art. Er sieht mich an, atmet tief ein. „Entschuldige. Es war nicht so gemeint." Er küsst meine Stirn. „Ich gehe eben duschen und dann kann ich dir ein wenig die Gegend zeigen, wenn du magst?"

Ich nicke, ohne ihn anzusehen. Er legt seinen Zeigefinger unter mein Kinn, hebt meinen Kopf. Seine tiefbraunen Augen studieren mein Gesicht. „*Cuore mio*, es tut mir leid. Das hier ist nicht so einfach für mich. Hab einfach ein wenig Geduld mit mir, ja?"

„Okay." Er küsst mich zart und sein Geruch hüllt mich ein. Ein wenig urbaner als gewohnt. Ich rümpfe die Nase. „Geh duschen, du stinkst."

„Du bist so erfrischend ehrlich, das muss ich dir lassen." Mit einem Grinsen lässt er mich stehen. Ich höre das Wasser plätschern und lasse mich aufs Bett fallen.

Vielleicht war es doch keine so gute Idee, ihn hierher zu begleiten. Wie kann ich erwarten, dass er sich auf mich konzentriert, wenn er erst mal mit seiner Familie ins Reine kommen muss? Das war womöglich der denkbar ungünstigste Moment, um Gefühle für diesen Mann zuzulassen.

~oOo~

Er kann einem Aufeinandertreffen mit seinem Vater nicht mehr lange aus dem Weg gehen.

Max spürt die ständig warnenden Blicke seiner Großmutter durchaus, sieht die gerunzelte Stirn seiner Schwester.

Und er fühlt Franziskas Unbehagen, Zeuge seiner Abneigung zu werden.

Sie, die keinen Bezug zu den Personen seiner Familie hat, versucht, allen Menschen neutral und freundlich zu begegnen.

Er macht es ihr nicht sonderlich einfach, wenn er sich wie ein Hornochse aufführt. Er kneift die Augen zusammen, als könnte er die Erinnerung an gerade eben damit aus seinem Kopf löschen. Max fährt sich durch die nassen Haare, äußerst unzufrieden mit sich und damit, wie sich die Dinge hier entwickeln.

Erneut stellt er sich die Frage, was er eigentlich erwartet hat.

Je länger er darüber nachdenkt, desto unsinniger erscheint ihm seine Entscheidung, überhaupt hergekommen zu sein.

Was will er noch hier?

Er hat hier nichts mehr verloren. Den kindlichen Wunsch seiner Schwester, dass er sich mit seinem Vater wieder versöhnt, wird er ihr nicht erfüllen können.

Max kann ihm nicht verzeihen. Das Bild seiner Mutter, die mit Tränen in den Augen nach ihrem Ehemann Ausschau hält, obwohl sie im Inneren ihres Herzens bereits wusste, dass er nicht mehr kommen würde. Dass er es nicht mehr schaffen würde, sich von seiner sterbenden Frau zu verabschieden, weil er lieber eine andere Frau vögelt.

Wütend schlägt er mit der Faust gegen die Fliesen der Dusche.

Er wird heute noch mit ihm sprechen.

Ein für alle Mal klären, dass das Weingut für ihn Geschichte ist.

~oOo~

Ich bin unruhig, kann nicht darauf warten, dass Max mit dem Duschen fertig wird.

Ich gehe wieder hinunter, nur um festzustellen, dass die Frühstücksgesellschaft bereits zerschlagen ist.

Sarah fängt mich jedoch im Flur ab.

„So allein?"

Ich zucke mit den Schultern. „Max ist noch im Bad."

Sie lächelt. „Ja, das kann dauern. Wenn du magst … Ich wollte auf den Hang. Du könntest mich begleiten." Sie sieht an mir herab. „Ich habe noch ein paar Gummistiefel, die müssten dir passen."

Erfreut, endlich eine Aufgabe zu haben, willige ich ein und sie hilft mir mit ein paar lila Stiefeln aus, die mit riesigen Sonnenblumen bedruckt sind. Ich schlappe ein wenig darin herum, aber für den Moment ist es völlig in Ordnung.

„Ich gebe Nonna nur Bescheid, falls Max dich suchen sollte.“

Und schon machen wir uns auf den Weg über den hübschen Burghof.

„Dieses Haus ist wirklich beeindruckend!“ Erneut wandern meine Augen die Fassade entlang.

„Ja, das ist es. Im Gegensatz zu meinem Bruder könnte ich mir nicht vorstellen, dass ich jemals woanders leben möchte.“ Ich höre den traurigen Unterton, weiß jedoch nicht, was ich darauf erwidern soll. Also schweige ich lieber.

Sarah trägt eine Arbeitshose und Boots. Ihr langes dunkles Haar hat sie zu einem Zopf geflochten, der ihr über die Schulter fällt.

Nichts erinnert mehr an die elegante junge Frau, die ich in Max' Büro zum ersten Mal gesehen habe.

Wir laufen ein Stück und schon beginnen die beeindruckenden Hänge mit ihren Weinreben ins Tal abzufallen.

„Bitte sei nur vorsichtig. Es kann ganz schön rutschig werden, wenn du dich vertrittst.“

„Ich passe auf, danke.“ Was sich mit den doch etwas zu großen Stiefeln als schwierig herausstellt.

Langsam versuche ich ihr zu folgen, jedoch ist es sofort ersichtlich, wer von uns beiden hier aufgewachsen ist. *Du bist eben doch eine Stadtpflanze ...*

Mit prüfendem Blick läuft sie durch die angelegten Wege zwischen den Pflanzen, zieht eine kleine Heckenschere aus der hinteren Tasche ihrer Hose, reicht sie mir.

Ich sehe sie verdutzt an.

„Du kannst mir helfen, wenn du schon mal hier bist." Mit einem Grinsen in ihrem Gesicht deutet sie auf eine Rebe direkt vor uns. „Sie müssen kultiviert werden."

„Aha." Ich nehme ihr die Schere aus der Hand. „Wo soll ich ihn abschneiden? Direkt über dem Stamm?" Jetzt ist es an mir zu grinsen.

Sie beginnt zu lachen. „Klar, versuch es … mit dieser mickrigen Schere hast du ihn bis heute Abend durch. Nein, selbstverständlich nicht."

Sarah erklärt mir, was ich zu tun habe. „Im Frühjahr werden die Trauben, die später Triebe tragen, eingebunden. Siehst du diesen Drahtrahmen hier?"

Ich folge der Geste ihrer Hand und nicke.

„Wenn die Triebe also lang genug sind, einfach daran befestigen. Wenn du solche Triebe siehst wie diesen hier …", sie entfernt ein großes Blatt, hinter dem sich bereits kleine Fruchtansätze befinden, „… schneidest du sie frei, damit sie genügend Sonne bekommen. Alles klar so weit?"

So schwer scheint es nicht zu sein. „Ich denke schon."

Zweifelnd sehe ich mich um. Dieser Hang ist riesig. Und wir sind nur zu zweit.

Sie scheint meine Gedanken zu lesen.

„Keine Angst, wir bekommen gleich Hilfe. Aber es ist noch so früh und ich wollte das Wetter ausnutzen."

Schweigend beginnen wir mit der Arbeit. Und es macht mir tatsächlich Spaß. Hin und wieder wirft Sarah einen prüfenden Blick auf mein Tun, aber im Großen und Ganzen scheint sie ziemlich zufrieden mit mir zu sein, da sie sehr wenig zu bemängeln hat.

Wir kommen rasch vorwärts und nach und nach treffen noch einige fleißige Helferlein ein, die sich auf diesem und den anliegenden Hängen verteilen.

Ein Rufen von oben weckt Sarahs Interesse. Sie winkt mich zu sich.

„Es ist Mittagszeit. Hast du Hunger?"

Ist es wirklich schon so spät?

Ich versuche, mir die Enttäuschung darüber zu verbieten, dass Max mich anscheinend nicht vermisst, und konzentriere mich stattdessen auf mein leichtes Magenknurren.

„Dann komm, Caroline hat bestimmt ein hübsches Picknick dabei." Sie nimmt meine Hand, hilft mir, den steilen Berg unbeschadet wieder hochzukommen. Caroline entpuppt sich als Justus' Mutter und somit auch Richard von Rothenburgs Ehefrau.

Ich schätze sie auf Mitte 40. Ihr blondes Haar hat sie, bis auf einige vorwitzige Strähnen, ebenfalls unter einem Kopftuch verborgen.

Auch sie trägt Arbeitskleidung. Neugierig betrachtet sie mich, bietet mir lächelnd ein Lunchpaket an. „Sie sind also Maximilians Freundin."

„Und Sie also seine Stiefmutter."

Sie beginnt zu lachen. Ein sympathisches Lachen. „Wenn Sie so wollen. Aber lassen Sie es ihn lieber nicht hören."

Dann fällt ein Schatten über ihr Gesicht. „Ich fürchte, ich bin der Stein des Anstoßes. Aber diese Geschichte sollten Sie nicht aus meinem Mund hören."

„Ich bin mir nicht mehr sicher, ob ich diese Geschichte überhaupt noch hören will." Hungrig beiße ich in das vorbereitete Brötchen, bemerke ihren nachdenklichen Blick.

„Ich bin übrigens Caroline." Sie bietet mir das vertrauliche Du an und ich nehme es gern an. „Ich freue mich sehr, dass ihr hier seid. Es bedeutet Richard sehr viel." Die Hoffnung, die in diesen Worten mitschwingt, ist nicht zu überhören und ich stelle meine Anwesenheit an diesem wirklich hübschen, friedvollen Ort immer mehr infrage.

Die bösen Drachen, die diese Burg angeblich zu bedrohen scheinen, sind mir leider – oder Gott sei Dank – noch nicht begegnet.

Jeder hier scheint um den anderen besorgt zu sein. Ich spüre die Liebe, mit der hier gelebt und gearbeitet wird. Und das, obwohl ich erst einige Stunden hier bin.

Kapitel 16

~oOo~

Seine Großmutter hat ihm verraten, wo er Franziska finden kann. Sie steht mitten im Hang, prüft konzentriert den Blätterstand der Reben. Zuppelt hier ein wenig herum, schneidet dort ein wenig ab.

Er muss lächeln. Sie wirkt so zufrieden. Ganz im Gegensatz zu ihm selbst.

„Wie lange hast du noch vor, mir aus dem Weg zu gehen?" Er war derart vertieft in Franziskas Anblick, dass er seinen Vater nicht gehört hat. Auf einen Stock gestützt steht er unmittelbar neben ihm, folgt seinem Blick zum Hang.

„Ich dachte, ich schaffe es, bis wir wieder fahren." Er gibt sich Mühe, seine Stimme tonlos klingen zu lassen. Er ist nicht gewillt, jedwede Emotion zuzulassen.

„Warum bist du dann überhaupt gekommen?"

Er sieht seinen alten Herrn kurz an. „Man hat behauptet, du lägest im Sterben. Ich wollte mich nur selbst davon überzeugen."

„Das hast du hiermit getan. Ich kann dir mitteilen, dass ich noch nicht vorhabe, das Zeitliche zu segnen."

„Dann war mein Kommen wohl überflüssig."

Er spürt den eisblauen Blick seines Vaters auf sich ruhen, ignoriert ihn jedoch.

„Wie lange willst du es mir noch nachtragen, Maximilian? Sie ist seit fast zehn Jahren tot. Aber unser Leben geht weiter. Du bist ein Teil dieser Familie. Ob es dir nun gefällt oder nicht. Ich weiß, ich habe mich nicht immer korrekt verhalten … hätte dir ein besserer Vater sein können …"

Max ballt seine Hände zu Fäusten, unterdrückt die brennende Wut, die sich in seinem Magen zusammenbraut.

„Du hättest ihr ein besserer Ehemann sein sollen." Er presst diese Worte durch zusammengebissene Zähne, um zu verhindern, dass er schreit.

Sein Vater seufzt, legt eine Hand über seinen Mund. Max bemerkt aus dem Augenwinkel, dass er sich schwer auf seinen Gehstock stützt. Aber er bietet ihm keine Hilfe an. Schließlich hat er ihn nicht dazu aufgefordert, ihm hier aufzulauern.

„Du hättest an ihrer Stelle sterben sollen. Das hätte uns eine Menge Leid erspart." Mit diesen Worten lässt er seinen Vater stehen. Marschiert zurück zum Haus, ohne sich noch einmal umzusehen.

~oOo~

Es dämmert bereits, als ich müde von der Arbeit die Gummistiefel abstreife. Es bleibt noch Zeit für eine heiße Dusche und dann trifft sich die Familie zum gemeinsamen Abendessen. An dem heute auch Caroline und Justus teilnehmen werden. Max' Vater hat sich bereits zurückgezogen. Es ging ihm anscheinend nicht besonders. Aber Nonna konnte Sarah direkt wieder beruhigen, die sofort einen Arzt kommen lassen wollte.

Von Max fehlt noch immer jede Spur und langsam beginne ich mich zu fragen, ob ich meine Zeit hier allein verbringen muss. Allein … mit seiner Familie, die ich immer mehr in mein Herz schließe.

Gerade, als ich die Treppe nach oben nehmen möchte, vernehme ich vertraute Töne aus einem der hinteren Zimmer. Ohne groß darüber nachzudenken, folge ich den Pianoklängen, mit denen ich in der Vergangenheit unendlich viele Stunden verbracht habe. Wie in einem Automatismus tanze ich die Schrittfolge in Gedanken und bekomme urplötzlich Heimweh. Max' verschlossene Art macht mir doch mehr zu schaffen, als ich mir eingestehen will.

Die Tür ist nur angelehnt und ich erkenne Richard von Rothenburgs Hinterkopf, der mit dem Rücken zu mir in einem schweren Herrensessel sitzt, vertieft in seine eigenen Gedanken.

Ich klopfe leise an und bedauere es sofort, da ich sehe, dass er erschrocken zusammenfährt.

„Es tut mir leid, ich wollte Sie nicht erschrecken."

Er sieht über seine Schulter und ein Lächeln huscht über sein Gesicht. „Sie sind mir willkommen. Setzen Sie sich doch einen Augenblick, sofern Sie die Musik nicht langweilt."

„Tschaikowsky ist niemals langweilig."

„Sie kennen sich mit klassischer Musik aus, wie mir scheint." Seine Augen funkeln wohlwollend.

„Ja, sie ist … war ein Teil meines Berufes." Ich setze mich in einen der freien Sessel neben dem seinen.

„Braucht man Tschaikowsky, um Brautkleider zu verkaufen?"

Er hat sich also bereits über mich informiert.

Ich lächle ihn an. „Eigentlich bin ich Tänzerin."

„Warum verkaufen Sie dann Brautkleider? Oder hat man mir mit dieser Information einen Bären aufgebunden?" Interessiert stellt er die Musik ein wenig leiser. Hält die Fernbedienung jedoch fest in den Händen, als er seinen Körper in meine Richtung dreht, um mich besser sehen zu können.

Er wirkt sehr blass und tiefe Furchen in seinem Gesicht verraten mir, dass es das Leben auch mit ihm nicht immer gut gemeint hat.

Ich erzähle ihm von der Krankheit meiner Schwester und dass ich den Laden nach ihrem Tod weiterführe. Von Suse und Marie und ihrem Vorhaben, Musical zu studieren, und von meiner beendeten Tanzkarriere. Er hängt an meinen Lippen, unterbricht mich nicht, außer um mir konkrete Fragen zu meinem Leben zu stellen. Letztendlich erzähle ich sogar von Adrian, und das, obwohl ich ihn noch nicht mal gegenüber Max erwähnt habe.

„Und wie haben Sie meinen Sohn kennengelernt? Sicher nicht im Ballett."

Ich muss schmunzeln. „Nein, nicht im Ballett. Er hat Marie an einer roten Ampel übersehen." Richards Augen weiten sich, doch ich hebe abwehrend die Hände. „Keine Angst, ihr ist nichts passiert. Aber Max hat es keine Ruhe gelassen, also hat er sich ständig nach ihrem Befinden erkundigt. Tja ... und da wären wir also."

Er schweigt einige Zeit und wir lauschen gemeinsam Chopin, der Tschaikowsky mittlerweile abgelöst hat.

„Maximilian ist so ein ernster Mann geworden." Er spricht so leise, dass ich im ersten Moment denke, ich bilde mir seine Stimme nur ein. „Ich habe viel falsch gemacht und ich würde es ihn gerne wissen lassen. Nur fürchte ich, er wird mir nicht zuhören. Egal, was ich auch sage, es wird nicht reichen, damit er mir verzeiht."

Mit leerem Blick fixiert er einen Punkt an der Wand hinter mir. Aus einem Impuls heraus lege ich meine Hand auf seine. Er kommt zu sich, sieht mich an. „Sie scheinen eine kluge junge Frau zu sein. Vielleicht gelingt es Ihnen, ihn wieder glücklich werden zu lassen." Er drückt meine Finger. „Auch wenn er es nicht hören will ... Ich habe seine Mutter über alles auf der Welt geliebt. Es hat mich zerrissen, sie so sehen zu müssen. So hilflos. So krank und schwach. Und zu wissen, dass nichts und niemand sie retten kann." Er schnäuzt sich vernehmlich. „Dass ich sie nicht retten konnte ..."

Er spricht den Satz nicht zu Ende. Wischt sich verstohlen über die Augen. „Ich habe wirklich schlimme Fehler gemacht, mich an meinen Kindern versündigt ... und auch an meiner sterbenden Frau. Ich würde wirklich alles dafür tun, wenn ich die Zeit noch einmal zurückdrehen könnte. Aber das kann ich leider nicht."

Ich weiß nichts darauf zu sagen. Diese Geschichte ist mir neu und ich kann nur vermuten, dass Richards Verhalten im Zusammenhang mit Giulias Tod eine große Rolle dabei spielt, dass sein Sohn dem Weingut den Rücken gekehrt hat.

Auch wenn ich die Enttäuschung nicht zulassen möchte, bin ich tief getroffen, dass mir Max diesen wichtigen Teil seines Lebens verschwiegen hat. Hat er etwa befürchtet, ich würde ihn verurteilen? Oder dass ich ihn nicht verstehen könnte?

Was auch immer seine Beweggründe sind, ich kann nur darüber spekulieren.

Womöglich ist er auch nicht bereit, mich so weit in sein Leben zu lassen.

Aber warum, in Gottes Namen, hat er mich dann hierhergebracht?

Richard hat mich berührt mit seinen offenen Worten, in denen so viel Trauer mitschwang, dass es mich unmittelbar an meinen eigenen Verlust erinnert. Ich schließe meine Lider und in friedlichem Einklang sitzen wir einfach stumm nebeneinander. Er hält noch immer meine Hand und ich finde die nötige Ruhe in dieser väterlichen Geste, um mein aufgewühltes Inneres ein wenig zu beruhigen.

Auch wenn die anderen bestimmt schon am Tisch sitzen, verlasse ich Richard, um zu duschen. Ich habe keinen sonderlichen Appetit und hoffe, dass man es mir nachsehen wird, dass ich nicht am gemeinsamen Abendessen teilnehmen werde.

Ich entschließe mich lieber dazu, ein wenig die Gegend zu erkunden, habe das Bedürfnis, allein zu sein.

Was du sowieso schon den ganzen Tag bist.

Ich schaffe es nicht, diese kleine Stimme in mir zum Schweigen zu bringen, die mich ständig daran zu erinnern scheint, dass Max mich vernachlässigt. Ich sollte Suse anrufen und mich dringend bei Marie melden, verschiebe es aber auf morgen früh. Suse hat mir erst heute Morgen kurz per SMS mitgeteilt, dass zu Hause alles in Ordnung ist, und dass ich es nicht wagen soll, auch nur einen Gedanken an sie oder das Geschäft zu verschwenden, sondern lieber die Zeit mit der *Sahneschnitte* genießen soll.

Das würde ich ja wirklich gern, meine liebe Suse ...

Ich kicke einen Kiesel, der vor meinen Füßen liegt. Symbolisch für meine Emotionen, die auch mit den Füßen getreten werden.

An einer Lichtung lehne ich mich gegen einen Baumstamm, zerrupfe irgendwelches Grünzeug, das ich auf meinem Weg von einem Busch gerissen habe. Ich möchte nicht weinen, aber ich kann auch nichts gegen die Tränen tun, die sich ihren Weg bahnen.

Verdammter Mist. Wütend wische ich mir über Gesicht und Nase.

Selbstmitleid soll ja manchmal dabei helfen, wieder einen klaren Kopf zu bekommen. Allerdings bin ich nicht der Typ, der sich selbst bemitleidet, bin es nie gewesen.

Allerdings habe ich mich auch selten so verlassen gefühlt wie in diesem Moment.

Aber was hast du erwartet, du dusselige Kuh? Was?!

Ich kann mir diese Frage nicht beantworten. Die gestrige Nacht war wie ein Versprechen und ich habe mich darauf eingelassen. Nur um heute hier zu stehen und nichts als Wehmut darüber zu empfinden, dass ich mich dieser Illusion einfach hingegeben habe.

Dann sehe ich ihn. Wie er in meine Richtung läuft. Kurz überlege ich, ob ich mich einfach verstecken soll, doch Max scheint mich bereits gesehen zu haben, denn er lächelt zu mir hoch.

Lächeln? Wieso ist ihm nach Lächeln zumute? Ich hoffe, dass er mir meine vergossenen Tränen nicht ansieht, denn ich möchte mich nicht erklären.

„Ich habe dich überall gesucht."

„Jetzt hast du mich ja gefunden." Ich sehe wieder hinunter ins Tal, nur um ihn nicht ansehen zu müssen. Mein Herz klopft wie wild vor Freude, ungeachtet der Tatsache, dass ich eigentlich wütend auf ihn sein sollte.

„Ich habe dich vorhin beobachtet. Wie du in den viel zu großen Gummistiefeln meiner Schwester auf dem Hang gestanden hast, um die Reben zu beschneiden."

Verwundert sehe ich ihn an, begegne seinen Schokoladenaugen, die mich unverzüglich in ihren Bann zu ziehen vermögen.

„Warum hast du nichts gesagt? Du hättest doch zu mir kommen können."

„Du sahst so … so vertieft aus. Ich wollte nicht stören." Er lächelt. Fast schüchtern, wie mir scheint.

„Max, wo warst du den ganzen Tag?"

Er stellt sich vor mich. Lehnt eine Hand gegen den Baumstamm, an dem ich stehe. „Ich war den ganzen Tag in deiner Nähe, *cuore mio*."

Ich schließe meine Lider, lege meinen Kopf gegen den Baum. „Warum bin ich hier?"

Statt mir zu antworten, küsst er mich. Ich habe nicht die Kraft, ihn von mir zu stoßen. Ihm zu sagen, dass er aufhören soll. Viel zu sehr wünsche ich mir diesen Kuss. Diesen Kuss und noch viel mehr.

Und er hat vor, mir mehr zu geben.

Ehe ich mich versehe, liege ich im moosigen Gras. Ohne Hose und ohne den Willen, ihm Einhalt zu gebieten.

Es ist bereits stockdunkel, als wir zum Haus zurückgehen. Max hält meine Hand, als wäre es das Selbstverständlichste der Welt. „Du hast doch bestimmt Hunger."

„Sogar einen Bärenhunger." Außer Frühstück und dem Lunchpaket von Caroline hatte ich noch nichts. Er zieht mich in die Küche, die ich zum ersten Mal sehe. Sie ist riesengroß. Eine alte Bauernküche mit mattweißen Fronten und goldenen Griffen an den Schränken. Sicher hätte der Esstisch auch noch hier unten Platz. Jedoch gibt es hier einen alten Holztisch sowie eine Eckbank, auf die ich mich setze, ehe er den Kühlschrank öffnet.

„Also … wir hätten *parmigiano*, *prosciutto* … *pane* und natürlich *vino*." Er nimmt den Käse, den Schinken und den Weißwein aus dem Kühlschrank, ehe er das Brot schneidet und seine Schätze vor mir auf dem Tisch arrangiert.

Er füllt zwei Gläser großzügig mit der fruchtigen Flüssigkeit und stellt mir meinen Anteil zwinkernd vor die Nase.

„Was ist mit deiner Mutter geschehen?" Jetzt wird er mir ja wohl antworten. Er muss es einfach tun.

Er hält in der Bewegung inne, in der er die Flasche mit einem Korken wieder verschließen wollte.

„Sie ist gestorben."

„Das habe ich mir bereits gedacht." Ich bedenke ihn mit einem fragenden Blick, ehe ich weiter nachhake. „Dein Vater hat es mir vorhin erzählt. Dass sie sehr krank war."

„So? Das hat er dir erzählt, ja?" Aufgebracht schiebt er seinen Teller wieder von sich. „Hat er dir denn auch erzählt, dass er sie im Stich gelassen hat? Dass ich es war, die ihre Hand gehalten hat, als sie starb? Während er Caroline gevögelt hat?"

Die Verachtung, mit der er Carolines Namen ausspricht, verdirbt auch mir den Appetit.

„Nein, das hat er nicht erwähnt. Aber er hat eingeräumt, dass er Fehler gemacht hat und dass er die Zeit gern wieder zurückdrehen würde, wenn er könnte. Und dass er sich dir gern erklären würde." Ich weiß nicht, warum ich seinen Vater in Schutz nehme. Vielleicht weil ich Max' Verhalten als ungerecht empfinde. Oder weil ich ihn ein wenig um diese wundervolle Familie beneide, die er einfach von sich stößt. Vielleicht aber auch nur, weil sein Vater bereit war, mir dieses tragische Geständnis zu machen und Max nicht ein Wort darüber verloren hat. Dennoch zwinge ich mich, ruhig zu klingen. Nicht auf seine Wut einzugehen.

„Stellst du dich etwa auf seine Seite?" Der kalte Blick, mit dem er mich bedenkt, schnürt mir den Hals zu. Ich sammle die Wut in meinem Bauch, um ihm angemessen begegnen zu können.

„Welche Seite ist denn deine, Max? Denn die Geschichte deines Vaters ist nämlich die einzige, die ich im Zusammenhang mit dem Tod deiner Mutter kenne."

Max atmet tief ein, ballt eine Hand zur Faust, ehe er sie wieder löst und die Handinnenfläche sekundenlang über dem Tisch schweben lässt. Sein Körper ist angespannt, seine Gesichtszüge wirken zornig. „Meine Mutter litt unter einer idiopathischen Lungenfibrose. Das ist eine sehr aggressive Lungenerkrankung, bei der auch Medikamente nur bedingt Linderung verschaffen. Die Sauerstoffflasche war bereits ihre ständige Begleitung und sie stand auf der Spenderliste für eine Transplantation, doch es gab einfach keine neue Lunge für meine Mutter. Sie wurde immer schwächer und schwächer, bis ihr Körper letztlich aufgab. Sie kam aus dem Krankenhaus nach Hause, um zu sterben. Und ich hielt ihre Hand, als sie starb." Er spricht leise und ich höre das Zittern in seiner Stimme, spüre, dass er die letzten Minuten seiner Mutter erneut durchlebt.

Seine Hand ist kühl, als ich sie mit meiner bedecke, doch er scheint meine Berührung nicht zu bemerken.

Dann sieht er plötzlich auf und der Hass in seinem Blick lässt mich die Luft anhalten. „Ich hielt ihre Hand, Franziska, *mentre mio padre si scopava quella stronza!*" Nun landet seine Faust donnernd auf der Tischplatte und ich zucke erschrocken zusammen, ziehe meine Hand ruckartig zurück.

„Er hat dieses Miststück gevögelt, als meine Mutter ihren letzten Atemzug getan hat." Seine Iriden sind tiefschwarz und die Eiseskälte seines Blickes lässt mich unwillkürlich frösteln.

Caroline. Dieses weitere Puzzleteil fügt sich in das Bild, welches ich mir selbst gemacht habe. Ich schließe die Augen. Es gibt nichts, was ich sagen könnte, um Max zu trösten. So sehr ich seine Familie mag, so würde ich mir niemals anmaßen, mir ein Urteil zu bilden.

„Max, ich …"

Er hebt abwehrend die Hand, ehe er sich fahrig damit über das Gesicht wischt. „Iss ruhig, Franziska, du musst hungrig sein. Ich gehe nach oben."

Ich sehe ihm stumm hinterher, unfähig, mich zu bewegen. In meinem Magen scheinen Backsteine zu liegen und der Geruch des Schinkens verursacht mir Übelkeit. Wenn ich nur wüsste, wie ich ihm helfen kann. *Wenn er sich nur helfen lassen würde.* Doch ich mache mir auch nicht vor, dass ich der Schlüssel zu seinem Seelenfrieden sein werde.

Langsam rutsche ich von der Bank, stelle das unberührte Essen und den Wein zurück in den Kühlschrank. Lehne mich mit dem Rücken gegen die Arbeitsplatte und starre gegen die Decke. *Vielleicht sollte ich Suse anrufen?*

Tief in Gedanken versunken, habe ich die Tür nicht gehört und fahre erschrocken zusammen, als Caroline plötzlich vor mir steht.

„Himmel, Franziska, hast du mich erschreckt." Sie presst eine Hand vor ihren Brustkorb und ich versuche, zu lächeln.

„Entschuldige, aber ich hatte noch Hunger."

Sie bemerkt die Weingläser, die noch immer auf dem Tisch stehen. „So nennt man das also." Dann sieht sie sich um. „Wo ist Max? Ich gehe davon aus, ihm gehört das zweite Glas."

„Er ist schon hochgegangen. Nimm es dir ruhig. Er hat es nicht angerührt."

Sie zuckt die Schultern, wirkt erleichtert, dass er nicht mehr in der Nähe ist. „Wenn du mir dabei Gesellschaft leistest, sehr gern."

Hin- und hergerissen, zwischen meinem Wunsch nach Max zu suchen und den Wein in einem Zug zu leeren, rutsche ich zurück auf die Bank, nehme mein eigenes Glas in die Hand, drehe es zwischen meinen Fingern.

Richards zweite Ehefrau beobachtet mich mit Argusaugen. „Ihr habt euch doch nicht etwa gestritten? Max und du?"

Ich blicke auf, schüttele den Kopf. „Nein. Nein, das haben wir nicht. Aber er ..." Ich ziehe hilflos die Schultern hoch.

Sie nickt verstehend. „Es tut mir leid, dass du anscheinend all das abfedern musst, was in unserer Familie schiefgelaufen ist." Sie trinkt einen Schluck aus Max' Glas, schließt einen Augenblick die Lider. „Darauf habe ich mich den ganzen Tag schon gefreut. In aller Stille ein Gläschen Wein."

„Oh, du wolltest allein sein? Ich kann auch ..."

Sie unterbricht mich. „Sei nicht albern. Ich genieße deine Gesellschaft. Endlich mal eine Frau, mit der man sich über andere Dinge als den Weinanbau unterhalten kann. Ich mag Sarah sehr, aber sie ist so tief in diesem Weingut verwurzelt, dass zu befürchten steht, dass sie ihr eigenes Leben darüber hinaus vergisst. Und Nonna? Sie ist eben Nonna. Aus diesem Grund habe ich mich so gefreut, zu erfahren, dass Max' Freundin ihn begleiten wird." Sie lächelt schief. „Seid ihr glücklich?"

Ich bin ein wenig schockiert über diese sehr persönliche Frage. Immerhin haben Caroline und ich uns gerade erst kennengelernt und vor dem Hintergrund, dass Max sie in seiner Familie nicht akzeptiert, erscheint mir diese Art von vertraulichem Gespräch mehr als nur unpassend zu sein.

Ich seufze. „Das ist eine sehr persönliche Frage, Caroline."
Ich trinke einen Schluck, um Zeit zu gewinnen.

Sie lacht. „Ja, das stimmt. Entschuldige, ich wollte dir nicht zu nahetreten." Dann wird sie ernst. „Aber ich hatte die Hoffnung, dass es einer außenstehenden Person gelingen würde, zwischen Vater und Sohn zu vermitteln." Sie betrachtet mich mit halbseitigem Lächeln. „Richard leidet schrecklich unter Max' Haltung und ich bin ihm ein rotes Tuch."

Ich spüre die Hitze in meinen Wangen. „Caroline, es steht mir nicht zu, mir darüber ein Urteil zu bilden oder Max zu beeinflussen."

„Das ist schade zu hören, aber ich muss es wohl akzeptieren." Caroline erhebt sich, holt die Flasche aus dem Kühlschrank, füllt mein Glas erneut.

„Franziska, Giulia war sehr krank, auch wenn Max sich in die Hoffnung verrannt hat, dass sie früh genug eine neue Lunge bekommt. Sein Vater ... ja, er ist geflüchtet." Sie sieht mich an, als würde sie darüber nachdenken, ob sie weitersprechen soll. „Giulia hat Richard und mich miteinander verkuppelt."

Ich brauche einen Moment, ehe ihre Worte mich erreichen. Ich vergewissere mich, ob ich sie auch richtig verstanden habe. „Sie hat euch beide miteinander verkuppelt?"

Caroline nickt, nimmt noch einen Schluck Wein. „Ja. Giulia und ich waren sehr gut miteinander befreundet. Hat Max das nicht erwähnt?"

Nein, das hat er nicht. Aber ich gehe davon aus, dass diese Tatsache herzlich wenig an seiner Einstellung ändern würde.

„Wir waren im gleichen Yogakurs, ehe sie zu krank dafür wurde", fährt sie fort, ohne mich aus den Augen zu lassen. „Das ist sicher auch einer der Gründe, warum Max reagiert, wie er eben reagiert. Vielleicht hätte er meinem Mann eine fremde Frau irgendwann verziehen, doch so …?" Sie schüttelt den Kopf, nimmt einen großen Schluck aus ihrem Glas. „Jedenfalls hat seine Mutter uns miteinander bekannt gemacht. Und als Giulia sich sicher war, dass wir uns nicht unsympathisch sind, hat sie uns ihren Segen erteilt." Caroline presst ihre Lippen aufeinander, sieht mich traurig an. „Sie war sehr lange krank und wusste, dass sie sterben würde. Aber sie konnte es wohl nicht ertragen, zu wissen, dass Richard ständig auf sie Rücksicht nahm. Sie war eine stolze Frau."

Ich bin fassungslos. „Wow. Erwartest du von mir Absolution?" Das muss ich erst mal verdauen. Was fällt ihr ein, mir diese Geschichte zu erzählen? „Wissen Sarah und Max davon?"

„Nein. Sie würden es nicht verstehen. Sarah vielleicht, aber Max? Es gibt einen Brief von Giulia, aber ich habe, außer mit Richard, noch niemals mit jemandem darüber gesprochen."

„Außer mit mir." Ich kneife die Augen zusammen, in der Hoffnung, aus diesem Albtraum zu erwachen, sobald ich sie wieder öffne.

Doch ich begegne lediglich ihrem fragenden Blick. „Verstehst du? Deshalb war ich so glücklich, dass Max nach Hause gekommen ist. Ich hege die Hoffnung, dass sie sich endlich aussprechen."

Wie kann Caroline es hinnehmen, dass Max so leidet? „Wieso nimmst du es in Kauf, dass Max so wütend ist?", formuliere ich meine Gedanken.

„Was hätte ich tun sollen, Franziska?" Sie zuckt belanglos mit den Schultern. Für meinen Geschmack etwas zu gleichgültig.

„Ihm die Wahrheit sagen, zum Beispiel?" Die Schärfe meiner Stimme veranlasst sie dazu, eine gerade Haltung anzunehmen. Mein Zeigefinger bohrt sich regelrecht in die Tischplatte. „Er hat am Bett seiner Mutter gesessen, als sie starb. Und jetzt sitzt du mir gegenüber und behauptest, sie sei mit dem Verhältnis seines Vaters und dir einverstanden gewesen. Du hast zugelassen, dass es Max innerlich zerfrisst."

Sie sieht mich entschuldigend an und ich verziehe angewidert mein Gesicht.

„Richard weiß selbst erst seit Kurzem von diesem Brief, Franziska. Wir hatten einen riesigen Streit und sein Herzinfarkt ist allein meine Schuld." Ihre Augen schwimmen in Tränen und ihre Stimme droht zu brechen, aber ich bin definitiv die falsche Person, der sie sich anvertrauen sollte.

„Sarah wird mich bestimmt hassen, Max hasst mich bereits. Ich weiß einfach nicht mehr, was ich tun soll. Richard ist ebenso verbohrt wie sein Sohn. O Gott, was habe ich nur getan?" Sie schlägt die Hände vor ihre Augen, doch ich kann kein Mitleid für sie empfinden.

Stattdessen schiebe ich das Glas von mir. „Caroline, das kann nicht dein Ernst sein! Wie kannst du es wagen, mich in dieses Geheimnis einzuweihen? Was denkst du dir dabei?" Ich bin außer mir, streiche mir wütend die Haare zurück, wohingegen Max' Stiefmutter mir aus kreisrunden Augen entgegenblickt. „Hast du nicht eine Sekunde darüber nachgedacht, was du damit anstellst?" Nun kämpfe ich selbst gegen die Tränen an und Caroline öffnet ihren Mund, um etwas zu erwidern, doch ich hebe mahnend den Zeigefinger. „Nein, jetzt rede ich und du hörst mir gefälligst zu! Du hast mich unweigerlich in diese Geschichte mit hineingezogen, Caroline. Du hast mich zu deiner Mitwisserin gemacht. Dafür gesorgt, dass es so aussehen muss, als würde ich mich mit dir verbünden." Wie soll ich damit umgehen? Ich kann weder Max belügen noch kann ich ihm die Wahrheit sagen. Es wird ihn nur noch mehr verletzen, dass ich, als außenstehende Person, mehr über die Beziehung seiner Stiefmutter zu seinem Vater weiß als er selbst. Und Max hat ein Recht auf die Wahrheit, verflucht noch mal. „Ich stehe zu hundert Prozent loyal hinter Max, selbst wenn er das jetzt nicht mehr glauben wird. Und auch das ist ganz allein deine Schuld." Dieses Mal ist es meine Faust, die auf der Tischplatte landet. Mein Puls ist zu schnell und das Blut rauscht in einem Affenzahn durch meinen Körper. Mein Gesicht wird heiß vor wütender Erregung. Am liebsten würde ich sie schütteln … oder mit irgendetwas bewerfen. Ich habe keine Ahnung von Familie. Meine Schwester ist einfach gestorben, meine Eltern leben irgendwo auf den Kanaren und ich? Ich habe meine Hochzeit platzen lassen, um meiner Nichte die Mutter zu ersetzen! ICH habe von Familie tatsächlich keine Ahnung. Ich senke meine Stimme. „Max hat recht damit getan, mit euch zu brechen – und ich hätte niemals vermutet, dass ich diese Worte jemals sagen könnte. Ihr, nein, du solltest dich was schämen."

„Franziska, warte doch …"

Ich höre nicht mehr hin, sondern verlasse die Küche, unschlüssig, wohin ich gehen soll. Ich kann nicht auf mein Zimmer, denn irgendwo dort schläft Max, und ich selbst bin viel zu aufgewühlt, um überhaupt an Schlaf zu denken.

Gott, wie ich meine Tanzschuhe vermisse.

Heilige Scheiße, was mache ich denn jetzt?

Kapitel 17

~oOo~

Max hat nicht damit gerechnet, dass Franziska sich in sein Bett schleicht, doch dass ihr eigenes Bett unberührt zu sein scheint, lässt seinen Herzschlag für einen Moment aussetzen.

Sie wird doch nicht ... Ein prüfender Blick in den Schrank verrät, dass sie offensichtlich nicht Hals über Kopf abgereist ist. Doch es ist fünf Uhr morgens. *Wo, zum Teufel, steckt sie?* Max sollte sich dringend bei ihr für sein Verhalten am gestrigen Tag entschuldigen. Er erkennt sich selbst nicht wieder und er mag die Person auch nicht besonders, zu der er anscheinend geworden ist, seit er in den Schoß der *famiglia* zurückgekehrt ist.

Nach einer schnellen Dusche macht er sich auf die Suche nach Franziska und findet sie schließlich zusammengerollt im Sessel seines Vaters. Im Hintergrund läuft leise klassische Musik. Sie hat geweint. Ein Schraubstock legt sich um sein Herz. *Sie hat geweint, weil du dich wie ein Idiot aufführst, Rothenburg.*

Er kniet sich vor den Sessel, streicht ihr durch das zerzauste Haar, küsst sie wach. Ihre Augenlider beginnen zu flattern und es dauert einen Augenblick, ehe sich ihre Iriden auf ihn fokussieren.

Ein zaghaftes Lächeln huscht über ihre Lippen. „Oh, ich muss wohl eingeschlafen sein."

„Ja, und ich stelle mir diesen Sessel alles andere als bequem vor."

Sie streckt sich, setzt sich auf, reibt sich über das verschlafene Gesicht. „Wie spät ist es denn?"

„Gleich fünf."

„Ich konnte nicht schlafen und da dachte ich, ich ..."

Max zieht sie aus dem Sessel, reißt sie regelrecht in eine Umarmung. „Es tut mir leid, *cuore mio*, dass ich gestern so unausstehlich war."

Ihr warmer Körper schmiegt sich gegen seinen und er atmet tief ihren Schlafgeruch ein. Schließt die Augen und heißt den Frieden willkommen, der durch seinen Körper strömt.

„Franziska, ich danke dir, dass du hier bist, bei mir."

„Gern geschehen." Sie sieht auf und er küsst sie sanft auf die Lippen. Sie erwidert seinen Kuss wie eine Verhungernde und er ist nur zu bereit, ihr zu geben, wonach sie verlangt. Ihre Hände beginnen über seinen Körper zu wandern und er greift in ihre Haare. Sie stöhnt leise in seinen Mund und seine Empfindungen drohen ihn zu überwältigen.

Ohne, dass er es hätte kommen sehen, hat er sich in diese Frau verliebt. Er ist wohl der glücklichste Mann der Welt. Hier in diesem Moment. Und das, obwohl sie im Arbeitszimmer seines Vaters stehen.

Er runzelt die Stirn und geht einen Schritt auf Abstand. „Woher wusstest du eigentlich, wo sich dieses Zimmer befindet?" Er sieht sich um, als würde er den Raum das erste Mal zur Kenntnis nehmen.

„Ich habe mich hier gestern mit deinem Vater unterhalten. Wir haben uns Tschaikowsky und Chopin angehört. Ich finde ihn sehr nett, Max."

Sein Blick ruht auf Franziska. Ihr Geständnis, dass sie seinen Vater sympathisch findet, sollte ihn stören. Doch komischerweise freut er sich darüber. Auch wenn er das für sich behält.

„Ich wollte zu meiner Mutter auf den Friedhof und ich würde mich freuen, wenn du mich begleiten würdest." Er hält den Atem an, beobachtet ihre Reaktion auf seine Bitte.

Sie greift nach seinen Händen, verschränkt ihre Finger mit seinen. „Ich müsste nur vorher duschen. Und mich umziehen."

Ihr Lächeln wärmt ihn von innen heraus und er küsst ihre Nasenspitze. „Dann treffen wir uns gleich unten."

Max sieht ihr hinterher, wie sie langsam das Zimmer verlässt. Franziska bedeutet ihm viel. Wie ein Schlag in die Magengrube trifft ihn diese Erkenntnis. Ein komisches Gefühl und doch so klar und rein, dass es keinen Zweifel offenlässt.

Max unterdrückt das Bedürfnis, in die Luft zu springen, und gibt einfach nur dem Grinsen nach, das sich unweigerlich auf seinem Gesicht ausbreitet.

~oOo~

Warum habe ich ihm nicht gesagt, dass ich lieber abreisen würde? Das Wasser läuft über mein Gesicht und ich atme durch hohle Wangen ein. Es wird immer schwieriger werden, einen Schlussstrich zu ziehen. Doch ich hatte einfach nicht die Kraft dazu. *Oh, Caroline, wie konntest du nur?*

Vielleicht gebe ich mich heute der Illusion noch einmal hin, dass Max der perfekte Mann für mich sein könnte.

Er ist es. Ich weiß es einfach und dieses Wissen um den verflixten Brief seiner Mutter macht alles zunichte.

Ich kneife meine Augen zusammen, zwinge mich, den Gedanken daran tief in meinem Innern zu verschließen. Zumindest noch für einen verdammten weiteren Tag. Mit Max.

Ich wickle mich in ein Handtuch und steige aus der Dusche, sehe sehnsuchtsvoll auf die Tür, die mich von seinen Räumlichkeiten trennt.

Ohne Hemmungen betrete ich sein Zimmer. Sein Bett ist nicht gemacht und ich setze mich auf die Bettkante, greife nach seinem Kissen, nur um meine Nase darin zu versenken.

Du bist in ihn verliebt, du dummes Schaf.

Ich sollte mich wundern, wie schnell ich mir mir meiner Gefühle sicher bin. Von *„Ich finde ihn widerlich"* zu *„Ich bin verliebt in ihn"* war es ein verhältnismäßig kurzer Zeitraum.

Und von *„Ich habe es dir verschwiegen"* zu *„Ich wollte dich nicht anlügen"* liegt lediglich ein Wimpernschlag.

Ich schlucke schwer.

Darüber kann ich auch morgen noch nachdenken. Ich zwinkere die Tränen weg, klopfe das Kissen wieder gerade, zupfe an den Ecken.

Meine Enttäuschung über Carolines Verhalten schnürt mir regelrecht die Luft ab.

Mit einem Seufzen erhebe ich mich, ergebe mich meinem Schicksal. Der heutige Tag gehört mir, morgen sehen wir weiter. Ich sollte nur versuchen, Richards Frau aus dem Weg zu gehen. Vielleicht besteht die Chance, dass sie Max einweiht, ehe ich ins Spiel komme? Es hat keinen Zweck, sich darüber den Kopf zu zerbrechen. Ihre Hoffnung lag in der Tatsache, dass ich mit ihm sprechen werde. Selbst wenn ich diese zerschlagen habe, Fakt ist: Ich weiß die Wahrheit – vor ihm. Und ich kann nur vermuten, was er davon halten wird.

Max steht bereits im Eingang, als ich die Treppe herunterkomme. Sein Lächeln lässt meine Knie weich werden und fast stolpere ich über meine eigenen Füße.

„Hey, *cuore mio*, ich freue mich, dass du mich begleitest."

Er nimmt mich in Empfang, haucht gegen mein Ohr und ich schließe die Augen, wünschte, ich könnte die Zeit anhalten – oder zurückdrehen. Caroline den Mund verbieten, noch bevor sie beginnt, mir vom Geheimnis seiner Mutter zu erzählen.

„Lass uns gehen. Ich habe Lust auf einen Spaziergang."

Denn die verflixten Geheimnisse dieses Hauses drohen mich zu ersticken.

Genau in diesem Moment bricht ein Tumult an der Treppe los. „Du wirst doch sicherlich einmal mit dem Schulbus fahren können, Justus. Ich habe jetzt einen Termin, den ich nicht verschieben kann." Sarahs Stimme fährt mir durch die Glieder und ich versteife mich unwillkürlich. Entspanne mich erst wieder, als ich eine Tür ins Schloss fallen höre.

Wütend schlurfende Schritte hallen durch das Foyer des Hauses und ein mürrisch wirkender Justus stapft die Treppe hinab. Er brummt vor sich hin, als er seinen Bruder und mich entdeckt, und ich meine, ein leise gemurmeltes *Morgen* zu verstehen.

Ich verkneife mir ein Grinsen. „Justus, guten Morgen."

Max fährt sich durchs Haar. Bisher hat er offenbar erfolgreich versucht, seinem kleinen Bruder aus dem Weg zu gehen.

„Der Morgen ist nicht gut. Niemand fährt mich zur Schule und der Schulbus ist weg." Sein Mund wirkt verkniffen.

„Dann musst du laufen. Was meinst du, wie Sarah und ich früher zur Schule gekommen sind?"

Justus öffnet den Mund, um etwas darauf zu erwidern, doch ich komme ihm zuvor. „Weißt du was? Max und ich werden dich zur Schule bringen. Wir wollten eh gerade los, dann können wir sicher an deiner Schule vorbeifahren."

Beide Jungs sehen mich mit riesigen Augen an und ich komme nicht umhin, trotz unterschiedlicher Mütter die Ähnlichkeiten in beiden Gesichtern zu erkennen. Wahrscheinlich hätte Justus das gleiche gelockte Haar wie sein größerer Bruder, sollte er es einmal länger tragen, und ich wage zu behaupten, dass allein das Grübchen in seinem Kinn die Mädchen reihenweise um den Verstand bringen wird, sobald er beginnt, sich für Mädchen zu interessieren – selbst wenn das keine Voraussetzung für gebrochene Herzen ist.

Während sich auf Justus' Gesicht Freude über unser ihm sehr zuvorkommendes Versprechen ausbreitet, ist es bei Max doch eher das Entsetzen. „Ich dachte, wir wollten …" Ich schüttele langsam den Kopf, nicht ohne aufzuhören, seinen kleinen Bruder anzustrahlen. „Oh, der Tag ist noch jung, und ich denke, dein Bruder benötigt dringend deine Hilfe, Max. Sei nicht so ein Miesepeter."

Max seufzt tief und ergeben. „Nun gut, ich merke schon. Ich habe nicht sonderlich viel dazu zu sagen."

Jetzt nicke ich bestätigend und gebe mir wirklich alle Mühe, nicht laut loszulachen. „So sieht es aus, *Massimo*." Mit einem Zwinkern nehme ich Justus bei der Hand und wir lassen Max hinter uns zurück.

„Was hab ich ein Glück. Ich schreibe gleich Mathe und ich hätte es nicht geschafft, rechtzeitig da zu sein." Justus drückt meine Hand und ich sehe Max über meine Schulter hinweg an, der sich langsam in Bewegung setzt, um uns zu folgen.

„Das ist überhaupt kein Problem. Max wollte mir sowieso die Schule zeigen, auf die Sarah und er gegangen sind."

„Wollte ich das?" Der Ältere von beiden brummt vor sich hin, jedoch nicht so leise, dass ich es nicht verstehen könnte.

„Mir hat Max noch nie etwas gezeigt." Ich höre die Enttäuschung aus Justus' Stimme und mein Magen krampft sich zusammen.

„Na ja, ich denke, das ändert sich jetzt." Ich werfe dem großen Bruder einen sträflichen Blick zu, dem er ausweicht. „Wir sind ja noch ein paar Tage hier." Auch wenn ich nicht sicher bin, ob mich das miteinbeziehen wird.

„Wirklich? Vielleicht spielst du mit mir Fußball?"

Justus' hoffnungsvolle Frage scheint Max zu überraschen, denn er zuckt mit den Schultern. „Mal sehen, vielleicht."

„Oder ich zeig dir den Froschteich im Wald."

„Den gibt es noch?" Max sieht verwundert auf seinen kleinen Bruder, der sofort Feuer und Flamme zu sein scheint, dass er eine Gemeinsamkeit mit Max teilt.

„Klar. Im Winter fahr ich manchmal dort Schlittschuh." „Das haben Sarah und ich früher auch gemacht." Er lächelt leicht und mir fällt ein Stein vom Herzen. *Womöglich besteht ja doch noch Hoffnung für die beiden.* Tatsächlich hört Justus nicht auf zu plappern und Max entspannt sich zusehends in der Gegenwart des Jungen. Als wir vor der Schule halten, fragt er ihn sogar, ob er ihn wieder abholen soll.

Justus beginnt zu strahlen, nennt eine Uhrzeit und stürmt ins Gebäude.

Ich sehe Max an. „Und? War das jetzt so schlimm?"

Er erwidert meinen Blick, seine Mundwinkel zucken leicht. „Nein. Eigentlich ist er ein netter kleiner Kerl."

„Ja, das ist er. Ich hoffe, ihr findet einen Weg zueinander. Er scheint darunter zu leiden, dass du so wenig Interesse an ihm hast."

„Franziska, das ist nicht so einfach. Er ist das Kind meines Vaters mit dieser anderen Frau …"

„Ihr Name ist Caroline. Sie ist mit deinem Vater verheiratet und Justus kann herzlich wenig für den Umstand, wer seine Eltern sind."

Er fährt sich durchs Haar, startet den Wagen. „Das weiß ich. Und ich verspreche dir, ich werde mir mehr Mühe mit Justus geben."

Das ist zumindest ein Anfang. Ich lege eine Hand auf seinen Oberschenkel. „Das finde ich gut." Er lächelt mich an, ehe er sich in den Verkehr einfädelt.

~oOo~

Sollte es so einfach sein, Justus zu akzeptieren? Max hätte damit rechnen müssen, dass Franziska den Jungen in ihr Herz schließt. Sie ist ein Familienmensch, das hat sie mehr als einmal bewiesen.

Und im Grunde hat sie ja recht. Justus kann am wenigsten dafür, was in der Vergangenheit geschehen ist.

Vielleicht sollte Max in Bezug auf den Jungen weniger störrisch reagieren und ihm eine Chance geben.

Störrisch?

Seine Nonna hat den Nagel mal wieder auf den Kopf getroffen. Er benimmt sich wirklich manchmal wie ein Esel.

Er schielt zu Franziska, die mit einem sanften Lächeln die vorbeifliegende Landschaft betrachtet. Ihre Hand liegt noch immer auf seinem Oberschenkel und er spürt die Wärme, die sich in ihm ausbreitet.

Das Bedürfnis, sie zu küssen, lässt seine Lippen pulsieren und er konzentriert sich lieber wieder auf die Straße, ehe er das Auto noch vor den nächsten Baum setzt.

Diese 25.000,00 EUR waren wirklich verdammt gut angelegt, Max von Rothenburg.

Er nimmt durchaus zur Kenntnis, dass das *von* seines Nachnamens nicht mehr ganz so befremdlich klingt wie noch zu Beginn ihrer Reise. Mit einem Schmunzeln im

Gesicht fährt er den nächsten Blumenladen an. Er würde es niemals wagen, seiner Mutter ohne ihre heiß geliebten weißen Rosen gegenüberzutreten.

~oOo~

Max drückt meine Finger, als wir die schmalen Wege über den Friedhof spazieren. Er ist schweigsam, in sich gekehrt. Es verspricht bereits jetzt, ein warmer Tag zu werden, und ich genieße die Sonne, die mein Gesicht streichelt.

Eine Kamelie blüht in der Mitte des Grabes, vor dem er stehen bleibt. Auf der Mitte des Grabsteins ist das Bild einer südländischen Schönheit eingefasst und ich halte die Luft an.

Max küsst seine Finger, ehe er sie auf das Bild seiner Mutter presst. *„Ciao Mamma."* Er tauscht einen längst vertrockneten Strauß Blumen gegen seine Rosen aus, deren schwerer Duft mir in die Nase steigt. *„Mi dispiace di non averti visitato così a lungo."*

Ich schlucke am Kloß in meinem Hals vorbei. Dieser intime Moment zwischen Mutter und Sohn rührt mich zutiefst und ich lege eine Hand auf Max' Schulter.

„Ich war ewig nicht hier." Er legt seine Wange gegen meinen Handrücken.

„Dafür bist du heute gekommen, oder nicht? Und du musst ja nicht noch mal so lang warten, ehe du die Blumen gegen frische austauschst."

Er antwortet mir nicht, vertieft sich in den Anblick, der vor ihm liegt. Zupft ein welkes Blatt von den Blüten der Kamelie.

„Sie mochte Kamelien. Es hat sie wohl an Italien erinnert."
Seine Lider beginnen zu flattern, als würde er gegen die
aufsteigende Trauer ankämpfen. „Vielleicht können wir
noch einmal herkommen, ehe wir nach Hause fahren."

„Gern auch früher, wenn du magst." Ich verschlinge
meine Finger mit seinen und für einen Augenblick stehen
wir einfach schweigend nebeneinander.

Dann küsst er meine Nasenspitze. „Komm, wir fahren. Du
hast noch gar nichts gefrühstückt."

Mit einem letzten Gruß verabschiedet er sich von seiner
Mutter, nimmt die alten Blumen, um sie in einem dafür
vorgesehenen Container zu entsorgen.

Kapitel 18

Das Haus scheint leer zu sein, also führt mich Max sofort in die Küche. Ich kann nichts gegen das beklemmende Gefühl tun, das mich beschleicht, als wir ausgerechnet den Raum betreten, in dem mir Caroline von dem Brief erzählt hat. Es liegt mir auf den Lippen, Max aufzufordern, sich dringend mit seiner Stiefmutter zu unterhalten, doch irgendetwas in mir sträubt sich dagegen. Wir kennen uns noch nicht gut genug und ich habe Angst vor seiner Reaktion, sollte ich ihm gestehen, dass ich davon wusste.

„Ich könnte dir den Froschteich zeigen, von dem Justus erzählt hat. Wenn mich meine Erinnerung nicht täuscht, gibt es dort ganz in der Nähe einen Hang, von dem man über das gesamte Tal blicken kann." Er nimmt einige Dinge aus dem Kühlschrank und sieht sich nach einer Tasche um.

Ich greife nach einem Korb, der neben dem Tisch steht, und helfe ihm, den Käse, das Brot und die Flasche Wein einzupacken.

„Findest du es nicht noch etwas früh für Wein?"

„Ganz im Gegenteil, *cuore mio*. Du befindest dich auf einem Weingut – hier ist es niemals zu früh für guten Wein." Seine Augenbrauen heben sich etwas selbstgefällig in die Stirn.

Noch immer skeptisch lege ich den Korkenzieher neben die Flasche. „Na, wenn du es sagst ..."

Er zieht mich in seine Arme. „Glaub mir, von Wein versteh ich was." Max küsst mich ausgiebig und lässt keinen Zweifel, dass er auch davon etwas versteht.

Ich schmiege meinen Körper gegen seinen, schlinge meine Arme um seinen Nacken. Plötzlich wird mir klar, wie sehr er mir letzte Nacht gefehlt hat.

Und in Zukunft fehlen wird. Doch ich bin noch nicht bereit dazu, mich damit abzufinden, dass es womöglich unser letzter gemeinsamer Tag sein wird.

„Mhm, aber vielleicht könnten wir auch noch für einen Moment nach oben gehen? Ich habe gerade Appetit auf etwas völlig anderes."

Er lächelt gegen meine Lippen. „Was wäre ich für ein schlechter Gastgeber, wenn ich deinen Wunsch ignorieren würde?"

„Ein ausgesprochen miserabler Gastgeber." Um meinen Wunsch zu unterstreichen, reibe ich mich wollüstig an seiner Mitte, was er mit einem Knurren beantwortet, ehe er mich aus der Küche zitiert und die Treppe nach oben dirigiert.

Ich muss eingedöst sein. Max' kraulende Finger und der wenig erholsame Schlaf in einem Sessel fordern ihren Tribut. Letztlich ist es die Wärme auf meinem Gesicht, die mich dazu animiert, meine Lider wieder zu öffnen und in die helle Sonne des Mittags blinzeln zu müssen. Mein

Magen knurrt vernehmlich und ich blicke mich nach einer Uhr um. Doch Max' nackter Körper vereitelt meine Suche. „So viel also zu unserem Picknick, du Schlafmütze." Er lächelt sanft, zieht mich näher zu sich, was ich nur zu gern geschehen lasse.

„Du hättest mich nur wecken müssen."

„Nein, es war viel zu schön, dich hier neben mir zu wissen. Du bist bezaubernd, selbst wenn du schnarchst."

Ich beiße in seine Brust. „Das kann nicht sein, immerhin bin ich noch niemals davon wach geworden."

Er lacht leise, reibt sich die vermeintlich schmerzende Stelle. „Doch, doch. Es ist so ein leichtes Grunzen. In etwa so." Und dann imitiert er Geräusche, die nie und nimmer von mir stammen können. Ich ziehe das Kissen hinter meinem Kopf hervor und drücke es auf sein Gesicht.

Ehe ich mich versehe, ist er über mir, fixiert mich mit seinem Körper. „So mordlustig, Ballerina? Wer hätte gedacht, dass ein zartes Persönchen wie du so viel Niedertracht in sich vereint." Seine Zähne schaben über mein Schlüsselbein, ehe seine Zunge hervorschnellt, meine Haut in Flammen setzt. Max hält meine Handgelenke fest umschlossen und ich habe keine Chance, mich zur Wehr zu setzen. Jedoch bin ich unschlüssig, ob ich das überhaupt möchte. Schließe genüsslich die Augen, bis ich zu einem Entschluss gekommen bin. „Sei dir also niemals zu sicher in meiner Gegenwart, Italiener." *Eine Warnung kann sicherlich nicht schaden.*

„Io non ci credo! Du drohst mir?" Max zupft mit den Zähnen an meiner Brustwarze und ich habe längst den

Zusammenhang des Gespräches verloren. Biege mich ihm entgegen.

„Tanz mit mir Ballerina." Er dreht uns, sodass ich auf ihm zum Sitzen komme, zieht meinen Kopf im Nacken zu sich und küsst mich, dass mir Hören und Sehen vergeht.

Niemals hätte ich geahnt, dass es so einfach für einen Mann sein würde, mich davon zu überzeugen, dass ich all meine Prinzipien so rasant über den Haufen werfe. Dass ein Mann es schaffen könnte, dass ich ihm mit Haut und Haaren verfalle. Selbst Adrian hatte niemals diese Macht über mich. Und Adrian wollte ich vor nicht allzu langer Zeit noch heiraten.

Doch das war in einem anderen Leben. Das war eine andere Franziska.

Die Franziska von heute will nirgendwo anders sein als hier, mitten in der *Pampa*, am *Arsch der Welt*. Hier, wo im Allgemeinen der Pfeffer wächst. Mit einem Mann den *Pas de deux* ihres Lebens tanzend, der seinesgleichen niemals finden wird.

Nein, Franziska, das ist nicht irgendeinem Mann gelungen, sondern ausgerechnet Max von Rothenburg.

Was auch immer das für mein zukünftiges Leben bedeuten wird.

~oOo~

Mit Bedauern stellt Max fest, wie schnell die Zeit mit Franziska vergeht. Er hätte noch stundenlang, tagelang einfach hier liegen können. Sie in seiner Nähe, in seinen Armen zu wissen, erfüllt ihn mit Zufriedenheit.

Du bist nicht nur zufrieden, du Ochse, du bist verliebt.
Es ist wohl an der Zeit, den Tatsachen ins Auge zu blicken. Er hat Philipps Lachen bereits in den Ohren, doch selbst das Wissen darum stört ihn nicht im Geringsten.

Zärtlich küsst er Franziskas Scheitel.

„Wir müssen aufstehen, oder?" Schläfrig schiebt sie sich die Decke bis unters Kinn und nur zu gern würde er ihre Frage verneinen.

„Leider schon. Ich gehe davon aus, dass Justus bereits vor der Schule auf uns wartet und mich wahrscheinlich nicht zum ersten Mal in seinem Leben zum Teufel wünscht." Max verzieht das Gesicht.

Sie seufzt. „Dann machen wir das Picknick eben mit Justus. Ich habe noch immer nichts gegessen und so langsam ist mir flau im Magen."

Max lächelt. „Wenn du das gern möchtest. Jedoch sollten wir dann noch Saft oder so was einpacken. Ich möchte nicht die Verantwortung dafür tragen, dass sich mein kleiner Bruder in unserer Gegenwart das erste Mal betrinkt."

Franziska kichert. „Das nennt man betreutes Betrinken. Das habe ich mir für Marie ebenfalls vorgenommen, auch wenn ich befürchte, dass sie nicht auf meine Zustimmung warten wird."

Dann sieht sie ihn aus ihren grünen Puppenaugen an und er erkennt die goldenen Sprenkel in ihren Iriden. „Es ist das erste Mal, dass du Justus als deinen Bruder bezeichnest. Er wird vor Stolz platzen, wenn er sich endlich anerkannt fühlt – von dir."

Max umrahmt ihr Gesicht, küsst zart ihre Lippen. „Das will ich auch schwer für ihn hoffen. Ich habe mir vorgenommen, ein sehr strenger großer Bruder zu sein."

Franziska knufft ihn in die Rippen. „Was bist du nur für ein selbstgefälliger Schnösel."

Max legt die Daumen gegen die Zeigefinger und spricht in schwerem italienischem Dialekt. „*Francesca*, die *familigia* ist *importante! Allora* ... wie sagt man in Deutsch, he?"

Lachend schüttelt sie den Kopf und entschwindet ins Bad, gönnt ihm lediglich den Anblick ihrer bezaubernden nackten Kehrseite. Selbst das genügt, um ihn erneut hart werden zu lassen.

Er ist gespannt, wie er den restlichen Tag mit diesem Mordsständer überstehen wird.

~oOo~

Justus wartet noch nicht vor der Schule, aber es klingelt bereits, als wir vor dem Tor zum Stehen kommen. Er sieht uns verwundert entgegen, ganz so, als hätte er insgeheim damit gerechnet, dass wir ihn versetzen. Der Junge erhöht sein Tempo und reißt die Tür zum Wagen auf. „Irre, dass du tatsächlich gekommen bist."

Max wirkt leicht konsterniert. „Na hör mal, was ich verspreche, das halte ich in der Regel auch ein. Das nennt man *Ehrensache*."

Justus entdeckt den Picknickkorb und setzt sich endlich auf die Rückbank. „Fahren wir noch nicht nach Hause?"

Ich lächle ihn an. „Max und ich dachten, wir fahren zum Froschteich und essen eine Kleinigkeit. Aber wenn du natürlich keine Lust hast …?"

Er lässt den Sicherheitsgurt einschnappen und inspiziert den Inhalt des Korbes, ehe er antwortet. „Nein, das sieht gut aus. Ich komm mit euch."

„Das ist ausgesprochen großzügig von dir."

Auch Max schmunzelt und Justus lehnt sich zurück, verschränkt die Arme hinter seinem Kopf und grinst frech. „Ehrensache eben."

Max lacht laut auf und ich betrachte sein schönes Profil. Er wirkt entspannt, gelöst und ich bin glücklich, dass die Reise für ihn zumindest die Beziehung zu seinem kleinen Bruder zu festigen scheint.

Wir verbringen den Nachmittag zu dritt an einem kleinen See. Die Sonne in unserem Rücken, schnatternde Enten auf dem Wasser und ein gut gefüllter Essenskorb zu unseren Füßen. Justus erzählt von seinen Freunden, seinen Hobbys und Max lauscht interessiert. Ich kann Justus regelrecht ansehen, wie glücklich er darüber ist, dass Max Anteil an seinem Leben zu nehmen scheint.

Jedoch bemerke ich auch den Schatten, der über Max' Gesicht fällt, als Justus das Gespräch auf Richard und Caroline lenkt, Max nach den Gründen fragt, warum er sie noch niemals vorher besucht hat. Doch es gelingt Max geschickt, diesen Fragen auszuweichen und lädt Justus ein, ihn demnächst in Hamburg zu besuchen, mit oder ohne Sarah.

Das ist der Moment, an dem ich ihn an mich ziehe und küsse, ohne dass er damit gerechnet hätte. Justus verzieht bei unserem Anblick leicht angewidert das Gesicht, was Max dazu verleitet, mich noch ausgiebiger zu küssen.

Letztlich ist es eine Schwanenfamilie, die uns von unserem lauschigen Plätzchen vertreibt. Wir schaffen es gerade noch, die Decke einzuwickeln, und bestechen das giftige Federvieh mit dem Rest unseres Baguettes, während wir lachend das Weite suchen.

„Himmel, waren die schlecht gelaunt." Ich klopfe mir das Gras von der Hose und schiele zu den Schwänen, die das Brot vor sich hin und her werfen, weil es selbstverständlich viel zu groß ist, um es einfach zu verschlingen.

„Wenn sie freundlicher gewesen wären, hätte ich es ihnen noch in Stückchen gerissen." Max greift nach meiner Hand.

„Das war nur, weil ihr geknutscht habt." Justus trägt den Picknickkorb und Max legt ihm die freie Hand in den Nacken. „Warte ab, wenn du mal eine Freundin hast, dann willst du auch nur *knutschen*." Er zwinkert mir zu und ich lege meine Finger über den Mund, um nicht laut zu lachen.

Doch Justus schüttelt entrüstet den Kopf. „Bäh", ist alles, was er dazu zu sagen hat, und jetzt lache ich dennoch.

Richard steht am Fuße der Treppe und winkt uns zu, als wir die Einfahrt passieren. Max' Kieferknochen mahlen aufeinander und sein Blick verfinstert sich, als er das Fenster öffnet. Doch er sagt nichts, wohl auch, weil Justus noch immer bei uns im Auto sitzt.

Sein Vater wirkt aufgebracht und sein blasses Gesicht ist sorgenvoll. „Habt ihr Justus …?" Dann fällt sein Blick ins Innere des Autos und seine Sorge wandelt sich in Erleichterung. „Junge, wo warst du den ganzen Tag? Alle sind auf der Suche nach dir."

Justus sieht schuldbewusst von seinem Bruder zu seinem Vater. „Ich war mit Franziska und Max am See."

„Und du hast niemandem Bescheid gegeben?"

Es ist Max, der diese Frage beantwortet. „Das ist meine Schuld. Wir haben ihn von der Schule abgeholt und sind sofort losgefahren. Ich dachte nicht, dass es jemanden beunruhigt, wenn er bei mir ist."

Sein Vater betrachtet seinen ältesten Sohn, stützt sich schwer auf seinen Stock und nickt lediglich, als er die Tür öffnet, um den Jungen in Empfang zu nehmen. „Lauf zu Nonna, damit sie nicht doch noch einen Suchtrupp bei der Polizei anfordert."

Das lässt sich Justus nicht zweimal sagen und rennt ins Haus.

Mich beschleicht ein schlechtes Gewissen, weil ich nicht daran gedacht habe, wenigstens Sarah darüber zu informieren, dass wir mit Justus den Tag verbringen.

Richard sieht zwischen Max und mir hin und her, ehe er das Wort an seinen Erstgeborenen richtet. „Es wäre schön, wenn du ins Arbeitszimmer kommen könntest. Ich möchte mit dir reden." Ohne auf eine Antwort zu warten, wendet er sich ab. Und an Max' Schläfe beginnt eine Ader zu pochen.

„Aber ich nicht mit dir." Er spricht zu leise, als dass sein Vater ihn noch hören könnte, aber hier geht es wohl eher ums Prinzip.

Ich lege eine Hand auf seinen Oberarm. „Sei nicht so hart zu ihm, Max. Hör dir an, was er zu sagen hat."

Max' harter Blick trifft mich unvermittelt und ich halte die Luft an. „Was soll er mir schon sagen wollen, wozu er mich in sein Arbeitszimmer zitieren muss? Er wird mich darüber aufklären, dass es unverantwortlich war, Justus mitzunehmen, ohne den Rest der Familie um Erlaubnis zu bitten. Mein Vater kann sich seine Maßregelungen sparen oder für Justus aufheben."

Ich presse die Lippen aufeinander und steige ebenfalls aus dem Wagen. Ihn darauf hinzuweisen, dass sich alle womöglich einfach nur Sorgen gemacht haben, da niemand wusste, dass Justus bei uns ist, erspare ich mir. Wahrscheinlich würde er mir nicht zuhören oder mir womöglich vorwerfen, dass ich auf der Seite seiner Familie stehe. „Ich bringe den Korb zurück in die Küche. Wir sehen uns später."

Ohne mich noch einmal umzusehen, marschiere ich zum Haus, höre den Wagen mit quietschenden Reifen anfahren. Ich schließe meine Augen, atme durch hohle Wangen ein.

Die Erinnerungen an meine Unterhaltung mit Caroline prallen auf mich ein, obwohl ich den ganzen Tag über erfolgreich verdrängt hatte, was das für Max und meine Beziehung zu ihm bedeuten könnte.

Wenn er davon erfährt, dass sie mich in dieses Geheimnis eingeweiht hat.

Mein Bedürfnis, Suses Stimme zu hören, wird übermächtig.

Doch zuerst muss ich diesen vermaledeiten Korb loswerden. Also mache ich mich auf den Weg in die Küche, nur um einer aufgelösten Caroline zu begegnen.

Sie kauert auf der Bank, ein zerpflücktes Taschentuch in ihren Händen und ihr Rücken bebt von den unterdrückten Schluchzern. Als sie mich eintreten hört, zuckt sie zusammen und wischt sich verstohlen über die Augen.

Auch wenn ich mir noch nicht sicher bin, ob ich sie weiterhin sympathisch finden kann, regt sich erneut mein Gewissen. Ich stelle den Korb ab und setze mich zu ihr auf die Bank. „Caroline, um Gottes willen, Justus war bei uns. Es tut mir leid, wenn du dir solche Sorgen um ihn gemacht hast."

Sie sieht mich fragend an und schüttelt den Kopf. „Ach Justus. Um ihn habe ich mir keine Sorgen gemacht. Ich habe mir schon gedacht, dass er wieder zu Hause auftaucht." Sie schluchzt, atmet tief ein.

„Oh, dann ist es ja gut. Ich dachte schon, du würdest weinen, weil du …"

„Nein, ich habe einen riesigen Streit mit Richard." Erneut beginnt sie zu weinen und ich versteife mich, mache Anstalten mich zu erheben. „Das geht mich nichts an, entschuldige, Caroline. Ich wollte nur den Korb zurückbringen."

„Bitte, Franziska, bleib noch einen Moment. Wahrscheinlich wird Sarah mir gleich den Kopf abreißen und an Max möchte ich gar nicht erst denken."

Es ist also so weit. Mir bricht der kalte Schweiß aus und ich reibe meine Handinnenflächen an der Hose ab. „Nein, ich sollte das weder hören noch Zeugin von irgendetwas werden, was mich in keiner Weise betrifft oder was ich nicht beeinflussen kann."

Sie lacht bitter auf und wirft mir einen abschätzenden Blick zu. „Ja, natürlich. Geh nur. Ihr verfluchten Moralisten mit eurem ach so geschätzten Familiensinn. Wer bin ich schon, also zeigt alle mit euren Fingern auf mich." Sie redet sich in Rage und ich starre sie fassungslos an. „Das habe ich wohl verdient", fügt sie selbstmitleidig hinzu und ich schmecke Galle auf meiner Zunge.

„Was hast du denn erwartet? Dass dich alle in die Arme reißen und dir danken, dass du dich so liebevoll um Richard gekümmert hast, weil seine Ehefrau zu krank dafür war? Dass du ihm kurz nach Giulias Tod ein Kind geboren hast? Entschuldige, aber das kannst du doch nicht wirklich geglaubt haben. Vor allem nicht, nachdem du ihren verdammten Brief all die Jahre vor allen verheimlicht hast."

„Welchen verdammten Brief?"

Ich zucke zusammen, habe Max nicht hereinkommen hören und schließe die Augen. Die Welt hört sich auf zu drehen und seine Präsenz scheint dem Raum den Sauerstoff zu entziehen. Anders kann ich mir das Schwindelgefühl nicht erklären, das mich schwanken lässt, sodass ich mich wieder setzen muss.

„Ich habe gefragt, von welchem Brief ihr sprecht?" Die eisige Kälte lässt mich erstarren und Caroline wagt es tatsächlich, mir einen Hilfe suchenden Blick zuzuwerfen. Ich schüttele den Kopf, versuche meine wackeligen Knie dazu zu bewegen, mir zu gehorchen. „Max, das ist eine Sache zwischen euch. Caroline muss es dir erzählen. Ich gehe nach oben." ... *Packen.*

Doch er bekommt meinen Arm zu fassen, mustert mich durchdringend. Jede Wärme, jede Zärtlichkeit scheint aus seinen Augen verschwunden zu sein und ich spüre das leichte Beben meiner Nasenflügel.

„Du wirst nirgendwo hingehen. Anscheinend hat meine liebe *Stiefmutter* eine Freundin in dir gefunden, oder wie möchtest du es mir erklären, dass du etwas von einem angeblichen Brief meiner Mutter weißt, von dem ich noch niemals etwas gehört habe?" Die Verachtung in jedem seiner Worte trifft mich wie ein Faustschlag in die Magengegend und mein Herz zerspringt in Abermillionen Scherben.

„Max, du verstehst das völlig falsch." Ich lege eine Hand über seine, in einem hoffnungsvollen Versuch, mich erklären zu können, doch er zieht die seine augenblicklich zurück, verzieht vor Abscheu sein Gesicht.

„Ich glaube, ich verstehe alles richtig." Er dreht sich zu Caroline und die Verachtung ist einer trügerischen Ruhe gewichen, die mich erschaudern lässt. „Du hast dich in unsere Familie geschlichen, dich ins gemachte Nest gesetzt, noch bevor meine Mutter unter der Erde gelegen hat. Ich frage jetzt zum allerletzten Mal – von welchem Brief habt ihr gesprochen, ehe ich in die Küche gekommen bin?" Sein Blick ist bedrohlich schwarz, als er zwischen uns hin- und hersieht. Doch Caroline senkt lediglich verschämt ihren Kopf und ich sammle die Wut über ihr Verhalten in meinem Bauch, um nicht kraftlos zusammenzubrechen.

„Deine Mutter hat einen Brief geschrieben – ehe sie starb. Anscheinend hat sie Caroline und deinem Vater ihren

Segen gegeben." Meine Stimme zittert und ich ermahne mich, nicht in Tränen auszubrechen.

„Seit wann weißt du davon?"

Kein „Das glaube ich nicht" oder „Du musst dich irren".

Er spricht leise, presst die Frage durch zusammengebissene Zähne und ich weiß intuitiv, dass unsere gemeinsame Zeit vorüber ist. Ohnmächtig lasse ich es zu, dass er sich offensichtlich immer weiter von mir entfernt.

Speicher jedes warme, zuckersüß verliebte Gefühl tief in mir ab, denn niemals wieder wird er mich mit der Zärtlichkeit ansehen, die er noch vor einer halben Stunde für mich empfunden haben wird.

„Seit gestern Abend. Max, bitte, ich möchte das erklären." Doch ich kann seine Enttäuschung regelrecht greifen, sehe sein verbittertes Kopfschütteln.

Er legt keinen Wert auf eine Erklärung von dir.

Du hast verloren. Ihn verloren.

Wie betäubt lasse ich die Arme sinken, wende mich ab und verlasse die Küche.

Dann brechen die Tränen ihren Bann, rinnen unkontrolliert über mein Gesicht und ich laufe, so schnell ich kann, die Treppe hoch, versperre die Türen in meinem Zimmer, werfe meine Klamotten in den Trolley, wähle Suses Nummer. „Du sollst dich nicht melden. Hier ist alles gut, Ziska."

„Hier aber nicht …" Ich beginne hemmungslos zu schluchzen.

„Was hat er getan? Soll ich dich abholen?"

„Er hat gar nichts getan, aber ich kann nicht länger bleiben. Ich nehme den ersten Zug. Kannst du mich dann abholen?"

Fahrig streiche ich durch meine Haare, suche den verflixten zweiten Schuh unter meinem Bett.

„Was ist das denn für eine Frage? Selbstverständlich. Ich kann dich auch vor Ort einsammeln."

„Sei nicht albern. Das sind über vier Stunden Autofahrt …"

„Für dich mache ich es. Gib mir die Adresse."

„Nein, Suse. Ich fahre, ehe Max es bemerkt. Ich melde mich, wenn ich in Hamburg am Bahnhof angekommen bin."

„Wie du willst. Ruf mich an, wenn du im Zug sitzt, sonst laufe ich Kerben ins Parkett."

Ich verspreche es ihr und lege auf. Gehe in die Knie, die mich einfach nicht mehr tragen wollen.

Ich muss vor Erschöpfung eingenickt sein, denn mein vibrierendes Handy lässt mich erschrocken hochfahren. Es ist bereits später Abend und das große Display im Zug verrät, dass ich gleich aussteigen muss.

„Hey, in welchem Wagen sitzt du? Ich steh am Bahnsteig."

Meine süße liebe Suse. Wie ein Berserker wäre sie im Ahrtal eingefallen, um mich zu retten.

„Ich sitze im dritten Wagon. Danke, dass du gekommen bist."

„Red keinen Unsinn. Wir sehen uns gleich." Damit legt sie auf und ich nehme meinen Koffer aus der Ablage, begebe mich zur Tür.

Sie steht unmittelbar am Bahnsteig, nimmt mir den Trolley aus der Hand, ehe sie mich fest umarmt. Ich fühle mich leer und ausgelaugt. Und unendlich traurig. Doch ich habe keine Tränen mehr. Sie hält mich fest, bis wir an ihrem Polo angekommen sind.

„Setz dich ins Auto, ich kümmer mich um dein Gepäck."

Ich nicke wortlos und sie stellt keine weiteren bohrenden Fragen. Sie setzt sich neben mich, legt einfach den Gang ein und bringt mich endlich nach Hause.

Zurück zu meiner Familie.

Die ich über alles liebe.

Im Radio spielen U2. *Selbst diese Erinnerung hat er mir genommen* ... Ich suche einen anderen Sender und erwidere Suses mitleidigen Blick. „Wir sprechen später, ja?"

„Sicher werden wir das." Sie drückt kurz meinen Oberschenkel, dann konzentriert sie sich wieder auf den Verkehr.

Kapitel 19

~oOo~

Sie geht nicht an ihr Telefon. Weder Mobil noch Festnetz. Der kalte Schweiß bricht ihm aus, als er sich an die geöffnete Zimmertür erinnert, die leeren Schränke, die er vorgefunden hat, als er in aller Herrgottsfrühe nach ihr sehen wollte, ... um mit ihr zu sprechen, ... um sich zu entschuldigen.

Mannaggia! Wütend schlägt er auf das Lenkrad seines Lexus' ein. Er hätte damit rechnen müssen, dass sie geht. Marie hat ihm schließlich kurz und knapp via SMS bestätigt, dass Franziska wieder zu Hause ist. Wenigstens ist sie sicher dort angekommen.

Er hat von dem Brief seiner Mutter erfahren. Davon, dass sie Caroline wahrhaftig gebeten hat, sich um seinen Vater zu kümmern. Wie sehr es sie erleichtert, in dem Wissen gehen zu können, dass ihr geliebter Mann und ihre Kinder versorgt sein werden.

Max kämpft gegen die Tränen an.

Es hat ihn schockiert, dass seine Mutter die Liaison zwischen seinem Vater und dessen zweiter Ehefrau eingefädelt hat.

Caroline.

Niemand hat seine Wut mehr verdient als die zweite Ehefrau seines Vaters.

Es waren persönliche Worte, die seine Mutter niedergeschrieben hat. Auf Italienisch, gerichtet an Sarah und ihn. Wahrscheinlich in der Hoffnung, dass Caroline sich nicht die Mühe machen wird, sie übersetzen zu lassen. Allein diese Zeilen hätten vielleicht verhindert, dass er sich gegen seine Familie stellt.

Er wird den Anblick seiner kleinen Schwester niemals vergessen. Die Tränen, die ihr stumm über die Wangen liefen, den Brief krampfhaft zwischen den Fingern. Ihr Unverständnis darüber, dass Caroline ihn so lange vorenthalten hat.

Er heißt die Entscheidung seiner Mutter noch immer nicht gut und ist sich auch nicht sicher, dass er sie jemals akzeptieren kann. Doch letztlich war es der Wunsch seiner Mutter. Was immer er jetzt auch mit dieser Information anfangen wird.

Er selbst hat den Brief wieder und wieder gelesen, gegen das Verlangen angekämpft, ihn einfach in den Kamin zu werfen.

Ein Blick auf seinen Vater, und die plötzliche Erkenntnis, wie tief ihn der Verlust getroffen hat. Die Trauer um seine verstorbene Frau hat genügt, Max daran zu hindern. Er kann sich nicht erinnern, seinen Vater jemals so müde und abgekämpft gesehen zu haben.

Wieder und wieder hat Max sich gefragt, warum sie sich ihm, ihrem Sohn, nicht einfach erklärt hat, als er an ihrem Sterbebett gesessen hat. Doch wahrscheinlich konnte selbst Giulia von Rothenburg nicht absehen, dass Justus längst unterwegs war, als sie starb. Sie wollte Caroline nicht die Chance darauf nehmen, mit offenen Armen in der Familie aufgenommen zu werden, wenn die richtige Zeit dafür gekommen wäre.

Es sieht seiner Mutter so verflucht ähnlich, das kann selbst Max nicht abstreiten.

Caroline hat Max' Wut zu spüren bekommen, als sie ihm von dem Gespräch mit Franziska berichtet hat.

Ihm endlich gebeichtet hat, dass allein sie die Schuld daran trägt, dass Franziska eingeweiht war. Wie sie reagiert hat, um ihn, Max zu schützen.

Und Nonna hat ihm die Augen dafür geöffnet, wie es um seine Eltern bestellt war. Wie groß der Verzicht für Richard war, indem er sich jahrelang um Giulia gesorgt und gekümmert hat.

Sie hat ihn damit konfrontiert, dass er erwachsen ist und sich gefälligst auch wie ein gestandener Mann zu benehmen hat. Dass er seine *Francesca* gefälligst auf Knien anflehen soll, diesen *Tonto,* der ihr Enkelsohn ist, zurückzunehmen. Und dass er sie auf der Stelle heiraten sollte, wenn sie ihm sein kindisches Verhalten jemals verzeihen könne. Denn sie selbst würde schwarz für ihn sehen.

Max ist ziemlich lang nicht mehr in den Genuss einer italienischen Verwünschung gekommen und er ist sich auch ziemlich sicher, dass er das in seinem Leben nicht noch einmal erleben möchte.

Doch Nonna hat recht, wenn sich jemand wie ein Armleuchter verhalten hat, dann er, Maximilian von Rothenburg.

Dass er auch nur einen Moment an Franziskas Motiven zweifeln konnte, es noch nicht mal für nötig befunden hat, sie anzuhören, das lässt ihn reumütig einatmen.

Die erste Frau, die ihm wirklich etwas bedeutet, mit der er sich eine gemeinsame Zukunft vorstellen könnte –

ausgerechnet dieser Frau traut er zu, dass sie sich gegen ihn stellt. Er hat sie regelrecht von sich gestoßen und verscheucht.

Er ist ein solcher *Strammato*, ein Idiot, wie er im Buche steht.

Ihm fallen gar nicht genügend Schimpfwörter ein, mit denen er sich selbst belegen könnte, also brütet er lieber vor sich hin.

Noch zwei Stunden und er ist ebenfalls wieder in Hamburg. Es wird Zeit, sich den Tatsachen zu stellen.

Er hat es vermasselt. Und zwar gründlich!

~oᴗo~

„Jetzt iss doch wenigstens das Müsli …"

Ich schüttele angewidert den Kopf, würdige dem Teller vor mir lediglich einen flüchtigen Blick. Suse ist rührend darin, mich zu bemuttern. Aber ich kann einfach nichts essen. Mir ist kotzübel, mein Magen ist noch immer wie zugeschnürt.

Sie hat mich, kaum dass wir zu Hause angekommen sind, einfach in mein Bett gesteckt. Eine Wärmflasche unter meine Eisfüße gelegt.

Meine Zähne wollten gar nicht aufhören zu klappern, so sehr habe ich gezittert. Schlussendlich hat sie die Nacht, oder zumindest das, was davon noch übrig war, ebenfalls in meinem Bett verbracht. Mich in ihren Armen gebettet und endlich konnte ich weinen. Wie ein kleines Kind. Und sie war einfach nur für mich da. Ohne überflüssige Fragen zu stellen.

Irgendwann bin ich wohl eingeschlafen, denn mein Bett war leer, als ich versuchte, meine verquollen Augen aufzubekommen.

Ich habe das fremd wirkende Gesicht im Spiegel betrachtet, das sich meiner Zahnbürste bediente. Aber es hat nicht mehr viel Ähnlichkeit mit Franziska Mölling. Dort, wo man Augenlider vermuten würde, ist alles dick geschwollen. Tränensäcke, von denen ich noch nicht mal wusste, dass ich sie besitze. Hecktische rote Flecken auf den Wangen und am Hals. Die Nase ist wund geputzt und selbst die Sommersprossen scheinen an Anzahl und Größe zugenommen zu haben.

Für eine Dusche sah ich jedoch keinen Anlass. Ebenso wenig darin, meinen Pyjama gegen ein alltagstaugliches Gewand zu tauschen. Ich wollte mir nur einen Kaffee holen, um direkt wieder in die tröstlichen vier Wände meines Zimmers zu entschwinden.

Heute ist ein guter Tag, um mich selbst zu bedauern. Vielleicht das erste Mal in meinem Leben. Aber es gibt für alles ein erstes Mal.

Erneut beginnen meine Nasenflügel zu kitzeln und mein Kinn zu beben. Ich atme tief durch, versuche meine Luftröhre wieder zu lockern, die sich gefährlich verengt hat.

Warte noch mit dem Heulen, bis du endlich allein bist ...

Aber Suse will einfach nicht gehen. Und mich gehen lassen, will sie ebenso wenig.

Also sitze ich wie ein kleines Häufchen Elend in meinem grau karierten Flanellpyjama am Küchentisch. Ignoriere ihr liebevoll zubereitetes Omelett und kämpfe gegen den

Brechreiz an, als sie mir stattdessen die Müslischüssel vor die Nase stellt.

„Ich möchte doch nur einen Kaffee und wieder ins Bett. Bitte ...“ Zumindest kann sie sich meinem Flehen nicht vollends entziehen und erfüllt mir den innigen Wunsch nach Koffein.

„Wie soll es denn jetzt mit euch weitergehen?“ Sie ergibt sich, räumt den Tisch ab.

„Gar nicht. Es ist vorbei, noch ehe es überhaupt begonnen hat. Mir geht es gut, wirklich.“

Sie dreht sich zu mir um, bedenkt mich mit einem spöttischen Blick. „Ja, das glaubt dir jeder, der dich hier sitzen sieht.“

„Mich sieht ja keiner.“ Ich ziehe eine Schnute, schlürfe meinen Kaffee.

„Also machst du dir lieber selbst etwas vor, bevor du keinen seiner unzähligen Anrufe entgegennimmst und einfach mal mit ihm darüber sprichst?“

Ich denke, diese Frage ist rhetorisch, also mache ich mir erst gar nicht die Mühe zu antworten. Meine beste Freundin nimmt mir gegenüber Platz, studiert mein Gesicht. „Ich hatte die Hoffnung, dass er es schafft, dich aus deinem Schneckenhaus zu holen. Es tut mir weh, zu sehen, wie sehr du leidest. Ich an deiner Stelle hätte ihm wahrscheinlich die Eier abgerissen, sie hübsch frittiert, ehe ich sie ihm in seinen Rachen geschoben hätte.“ Sie greift nach meiner Hand, ohne mich aus den Augen zu lassen. „Aber du bist nicht ich und ich hasse ihn dafür, dass er dir so wehgetan hat. Dass er nach so kurzer Zeit schon die Kraft dazu hatte.

Und mich, weil ich es nicht vorhergesehen habe. Dich sogar noch ermuntert habe, ihn zu begleiten."

Erneut brennen Tränen hinter meinen Augen.

„Wenn du also möchtest, dass ich ihm seinen Schwanz abschneide ... Ich bin bereit, das für dich zu erledigen."

Ich wische mir fahrig über die Augen. „Nein, ehrlich, Suse ... Es geht mir gut. Ich bin ja selbst schuld an diesem Dilemma. Ich hätte mich nicht darauf einlassen sollen, ihn zu begleiten. Dann wäre ich niemals in diese schreckliche Situation gekommen. Ich hätte meinen ersten Instinkten vertrauen sollen. Lass mich einfach noch ein wenig hier sitzen und ab morgen komme ich wieder in den Laden." Ich versuche mich an einem Lächeln.

Sie erhebt sich, küsst meine Wange. „Behaupte niemals wieder, die Schuld daran zu tragen, hörst du? Wir Frauen tragen zu keinem Zeitpunkt die Schuld. Nie ..." Ich nicke zustimmend, wenn auch wenig überzeugt, und sie lässt mich endlich allein.

Irgendwann an diesem Tag war ich dann doch duschen und habe auch meinen Trolley wieder ausgepackt. Als mir die hübsche neue Wäsche in die Hände fällt, ruft sie Bilder in mir hervor, an die ich nicht mehr denken möchte.

Max ...

Es steht zu befürchten, dass ich unter Liebeskummer leide.

Aber ich will nicht … Ich möchte dieses Gefühl nicht zulassen. Es soll keine Macht über mich besitzen. Ich pfeffere die Spitze in die hinterste Ecke meines Kleiderschrankes. Es hat dieser Wäsche nicht bedurft, um mich ihm hinzugeben. O Gott, ich habe mich ihm ja wahrhaftig preisgeboten. Meine Lippen beginnen zu pulsieren und mein Unterleib zieht sich sehnsüchtig zusammen. *Das ist absolut lächerlich, Franziska!* Noch nicht mal Adrian hat das geschafft. Ich stecke mein noch immer feuchtes Haar hoch. Es ist dringend Zeit zu tanzen …

Ich verausgabe mich völlig. Das Wickeltop klebt mir am Körper und die Hotpants über der Strumpfhose ist ebenfalls schweißnass. Aber mir geht es besser. Zumindest für den Moment.

Das Handtuch um meinen Hals gelegt, schlüpfe ich in die Filzschlappen, ohne vorher meine Spitzenschuhe auszuziehen.

Marie kommt mir bereits auf der Treppe entgegen. Sie trägt eine grobe schwarze Netzstrumpfhose zu ihren Dr. Martens. Ihre Hotpants sind womöglich um einiges knapper als meine eigenen und ich verenge *not amused* die Augen zu Schlitzen. „Wo willst *du* denn hin in diesem Aufzug?"

„Du wirst jetzt nicht wirklich den Moralapostel raushängen lassen, oder, Franzi? Ich gehe ins Kino und wollte dir eigentlich nur vorher Bescheid geben, dass du Besuch hast."

„Besuch? Ich wollte gerade unter die Dusche …"

Meine Nichte stemmt die Fäuste in ihre Mitte. „Du solltest vielleicht noch einen Augenblick damit warten. Er sieht so aus, als hätte er dir etwas Wichtiges zu sagen."

Er … Mein Herz macht einen unkontrollierten Hüpfer und Marie nutzt meine momentane Unpässlichkeit, um sich schnell aus dem Staub zu machen.

„Warte …", rufe ich ihr hinterher, aber es verhallt ungehört im Flur. Ich atme tief durch, versuche meine Haare zu richten, soweit es möglich ist. *Du solltest ihm lieber eine verpassen, du bescheuerte Kuh!*

Ich bin verschwitzt, überhitzt und alles andere als in der Verfassung, Max unter die Augen zu treten. Und dass es sich nur um Max handeln kann, der dort oben auf mich wartet, ist so klar wie Kloßbrühe.

Wo ist nur Suse, wenn ich sie brauche … Sie könnte ihm vielleicht doch den Schwanz …

„Hey." Seine Stimme fährt mir unverzüglich durch die Glieder.

Ich blicke auf, sehe ihn am Treppenabsatz stehen. Er trägt Jeans und ein schwarzes Hemd, das seinen Oberkörper ekelhaft präsentabel zur Geltung bringt.

Er kratzt sich über das unrasierte Kinn. Sein eigentlich zu langes Haar fällt ihm verwegen in die Stirn. Und ich drohe dahinzuschmelzen.

Nicht darauf vorbereitet, ihn so schnell wiederzusehen.

Wie soll man seinem Herzen nur begreiflich machen, dass der Kopf gewinnen muss?

Wie mache ich es mir selbst begreiflich, wenn er mir so nah ist … Wir völlig allein sind in diesem riesigen Haus?

Ich nehme die Stufen betont langsam, eine nach der anderen.

Sein Aftershave findet langsam den Weg zu mir. Ich atme seinen Duft ein. Die Sehnsucht nach ihm trifft mich unvermittelt, aber dafür umso intensiver. Ich versuche, die letzten Meter dazu zu nutzen, um mich zu wappnen – gegen die Versuchung, die er nun mal darstellt.

Du darfst ihr nicht nachgeben! Nicht jetzt …

„Hey", erwidere ich seinen Gruß. *Äußerst geistreich, Franziska.*

„Können wir sprechen?" Er windet sich förmlich. Seine Schuhspitze kratzt über den Boden. Ich finde in seiner eigenen Unsicherheit das nötige Selbstbewusstsein, um ihm endlich gegenüberzutreten.

„Ich wüsste nicht, worüber. Es ist alles Wichtige gesagt, Max." Ich stehe unmittelbar vor ihm, verschließe mein Herz vor seinem Schokoladenblick.

Er massiert sich den Nacken. „Ich habe großen Mist gebaut, *cuore mio!"*

Ich muss schlucken. *Oh bitte, nenn mich nicht so …*

„Ja, das hast du", bestätige ich ihn und bin selbst überrascht, dass meine Stimme so fest klingt. „Es gibt nichts mehr zu besprechen. Bitte geh jetzt." Mein Hals schnürt sich zu. Um wie vieles einfacher wäre es, ihm zu verzeihen …, ihn in meine Arme zu ziehen und zu küssen.

„Ich möchte es wiedergutmachen." Er fährt mir über die Wange. Ich drehe abweisend den Kopf. Wenn er mich noch einmal berührt, werde ich weich. Spüre bereits jetzt, wie mein Widerstand zu bröckeln beginnt.

Seine Finger verharren einen Augenblick in der Luft, ehe er sie tief in seine Hosentaschen gräbt. Ich sehe ihm seine Verzweiflung an. Sie jagt mir einen Schauer über die Haut. „Du bist mir sehr wichtig, Franziska Mölling. Verdammt, es kann doch nicht einfach vorbei sein." Ich sehe die Faust, die er ballt. Durch den Stoff seiner Jeans.

„Gestern noch war ich dir nicht wichtig genug, dass du mir zuhören wolltest. Heute brauche ich Abstand, Max."

„Ich kann mich nur für mein Verhalten entschuldigen. Ich habe den Brief gelesen, weiß, welche Rolle meine Mutter gespielt hat. Ich werde es mir nicht verzeihen, dass ich es zugelassen habe, dass du in diese Geschichte mit hineingezogen wurdest."

„Und doch ist es passiert. Aber es spielt keine Rolle, Max. Ich hoffe, ihr seid als Familie auf einem guten Weg, eure Differenzen endlich beizulegen. Ich bin nicht Teil deiner Familie und das werde ich auch nicht sein."

„Franziska." Er kommt mir einen Schritt näher, ich weiche intuitiv zurück. Sehe ihn einatmen. „Es war falsch von mir, anzunehmen, du hättest dich mit Caroline gegen mich verbündet. Ich weiß nicht, was in mich gefahren ist. Ich war so wütend und enttäuscht."

„Ja, das war offensichtlich." Noch immer schnürt mir die Erinnerung an seinen Gesichtsausdruck die Kehle zu und ich schlucke hart.

„Und du hast all meine Wut abbekommen."

„Damit habe ich meine Pflicht als Ventil erfüllt und sehe meine Schuld als beglichen an." Selbst der Sarkasmus meiner Worte vermag die Tränen nicht aufzuhalten, die mir hinter den Augen brennen.

Er dreht mich in seine Arme, presst seine Lippen hart und fordernd auf meine. Und ich habe nichts Besseres zu tun, als ihn zu erwidern, diesen verflixten Kuss. Giere absolut danach. Umfasse seinen Nacken. Seine Hände wandern über die Außenseite meiner Arme. Das Verlangen, das mich erfasst, droht mir den Boden unter den Füßen wegzuziehen. Hitze macht sich in meinem ganzen Körper breit und seine eigene Erregung drückt sich in meinen Bauch. *O Gott, ich habe ihn so schrecklich vermisst.*

Plötzlich lässt er von mir ab. Streicht mit dem Daumen über meine Unterlippe. „Ich gebe nicht auf, Franziska." Er hebt mein Kinn, zwingt mich, ihn anzusehen. „Du hast mir soeben bewiesen, dass du etwas für mich empfindest. Noch immer. Und ich bin nicht bereit, das einfach aufzugeben. Ich habe Mist gebaut und ich entschuldige mich aus tiefstem Herzen für mein Verhalten."

Ich möchte etwas erwidern. Er verhindert es, indem er einen Finger über meine Lippen legt und fortfährt. „Das sollte keine Entschuldigung dafür sein, dass ich dir nicht zugehört habe. Das hätte niemals passieren dürfen. Ich hätte dir Vertrauen müssen. Die Ereignisse haben mich einfach überrannt. Ich habe keine Übung darin, mich jemandem großartig anzuvertrauen und habe meine Unsicherheit an dir ausgelassen. Das ist unverzeihlich." Er betrachtet mein Gesicht.

„Ich werde jetzt gehen, Ballerina, aber ich komme wieder." Er haucht es gegen mein Ohr, berührt zart die empfindliche Haut an meinem Schlüsselbein mit seinem

Mund. „Denn ich habe sie noch nicht gezählt – deine Sommersprossen."

Er küsst mich noch einmal und mir wird ganz schwindelig. Sowohl von seinen Worten als auch von seiner Präsenz.

Und damit lässt er mich völlig verwirrt stehen und verschwindet durch die Tür.

Kapitel 20

Heute ist so ein Tag, den man ruhigen Gewissens aus dem Kalender streichen könnte. Eine Kleiderlieferung musste ich komplett wieder zurückgehen lassen, da die Verpackung beschädigt war und somit auch der Stoff Schaden genommen hat.

Eine Kundin macht mich dafür verantwortlich, dass sie seit der letzten Anprobe zwei Kilo zugenommen hat und nun nicht mehr in die Meerjungfrau zu quetschen ist.

Suse verliert sich in Trübsal, weil Hannes sich mal wieder nicht meldet, und ich unterdrücke meine aufsteigende Wut über Marie, die mir für heute fest zugesagt hat, mich im Geschäft abzulösen, damit ich endlich mal zum Friseur komme. Es ist nicht zu ändern, verschiebe ich es halt um eine weitere Woche.

Etwas zu heftig nehme ich die Vase mit den leicht welken Rosen von der Theke.

Einer der Sträuße, die mir Woche für Woche von einem Blumenladen ins Geschäft geliefert werden. Kleine Kärtchen mit liebevollen Nachrichten in seiner Handschrift verraten mir, dass Max sie selbst aussucht. Wir haben uns noch zwei Mal gesehen seit unserem letzten Aufeinandertreffen in unserem Haus.

Harmlose Treffen. Kino, Restaurant. Immer genügend Menschen um uns herum.

Er hat mich anschließend brav wieder zu Hause abgesetzt, mit einem keuschen Abschiedskuss auf meine Wange.

Ich genieße die Stunden, die wir miteinander verbringen, und doch vermisse ich ihn fürchterlich. Seine Nähe, seine Küsse. Seine Hände auf meinem Körper. Ich spüre, dass es ihm ebenso geht wie mir, doch er gibt mir die Zeit, um die ich ihn gebeten habe.

Und ich? Ich habe Angst davor, mich erneut völlig auf ihn einzulassen. Zu groß ist meine Angst, dass er mich verletzt.

Ach verdammt, was für eine verfahrene Situation.

Suse verliert langsam die Geduld mit mir, schimpft mich kindisch. Damit hat sie nicht ganz unrecht. Aber ich kann nicht über meinen Schatten springen. *Noch nicht.*

Zweifelhaft riechendes Wasser läuft mir über die Hände, versaut meine Bluse. „Mist, was ist denn heute nur für ein Scheißtag." Ich pfeffere den Strauß in den Müll, obwohl ich ihn einfach nur anders hätte arrangieren müssen. Einige Blumen hätten sicherlich noch hübsch ausgesehen. Aber für heute habe ich die Nase gestrichen voll. Und zu allem Überfluss ramme ich mir einen besonders spitzen Dorn in den Daumen. „Das kann doch alles nicht wahr sein."

Mit einem feuchten Lappen versuche ich der Schweinerei Herr zu werden, die ich selbst verursacht habe. Mit mäßigem Erfolg, da sich das Blut aus der kleinen Wunde nicht stoppen lässt.

Resigniert lasse ich mich auf das Sofa fallen, lege den Kopf über die Rückenlehne und betrachte meine Decke.

Hier könnte auch mal wieder gestrichen werden.

Aber nicht mehr heute.

Ein Blick auf die Uhr und mein Entschluss steht, einfach ein wenig früher zu schließen.

Im Frühjahr und Sommer ist das Brautmodengeschäft eher das der Abendgarderobe. Vor dem weißen Sonntag bevölkern sogar neun- bis zehnjährige Mädchen mit ihren Müttern den Laden, um sich für ihre anstehende Kommunion einzukleiden. Und heute waren lediglich zwei Kundinnen hier. Ja, auch ich kämpfe gegen das Onlinegeschäft. Wie viele herkommen, um *nur zu schauen* und sich dann ein ähnliches Kleid aus dem Internet zu besorgen. Manchmal ist es zum Haareraufen, aber für heute habe ich genug davon. Ich brauche eine Pause.

Den Friseur verschiebe ich dennoch um eine Woche. Ich muss noch einige Einkäufe tätigen und so ein Nachmittag auf dem Sofa ist genau das Richtige für meine angeschlagene Laune. Zumindest hoffe ich das.

Also lösche ich das Licht und schließe die Tür hinter mir. Meine Jacke bedeckt nur ansatzweise den mittlerweile zwar getrockneten, doch eher gelblich schimmernden Fleck des Blumenwassers auf meiner vormals schneeweißen Bluse. In diesem Outfit könnte ich eh keine Braut mehr beraten.

Das schreit nach Jogginghose und Kuschelpulli.

Ziemlich genau eine Stunde später stehe ich in unserer merkwürdigerweise aufgeräumten Küche und verstaue meine Einkäufe in die Schränke.

„Du bist schon zu Hause?" Suse steht verschwitzt mit Putzlappen und Handschuh bewaffnet in der Küchentür und betrachtet das Chaos, das ausnahmsweise ich in unsere Wohnung bringe.

„Ja, ich hatte keine Lust mehr. Aber ich will dich auf keinen Fall aufhalten. Wenn du schon mal deinem menstruationsbedingten Putzwahn verfällst, verschwinde ich in mein Zimmer."

„Menstruationsbedingt? Pah, dass ich nicht lache! Ich bin überfällig und der Scheißtyp meldet sich nicht bei mir." Sie lässt sich auf einen der Küchenstühle fallen, stützt die Ellbogen auf den Tisch und legt ihr Gesicht in die Handinnenflächen.

Ich kann die Milch gerade noch in den Kühlschrank stellen, ehe mir die Verpackung aus der Hand gleitet. Setze mich neben sie. „Was genau meinst du, wenn du sagst, du seiest überfällig?" Ich ahne es, muss es jedoch genau wissen.

„Ich glaube, ich bin schwanger, Ziska." Sie nuschelt in die Handschuhe und ich umfasse ihre Handgelenke, drücke sie auf den Tisch.

„Schwanger? Habe ich dich richtig verstanden?"

Sie nickt und alles Elend der Welt scheint sich in ihren grauen Augen widerzuspiegeln. Ich atme tief durch. *Jetzt bloß einen klaren Kopf behalten und nichts Falsches sagen.* „Das ist doch toll, oder?" Selbst ich höre den unterschwelligen Vorwurf in meiner Stimme, schließe kurz die Lider und nehme sie in den Arm. „Entschuldige. Das ist natürlich Blödsinn. Aber ... wie konnte das denn passieren?"

Ich spüre ihr Zittern, als sie sich von mir löst. „Das ist doch nicht dein Ernst, oder?" Schniefend streicht Suse ihr wirres Haar hinters Ohr, funkelt mich an.

Ungehalten stehe ich auf. „Selbstverständlich weiß ich, wie das passieren konnte, aber habt ihr denn nicht aufgepasst?"

„Anscheinend ja wohl nicht. Vielen Dank für deinen Zuspruch." Beleidigt schiebt sie den Stuhl zurück, auf dem sie sitzt.

Zerknirscht hebe ich die Hände hoch. „Bitte, warte. Hast du schon einen Test gemacht?"

Suse entspannt sich wieder, schüttelt jedoch mit dem Kopf, sieht zu mir hoch. „Ich wollte es nicht alleine machen. Würdest du …?"

Mein Nachmittag auf dem Sofa löst sich soeben in Wohlgefallen auf. „Selbstverständlich würde ich! Hast du denn einen gekauft?"

Wieder schüttelt sie verneinend den Kopf.

Ich greife nach meiner Tasche. „Ich bin dann also noch mal unterwegs, einen Schwangerschaftstest besorgen. Und du bleibst brav hier sitzen, verstanden?"

Sie nickt und presst ihre Lippen fest aufeinander.

Ich schlendere durch die Gänge des Drogeriemarktes, bis ich endlich das richtige Regal finde.

Ein Sortiment unterschiedlichster Produkte zur Schwangerschaftsverhütung und denen, die dir dann wohl verraten sollen, dass du das mit der Verhütung irgendwie falsch gemacht hast.

Ich wähle den Test, der mir zumindest aus der Werbung suggeriert, zuverlässig zu sein, und gehe zur Kasse. Vor mir in der Schlange steht eine junge Frau, der ich im vergangenen Jahr ein Kleid verkauft habe. Sie lächelt mich freundlich an, studiert höchst interessiert meinen Einkauf auf dem Warenband. Unter anderen Umständen hätte ich sie vielleicht darüber aufgeklärt, dass der Test nicht für mich bestimmt ist, aber heute steht mir nicht der Sinn nach Erklärungen, also beschränke ich mich darauf, zurückzulächeln. Zahle den geforderten Preis und verabschiede mich.

Beim Bäcker besorge ich zwei extra große Stücke Sahnetorte. Suse wird den Zucker auf jeden Fall brauchen, völlig egal, wie der Test ausfällt.

Sie sitzt tatsächlich noch in der Küche und starrt Löcher in die Decke, als ich wieder zu Hause ankomme. Ich lege die Tüte aus der Drogerie auf den Tisch und den Kuchen verstecke ich noch im Kühlschrank. „Ich würde eine Flasche Wein aufmachen, aber das könnte genau das Falsche sein, wenn der Test positiv ausfällt."

Entsetzen flackert in ihrem Blick auf. „Sag doch so was nicht, Ziska. Was soll ich nur mit einem Kind anfangen?"

Ich spüre die Panik in ihr aufsteigen und lege ihr beruhigend eine Hand auf die Schulter. „Mach dich nicht verrückt. Den kleinen Keksfresser kriegen wir schon groß. Marie ist doch auch ganz gut geraten."

Mein Versuch, lustig zu sein, geht in die Hose. „Sie war doch schon fertig. Sie konnte sprechen, sich die Schuhe binden und sich alleine den Hintern abwischen." Ihr Kinn fällt auf die Tischkante und eine Hand zuppelt an der Tüte, ohne jedoch hineinzusehen.

„Komm, wir bringen es hinter uns. Vielleicht kommen wir ja doch noch zu unserem Wein." Ich nehme ihr den Einkauf aus der Hand und schütte den Inhalt der kleinen weißen Plastiktasche auf unseren Küchentisch.

„Du hast ja zwei gekauft." Überrascht sieht sie mich an.

„Selbstverständlich!", erwidere ich im überzeugten Brustton der Beste-Freundinnen-Moral. „Das machen wir gemeinsam. Vielleicht ist es dann etwas leichter." Sie sieht mich an. „Ach Ziska. Was würde ich nur ohne dich machen?"

„Na, zunächst mal auf deinen Teststreifen pinkeln. Ich nehme das Gästeklo." Damit greife ich die mir zugedachte Verpackung und ziehe mich auf das stille Örtchen neben dem Eingang zurück. Es ist schon merkwürdig, welche Art von Nervosität einen überkommt, wenn man auf ein solches Stäbchen pinkelt. Obwohl man ja eigentlich vorher schon weiß, dass er negativ ausfallen wird.

Ich kichere vor mich hin, als ich mit dem Test wieder in die Küche komme, ihn auf die Arbeitsplatte lege und den Kaffee zum Kuchen aufsetze, der bereits im Kühlschrank darauf wartet, von uns gelobt und gehuldigt zu werden.

Suse ist ein wenig blass um die Nase, blinzelt ständig abwechselnd auf die Uhr und auf ihr Stäbchen, bis sich ein breites Grinsen auf ihrem Gesicht ausbreitet, das ihre Ohren zu berühren scheint.

„Negativ! Mach den Wein auf!"

Ich lache und lege meinen Test neben ihren, ohne ihn auch nur noch eines Blickes zu würdigen. Um Platz zu schaffen für die Gläser, die es zu füllen gilt.

„Ziska?"

„Mh-mh." Ich strecke mich, erwische den schlanken Fuß eines Weißweinglases.

„Lass die Flasche lieber zu … deiner ist positiv.“

„Sehr witzig, Suse. Ich lache dann später. Könntest du die Dinger jetzt entsorgen, ehe Marie sie entdeckt?“

„Sieh mich an, Ziska.“ Der strenge Ton in ihrer Stimme lässt mich stutzen und ich tue ihr den Gefallen, sie anzusehen. Ihre Stirn ist sorgenvoll gerunzelt, die Lippen lediglich ein Strich über ihrem Kinn.

„Ich meine es ernst. Du bist schwanger.“ Damit dreht sie mein Stäbchen um und ich starre auf die zwei parallel zueinander verlaufenden Striche in der Mitte des Sichtfensters.

Das Glas zerbricht in meinen Händen und mir wird ein wenig schwarz vor Augen.

~oOo~

„Sag mal, triffst du dich nicht mit der Kleinen aus dem Brautgeschäft?“ Philipp steht vor seinem Schreibtisch, durchsucht die Ordner nach irgendwelchen Unterlagen. Sicher wäre es einfacher, Max nach deren Inhalt zu fragen, er geht jedoch davon aus, dass seinem Partner irgendetwas gehörig unter den Nägeln brennt und er die Ordner nur als Alibifunktion missbraucht.

Er kennt ihn einfach schon zu lange.

Grinsend nickt er. „Ja, wir treffen uns noch.“

„Also kann ich davon ausgehen, dass es dir ernst ist mit dem Rotschopf? Oder hast du noch andere Frauen, mit denen du dich vergnügst?“ Es raschelt, während Philipp die Seiten verschlägt, ohne überhaupt einen Blick hineinzuwerfen.

Max runzelt die Stirn, schiebt sein MacBook von sich. „Ja, mir ist es sogar verdammt ernst mit Franziska Mölling. Und nein, ich treffe schon lange keine anderen Frauen mehr."

„Das ist gut." Philipps Blick senkt sich wieder in die Listen des Ordners. Er blättert wieder zurück. „Worauf willst du überhaupt hinaus?"

„Auf nichts. Ich frage nur interessehalber …"

„Weil du nachts nicht schlafen kannst, da du dir um mein Liebesleben Gedanken machst?"

Philipp schielt zu ihm herüber, schlägt den Ordner zu. „Ja, auch das. Es kommt nicht oft vor, dass du eine einzige Frau bevorzugst."

„Ich habe sogar vor, mich *nur noch* auf diese Frau einzulassen."

„Sehr gut. Und wann seht ihr euch wieder?" Er nuschelt in seine Faust, die er angelegentlich konzentriert um sein Kinn gelegt hat, während er nach einem weiteren Ordner sucht.

„Sag mal … möchtest du mir irgendetwas sagen? Ich werde das komische Gefühl nicht los, dass du um den heißen Brei herumredest."

Philipp sieht ihn an, scheint zu überlegen, wie er sagen soll, was ihm auf dem Herzen liegt. „Hanna hat deine Franziska Mölling vor einigen Tagen im Drogeriemarkt getroffen …"

Eine bedeutungsschwangere Pause. Max wird langsam ungeduldig. „Ja … und?"

„Hast du immer aufgepasst? Ich meine, wenn ihr gevögelt habt? Ihr habt doch gevögelt, oder?" Kurz scheint er darüber nachzudenken, ob er seine Information überhaupt an den richtigen Mann bringt.

„Sag mal, geht es dir nicht gut?" Max kommt um seinen Schreibtisch herum, baut sich vor Philipp auf. Langsam geht er ihm gehörig auf die Nerven mit seinen ominösen Andeutungen.

„Doch, mir geht es gut. Scheiße, Mann, sie hat wohl einen Schwangerschaftstest gekauft!"

Jetzt ist es raus.

Max hat plötzlich das dringende Bedürfnis, sich wieder zu setzen, was seinen Freund jedenfalls nicht davon abzuhalten scheint, die Geschichte um dieses Wissen weiter auszukleiden. „Hanna hat es mir gestern völlig wertfrei erzählt. Wie sehr sie sich freut, dass Frau Mölling nach dem ganzen Scheiß, den sie wohl erlebt hat, endlich glücklich zu sein scheint und das übliche *Blabla* einer Frau, die bei dem Wort *Baby* und *schwanger* schon in Verzückung gerät. Sie weiß nicht, dass du derjenige bist, der die Frau *glücklich* gemacht hat."

Max hört nicht mehr zu. Alles in seinem Kopf beginnt sich zu drehen. *Wann ist ...? Wie konnte das ...?*

„Ich muss los." Ohne weiter auf Philipp zu achten, verlässt er das Büro.

Ein Schwangerschaftstest ...

Es muss passiert sein, als sich die Kondome noch im Auto befunden haben. Er war mehr als willig, sich in ihr zu versenken und sein Schwanz anscheinend auch. Er hat versucht, sich im Zaum zu halten, aber er möchte sich nicht dafür verbürgen, dass nichts geschehen sein könnte.

Sie hat auf ihm gesessen. Mehr als einmal ist sie über ihn geglitten ... *Verdammt! Verdammt! Verdammte Scheiße ...* Sein Puls rast.

Er hätte besser aufpassen müssen. Wie ein blutiger Anfänger! *Aber warum redet sie nicht mit ihm?* Der Verkehr an diesem Nachmittag ist die Hölle. Es scheint, als würde er nicht vorankommen. Angespannt klopfen seine Daumen auf das Lenkrad. *Himmel, er hätte laufen sollen.* Endlich sieht er das Haus, nimmt schräg eine eigentlich viel zu kleine Parklücke.

Das Tor zum Vorgarten ist geschlossen. Er springt darüber, poltert gegen die Haustür. Suse öffnet ihm, verengt die Augen. „Du hättest einfach klingeln können."

„Wo ist sie?" Max drängelt sich an ihr vorbei.

„Komm doch rein ..." Mit einem zynischen Unterton in der Stimme schließt Franziskas Freundin die Tür.

Er dreht sich zu ihr um. „Also ...? Wo ist sie?"

„Nicht da. Aber du kannst gerne warten." Sie deutet auf das Wohnzimmer, macht Anstalten, die Treppe hinauf zu entschwinden. Er schnappt nach ihrem Oberarm, hält sie auf. „Suse, wo ist Franziska?"

Sie seufzt. Er lässt sie los. „Sie ist beim Arzt. Müsste aber jeden Moment wieder hier sein."

Er gibt sich nicht damit zufrieden. „Wo ist der Arzt?"

„Max, beruhige dich. Was ist denn los mit dir?" Suses graue Augen mustern ihn irritiert.

„Ich weiß es. Verdammt, Suse, ich weiß es ... also? Wo ist der beschissene Arzt?"

Mit aufforderndem Blick kommt sie ihm näher. „So ... und was genau meinst du zu wissen? Dass sie sich Nacht für Nacht wegen dir die Augen ausweint? Dass sie so unglaublich in dich verliebt ist, dass sie sogar bereit ist, dafür eine Riesendummheit zu begehen? Dass du ein Arsch bist? Was genau meinst du zu wissen, Rothenburg?"

Er atmet tief durch die Nase ein und wieder aus. Massiert sich den Nacken. „Wo ist der Arzt, Suse?"

„In der Stadt. Aber wie gesagt, sie müsste jeden Moment wieder hier sein."

„Sag mir den Namen." Seine Kiefermuskeln mahlen und er muss sich wirklich beherrschen, sie nicht zu schütteln.

„Dr. Braunschweiger. Der Gynäkologe …" Sie nennt ihm die Adresse und er verlässt unverzüglich wieder das Haus, läuft im Stechschritt zu seinem Auto.

Dann entdeckt er sie. Sie blickt auf irgendwas, das sie in den Händen hält. Ihr Haar wirkt ungekämmt, ihre Augen sind verweint und er könnte sich selbst ohrfeigen, dass er sie in eine solche Situation bringt.

Leise schließt er die Wagentür wieder, geht auf sie zu. Sein Herz klopft ihm bis zum Hals …

~oOo~

Ich kann es einfach nur anstarren. Jetzt habe ich es also schwarz auf weiß.

Mit Schwangerschaftswochenberechnung und meinem Namen links oben in der Ecke.

Ich bin noch immer wie vor den Kopf gestoßen. Es ist so … aberwitzig. Ich bekomme ein Kind. *Sein Kind.*

Dr. Braunschweiger hat mir meine Unsicherheit angemerkt, mich vorsichtig über die Möglichkeit einer

Abtreibung in Kenntnis gesetzt. Ich habe ihm zugehört, ohne den Sinn seiner Worte zu verstehen.

Abtreiben?

Ich seufze … Das hatte ich gar nicht in Erwägung gezogen.

Was mache ich nur mit Max? Ich kann es ihm nicht sagen. Er wird sich mir gegenüber verpflichtet fühlen … *oder dir ebenfalls die Abtreibung nahelegen.*

Diese kleine Stimme in meinem Kopf macht mich noch ganz verrückt. Es ist schrecklich, nicht einschätzen zu können, wie er wohl reagieren wird.

Erneut beginne ich zu weinen, ob dieser schier ausweglosen Situation.

Ich muss an Sina denken und bekomme eine ungefähre Ahnung davon, wie sie sich gefühlt haben muss, als sie erfahren hat, dass Marie unterwegs ist.

Sie hat sich auch für das Kind entschieden. Ich werde es nicht anders halten. Ebenfalls ohne Vater.

Max wird es nicht erfahren. Wir kennen uns noch nicht lange genug, und es wäre überaus naiv zu glauben, dass er mehr für mich empfindet als eine gewisse Anziehung, die womöglich ebenso schnell wieder verfliegt, wie sie gekommen ist.

Womöglich hält er mich nur für eine Goldgräberin. Denkt, ich hätte ihm das Kind untergeschoben, um an sein Geld zu kommen.

Alles in mir sträubt sich gegen diese Annahme. Und tief in meinem Inneren weiß ich, dass er das niemals über mich denken würde.

Aber dieser kleine Zweifel bleibt …, bohrt sich in meine Eingeweide und verhakt sich in meinem Herzen.

Eine andere Möglichkeit ist, dass er sich nur aus einer lächerlich ritterlichen Verantwortung heraus an mich bindet.

Damit könnte ich noch weniger leben.

Wir hatten so wenig Zeit. So wenige Möglichkeiten, um eine Basis zu schaffen für ein gemeinsames Leben. Und auch wenn ich in ihn verliebt … und vielleicht auch schon ein wenig mehr – *mit Sicherheit ein wenig mehr, du dummes Huhn* –, heißt das noch lange nicht, dass er es auch in mich ist. Blumen schicken, mich nett ausführen … das verpflichtet schließlich zu nichts.

Aber ein Kind?

Ein Schluchzen löst sich aus meiner Kehle und das Ultraschallbild verschwimmt vor meinen Augen.

Schlussendlich bedeutet es wohl, dass ich es beenden muss. Ihm sagen muss, dass ich mir eine gemeinsame Zukunft mit ihm nicht vorstellen kann.

Wie soll ich das nur tun, ohne dass es mir das Herz bricht?

Es wird brechen, so oder so …

Ich schnäuze mich, schiebe meine Haare hinter die Ohren. Ich habe sie nach dem Duschen lediglich nachlässig gekämmt und lufttrocknen lassen. Jetzt flattern sie mir ständig vor den Augen herum oder landen in meiner Nase.

„Cuore mio?"

Mein Herz setzt aus und ein Schwindel erfasst mich, als er plötzlich vor mir auftaucht.

Mit allem hätte ich gerechnet. Dann erinnere ich mich an das verräterische Ultraschallbild in meinen Händen, versuche es hinter meinem Rücken zu verstecken. Aber zu spät. Er greift nach meinem Arm, zieht meine Hand wieder hervor.

„Es ist nicht so, wie du denkst." Meine Stimme zittert. So hilflos habe ich mich noch niemals vorher gefühlt.

„So, was denke ich denn?" Er ist so ruhig, sein Tonfall voller Zärtlichkeit und für einen klitzekleinen Augenblick möchte ich mich dem Irrglauben hingeben, dass alles gut ist. Aber das ist nur Wunschdenken.

„Bitte, Max, geh ... es ist nichts. Nichts, was für dich wichtig wäre."

Er nimmt mir das Ultraschallbild aus der Hand, betrachtet es andächtig. Ein leises Lächeln umspielt seinen sinnlichen Mund. Der Wind fährt durch seine Haare, weht sie ihm in die Stirn. Aber es kümmert ihn nicht. Sein Augenmerk liegt auf dem Bild.

Dann auf mir.

Ich schließe die Lider, kann seinen warmen Blick nicht ertragen.

„Wolltest du es mir nicht sagen?"

Ich schüttele den Kopf, unfähig zu sprechen.

„Und warum wolltest du es mir nicht sagen, *cuore mio?*"

Noch immer dieser liebevolle Unterton. Ich kann dem nicht mehr standhalten und beginne hemmungslos zu weinen.

„Weil ... weil ... ich dir doch kein Kind unterschieben will." Immer wieder lassen mich Schluchzer erbeben.

Er reißt mich in die Arme und ich fühle mich so wahnsinnig geborgen. Umschlinge seine Mitte, presse mein Gesicht gegen seinen Brustkorb.

Er wiegt mich. Sachte. Murmelt irgendwelche unsinnigen italienischen Worte. Aber ich kann mich einfach nicht beruhigen.

Schließlich hebt er mich hoch, trägt mich zum Haus. Dass Suse die Tür öffnet, bekomme ich nur schemenhaft mit. Max bringt mich die Treppe hoch in mein Zimmer, legt mich aufs Bett. Lässt sich neben mich nieder, ohne seine Arme von mir zu nehmen. Und ich lasse all dem Schmerz und meiner Verzweiflung der letzten Tage freien Lauf. Bis ich keine Tränen mehr habe und zu erschöpft bin, um zu zittern oder zu schluchzen.

Bis mich das seichte Ziehen meines Bewusstseins in den Schlaf trägt. Mich ummantelt mit seinem so dringend benötigten Frieden.

Als ich erwache, trage ich nichts außer meiner Unterwäsche. Eingewickelt in meine Decke, umgeben von den wirren Locken meiner Haare.

Der Platz neben mir ist leer und ich frage mich, ob ich vielleicht nur geträumt habe. Doch ich entdecke seine Schuhe neben dem Bett, lasse mich zurück in mein Kissen fallen, das irgendwie seinen Geruch angenommen zu haben scheint.

Mein Herz zieht sich schmerzlich zusammen. *Was mache ich denn jetzt nur?*

Plötzlich erscheint er in der Tür, eine Tasse in seiner Hand. Als sein Blick auf mich fällt, schenkt er mir das Lächeln, das ich so sehr liebe. Eines, welches sein Grübchen hervorhebt. Eines, das ihn so unglaublich ... sexy aussehen lässt.

Oh ja, er wird ein sexy Daddy. Eine Faust legt sich um meinen Brustkorb, quetscht ihn zusammen. *Ja, verdammt, ich liebe diesen Mann.*

„Ich habe dir einen Kaffee besorgt, Ballerina. Suse meint, du wärst erst fähig zu denken, wenn du Koffein bekommst."

Ich versuche mich an einem schiefen Grinsen. „Das stimmt leider. Obwohl ich vielleicht besser auf Tee umsteigen sollte."

So etwas wie Erleichterung spiegelt sich auf seinem Gesicht wider. „Du wirst es behalten."

„Ja, eine Abtreibung kommt nicht infrage." Ich schlürfe an meinem Kaffee. „Auch nicht, sollte es dein Wunsch sein." *Da sind sie ja auch schon ... Mutterinstinkte. „Du* musst nichts mit dem Kind zu tun haben, wenn du nicht möchtest."

Er fährt sich durch die Haare, schließt kurz die Augen. „Franziska, wie kannst du auch nur eine Sekunde annehmen, dass ich nichts damit zu tun haben möchte?" Er wirkt zutiefst verletzt und ich setze mich auf.

„Weil ich genau weiß, wie das für dich aussehen muss. Und ich hatte nicht vor, es dir zu erzählen. Gut, jetzt hast du es selbst herausgefunden ..." Ich stutze. „Wie überhaupt? Woher wusstest du davon?" Kurz überlege ich, ob Suse ihm vielleicht …

Er verwirft diese Vermutung jedoch direkt. „Hanna hat dich in der Drogerie gesehen. Sie ist die Frau meines Partners und hat ihr Brautkleid bei dir gekauft …"

Ich erinnere mich vage an die Szene an der Kasse des Drogeriemarktes. An die blonde Frau in der Schlange, und dass sie mir bekannt vorkam. Ich atme tief ein.

„Wie dem auch sei, du musst dich zu nichts verpflichtet fühlen. Ich habe –"

Max fährt mir über den Mund und dieses Mal trifft mich seine Wut unmittelbar. „Franziska, dieses Gespräch ist absolut überflüssig. Es gibt dafür überhaupt keine Diskussionsgrundlage. Du hast dich für das Kind entschieden und ich werde für euch da sein. Immer."

Ich balle meine Hände zu Fäusten, steige aus dem Bett. Um einen größeren Abstand zwischen uns zu bekommen, entscheide ich mich für die gegenüberliegende Seite, noch immer eingehüllt in meine Bettdecke. Ich kann es nicht ertragen, zu wissen, dass er nur des Kindes wegen hier ist.

„Genau das möchte ich nicht. Du sollst nicht hier sein, weil ich ein Kind von dir erwarte und dein beschissenes Pflichtgefühl dir sagt, dass du für uns da sein musst. Du musst überhaupt nichts. Ich schaffe das auch ohne dich. Dein Name muss nirgendwo erscheinen. Niemals!" Ich beginne am ganzen Körper zu zittern, während ich ihn anbrülle. „Kannst du das nicht verstehen? Ich will nicht schuld daran sein, wenn du dich irgendwann fragen musst, ob das alles war, was das Leben für dich bereithält. Geh, Max. Ich brauche dich nicht … wir brauchen dich nicht!"

Er macht einen Satz auf meine Seite des Zimmers, gräbt seine Hände fast schmerzhaft in meine nackten Oberarme. „Franziska, weißt du überhaupt, was du da sagst? Was du von mir verlangst?" Er lässt mich los, umfasst stattdessen mein Gesicht. Sucht meinen Blick. „Ich liebe dich, verdammt noch mal. Hast du das noch immer nicht begriffen? Das Kind ist eine Überraschung, das gebe ich zu. Aber das ändert doch nichts an meinen Gefühlen für dich." Er senkt den Kopf, hebt mein Kinn, damit ich ihn ansehe.

„Sag es noch mal", bitte ich ihn leise, studiere sein Gesicht. Sein wunderschönes Grübchen. Seine Schokoladenaugen, in denen ich zu ertrinken drohe. Sein Mundwinkel, der sich langsam nach oben verzieht.

„Was genau? Dass ich immer für dich da bin?"

„Du weißt genau, was ich hören will ..." Ich steche meinen Zeigefinger in seinen Brustkorb. Er fängt ihn ab. Küsst mich zart.

„Ich liebe dich." Er haucht es gegen meine Lippen. Mein Herz zerspringt vor Freude und Aufregung.

„Ich liebe dich, Franziska Mölling. Und ich bin ein Idiot, wie er im Buche steht. Also mache es dir zur Lebensaufgabe, mich auf den rechten Weg zu bringen."

Meine Bettdecke rutscht über meinen Körper und drapiert sich auf dem Boden. Zwischen unseren Füßen.

„Ich liebe dich auch ... du verdammter Scheißkerl." Und damit fange ich schon wieder an zu heulen. *Scheiß Hormone ...*

Epilog

„Rothenburg ..." Ich rüttele an dem schlafenden Körper neben mir. „Max, du musst wach werden." Er brummt leise, dreht sich auf den Rücken. Ich verdrehe schmunzelnd die Augen. Dann erfasst mich erneut eine Wehe und ich atme ihr entgegen, zähle langsam bis drei.

Noch ist der Schmerz auszuhalten, aber wenn wir jetzt nicht ins Krankenhaus fahren, kann ich für nichts mehr garantieren.

Wie ein Walross auf dem Trockenen rutsche ich an den Rand des Bettes, stelle meine geschwollenen Füße auf den Boden. Drücke meinen schmerzenden Rücken durch.

Ein Blick auf den Mann neben mir lässt mich lächeln.

Sobald er realisiert, dass unser Kind jetzt zu kommen wünscht, wird Max sich förmlich überschlagen. Er wird einen Nervenzusammenbruch bekommen und mich vor lauter Aufregung womöglich im Flur sitzen lassen, während er mit meiner Tasche ins Krankenhaus fährt.

Ich schlurfe ins Badezimmer, um meine Zähne zu putzen. *So viel Zeit wird wohl noch sein.*

Mein mittlerweile rundes Gesicht strahlt mir im Spiegel entgegen.

Die letzten Monate sind wie im Flug vergangen.

Max ist ebenfalls in Suses Haus gezogen. Übergangsweise, wie er betont.

Seine eigene Wohnung ist für uns alle zu klein und ein passendes Haus haben wir noch nicht gefunden. Aber ich bin mir sicher, dass er es vor allem mir zuliebe getan hat.

Ich möchte Suse nicht allein lassen und das Haus ist wirklich groß genug für uns alle. Unsere neu gegründete Wohngemeinschaft ist ein gutes Äquivalent zur Familie. Direkt neben Maries Zimmer haben wir ein Kinderzimmer eingerichtet.

Meine süße Marie. Sie war völlig außer sich, demnächst eine *große Schwester* zu sein. Wir werden sehen, wie lang dieser Enthusiasmus anhält, wenn sie Nacht für Nacht von Babygeschrei aus dem Schlaf gerissen wird.

Max hat mich sofort gebeten, ihn zu heiraten. Er kann wirklich romantisch sein, wenn er sich Mühe gibt. Noch immer breitet sich dieses Dauergrinsen auf meinem Gesicht aus, wenn ich an den Abend zurückdenke, als er in die Knie gegangen ist – wie seine *Nonna* es ihm geraten hat. Stilvoll mit roten Rosen und alkoholfreiem Schampus. Sein Anblick im schwarzen Anzug und Binder hat sich tief in meine Erinnerung gebrannt und ich bin jetzt schon ausgesprochen ungeduldig, zu sehen, welchen Augenschmaus er erst in einem Hochzeitsanzug bieten wird. Allerdings gebe ich zu, dass er mir ganz ohne störenden Stoff noch besser gefällt.

Der Italiener in ihm hat es nur murrend akzeptiert, Vater eines unehelich geborenen Sohnes zu werden. Doch solange ich den Ring nicht über meine geschwollenen Finger ziehen kann, werde ich niemanden heiraten, auch nicht einen *Massimo* von Rothenburg. Und als Inhaberin eines Brautmodenladens bin ich es mir wohl schuldig, wenigstens in eines meiner eigenen Kleider zu passen.

Franziska von Rothenburg. Ich habe den Namen bereits öfter aufgeschrieben, als gut für mich sein sollte. Aber ein langer Name und die damit einhergehende Unterschrift braucht eben eine gewisse Übung, oder etwa nicht?

Wieder erfasst mich eine Wehe und ich setze mich auf die Klobrille. *Atmen, Franziska ... Atme den Schmerz weg ...* Wir waren im Herbst erneut im *Castello*. Mitten während der Lese. Ich war keine sonderlich große Hilfe mehr, aber Max ist regelrecht aufgeblüht bei der Arbeit. Er hat viel Zeit mit seinem kleinen Bruder verbracht, ist mit ihm durch die Weinberge geschritten. Hat ihm Dinge erklärt, von denen ich jedoch ausgehe, dass Justus sie sowieso schon wusste. Aber der Junge hat an den Lippen seines großen Bruders gehangen und jedes Wort richtiggehend in sich aufgesogen.

Die Beziehung zu seinem Vater ist noch immer angespannt. Aber sie begegnen sich freundlich und respektvoll, was mich froh stimmt. Immerhin ist Richard der Großvater unseres Kindes. Und Caroline ... vielleicht ist es den Hormonen zuzusprechen, doch ich habe beschlossen, ihr nicht länger böse zu sein.

Sarah hat mich mit ihrem Dank überschüttet, dass Max wieder Teil der Familie von Rothenburg sein möchte. Es war gar nicht so einfach, ihr begreiflich zu machen, dass ich damit herzlich wenig zu tun hatte.

Es wird wohl das Baby selbst sein, das Max weicher werden lässt. Prioritäten verschieben sich plötzlich, vieles erscheint einem mit einem Mal so unglaublich banal.

Ich kämme mir durch die Locken, binde mir einen Pferdeschwanz, bis mich eine Wehe erneut auf den Klodeckel zwingt.

Es wird wirklich langsam Zeit, ins Krankenhaus zu fahren.

„Hey, du bist ja schon wach." Max erscheint im Türrahmen, fährt sich verschlafen durch sein zerzaustes Haar, küsst mich sanft. Und ich fasse den Entschluss, ihn niemals allein mit unserem Kind auf den Spielplatz zu schicken. Definitiv zu viele Frauen. *Ich hab's angeleckt, es gehört mir.* Als sich mein Unterleib erneut zusammenzieht, atme ich scharf ein, kneife die Augen zusammen. „Kannst du meine Tasche nehmen?"

„Deine Tasche?"

„Ja, sie steht im Flur." Mit der Hand stütze ich mich an den Fliesen ab. Erhebe mich mühsam vom Klodeckel.

„Im Flur?"

Er kratzt sich übers Kinn, gähnt herzhaft und ich schiebe meinen gewaltigen Bauch an ihm vorbei. „Du kannst mir natürlich auch zuerst helfen, mich anzuziehen."

Er sollte unbedingt einen Kaffee trinken, ehe wir losfahren, damit sein Verstand zu sich kommt.

„Dich anziehen?" Er runzelt die Stirn, sieht mich an. Dann reißt er die Augen auf. *„Per l'amor di Dio!* Es geht los! Warum weckst du mich denn nicht?" Er umrahmt schockiert mein Gesicht mit seinen Händen, ehe er sich im Raum umsieht. „Hast du meinen Autoschlüssel gesehen? … Und wo, zum Teufel, sind meine Schuhe?" Hektisch durchsucht er die Taschen seiner Jacke nach dem Schlüssel, ehe er sich bückt und seine Sneaker unter dem Bett hervorzieht. Max schlüpft hinein, ungeachtet der Tatsache, dass er noch keine Hose trägt.

Ich unterdrücke ein Grinsen, während ich nach dem weiten Sommerkleid greife, das neben dem Bett über einem Stuhl bereitliegt. „Max, in diesem Aufzug werde ich nirgendwo mit dir hingehen."

„*Cuore mio*, jetzt ist nicht der richtige Moment, um mit mir zu diskutieren." Und schon ist er im Bad verschwunden, nur um augenblicklich wieder aufzutauchen. „Hast du auch alles gepackt? O Gott, wir bekommen ein Kind!"

Jetzt muss ich lachen. „*Ich* werde dieses Kind aus mir hinausquetschen müssen, Rothenburg. Und es liegt allein an dir, ob ich hier zu Hause entbinde oder ob du es hinbekommst, mich rechtzeitig ins Krankenhaus zu bringen." Ehrfürchtig betrachte ich meine geschwollenen Füße. *Sandalen kannst du vergessen, Franziska. Nimm die Ballerinas.*

Mit der Strickjacke über dem Arm halte ich dem angehenden Vater seine Hose vor die Nase. „Also zieh dich gefälligst anständig an, nimm die gepackte Tasche im Flur und vergiss mich bitte nicht am Straßenrand." Mit einem Zwinkern küsse ich ihn auf den Mund. „Wir haben nämlich eine Verabredung mit Matteo von Rothenburg – und ich befürchte, er hat es langsam etwas eilig."

Ende

Danke,

an euch, die ihr meine Bücher lest. Und wenn ihr Spaß hattet, dann hat es sich gleich doppelt gelohnt.

Sollte *Spitze, Tüll und Mr Right* euch gefallen haben, freue ich mich über eine positive Rezension, denn damit helft ihr auch den Unentschlossenen, sich für mein Buch zu entscheiden. Wie immer dürft ihr mich kritisieren, gerne auch loben unter

nicoles.valentin@aol.de

Alle Mails werden selbstverständlich von mir beantwortet.

Bei diesem Buch handelt es sich um die vollständig überarbeitete Fassung von *Champagner für die Braut.* Nachdem die Rechte an dem Buch an mich zurückgegangen sind, habe ich mir eure Hinweise und Kommentare zu Herzen genommen und die Geschichte um einige Szenen erweitert.

In Liebe,
eure

Nicole S. Valentin

Leseprobe

Wenn du erst zu mir gehörst

Kapitel 1

„Hey, wie wäre es denn mit dem? Der sieht doch süß aus." Meine beste Freundin Johanna, Jo, dreht ihren Kopf wie eine Eule um fast 180°, während sie dem Typen hinterherstiert, der soeben an unserem Tisch vorbeigelaufen ist.

„Süß? Ist *süß* nicht die Schwester von *scheiße*?" Ich grinse in mich hinein.

Ihre Hartnäckigkeit ist eigentlich bewundernswert. Dieser Starrsinn, mit dem sie unentwegt daran arbeitet, mich zu verkuppeln. Ich habe Hochachtung vor ihrer Renitenz, mit der sie ständig versucht, mich zu manipulieren. Dabei weiß sie es doch besser.

„Ach, komm schon. Du musst ihm eine Chance geben." Ihr Blick schnellt zurück und verfängt sich mit meinem.

Ich schüttele lediglich den Kopf, nippe an meinem Cocktail. „Kein Interesse."

Jos Kinn schiebt sich nach vorn, während sie ihre Stirn in Falten legt. „Kein Interesse? Echt jetzt?"

Ich ziehe geräuschvoll meinen *Sex on the beach* durch den schwarzen Strohhalm. Dabei gerät das alberne Schirmchen ins Trudeln und sticht mir fast ein Auge aus. Ich rupfe ihn aus dem Glas und schnipse ihn auf den Tisch. „Jaahaa, echt jetzt."

„Also hast du vor, weiter die Unnahbare zu spielen und darauf zu warten, dass sich dein Auserwählter von seiner Auserwählten trennt, um dich auszuerwählen?" Ihre Stimme trieft vor Ironie und ich presse die Lippen aufeinander.

„Jo, bitte nicht schon wieder. Ich warte nicht darauf, dass er sich von seiner Frau trennt. Aber ich habe auch keine Lust auf eine schnelle Nummer. Also bitte lass es. Hör einfach auf damit, mir einen Kerl aufschwatzen zu wollen."

Etwas derber als beabsichtigt stelle ich mein Glas zurück auf die neongelbe Serviette, ehe ich Jo wieder ansehe.

Sie leckt sich über die Lippen, lehnt sich in ihrem Stuhl zurück. Ich sehe ihr an, dass sie noch etwas sagen möchte, aber sie ist klug genug, zu schweigen. Und ich atme tief in den Brustkorb, schiebe einen Fussel mit dem Zeigefinger planlos über den Tisch. „Jo, wirklich. Es geht mir gut. Ich bin mir im Klaren darüber, dass sich Paul niemals von seiner Familie trennen wird. Da sind die Kinder ... das riesige Haus ..."

„Und selbstverständlich seine Frau." Meine beste Freundin streicht sich die lockigen blonden Haare hinters Ohr.

Meine Finger ballen sich zu Fäusten. Ich entspanne sie wieder. Jo legt ihre schlanke grazile Hand über meine. „Es tut mir leid. Ich weiß, ich schieße manchmal über das Ziel hinaus. Du kannst selbstverständlich vögeln, wen immer du möchtest."

„Das ist schrecklich nett von dir." Meine Mundwinkel zucken. Aber ein Lächeln bekomme ich noch nicht zustande. Ein ähnlich ermüdendes Gespräch habe ich bereits mit meiner Mutter hinter mich gebracht. Nicht, dass sie etwas über Paul wüsste.

Gott bewahre – nein. Das würde ihre ethischen Grundsätze für zwischenmenschliche Beziehungen bis ins Mark erschüttern.

Bei ihr ist es eher die Tatsache, dass ich noch immer ungebunden und kinderlos durchs Leben schreite. Sie weist mich des Öfteren darauf hin, dass ich eine Pflicht zu erfüllen habe. Immerhin bin ich Einzelkind und als solches habe ich all die Aufgaben allein zu erfüllen, die Geschwister ansonsten unter sich aufteilen. Meine To-do-Liste ist also noch erschreckend lang. Ich spüre ein erneutes Gähnen in mir aufsteigen, werde aber durch Jos tätschelnde Finger auf meinen abgelenkt.

„Nein wirklich. Paul muss ziemlich gut vögeln können. Es sind ja nun schon fast ...", sie sieht nachdenklich in die Luft, „meine Güte, es sind schon zwei Jahre. Respekt." Sie klopft auf die Tischplatte, nickt anerkennend und ich muss doch lachen. „Zwei gottverdammt lange Jahre. Ich meine, selbst ich habe noch keine Beziehung zustande bekommen, die zwei Jahre gehalten hätte. Aber meine treue Nele bekommt das selbstverständlich hin. Mit einem untreuen Drecksack, der nicht nur seine Ehefrau an der Nase herumführt, sondern auch noch die Frau, mit der er diese bescheißt." Sie klopft sich mit dem Zeigefinger gegen das Kinn. „Was läuft nur schief in meinem Leben?"

Ich verdrehe die Augen. Zeit, das Thema zu wechseln. „Also, welcher war noch gleich süß?" Ich sehe in die Richtung, in die der Kerl von eben verschwunden ist, ohne überhaupt nach ihm Ausschau zu halten.

Jo schnaubt und greift nach ihrem eigenen Cocktail. „Bemüh dich erst gar nicht. Wir bleiben unter uns, keine Angst." Ihre Augen schweifen jedoch schon nach der Hälfte des Satzes durch die Bar, immer auf der Suche nach einem Opfer.

Ich hätte zu Hause bleiben sollen. Aber mein Tagesablauf, oder sollte ich besser sagen, meine Abende richten sich hauptsächlich nach Pauls Terminplan. Wenn er es einrichten kann, habe ich keine Zeit für Treffen mit meiner besten Freundin. Meistens stehe ich dann in der Küche, koche für Paul und mich, ehe wir im Bett landen. Da landen wir immer. Seine Zeit ist begrenzt und ich habe mich darauf eingerichtet.

Paul. Er ist wohl mein schwacher Punkt. Aber ich komme damit zurecht, auf Abruf bereitzustehen. Ich kenne schließlich seinen Hintergrund. Eine depressive Ehefrau, zwei Kinder, die ihren Vater brauchen und dieser Ehevertrag. Sollte unsere Affäre ans Licht kommen, bekommt seine Ehefrau alles und er geht leer aus. Wer bin ich, dass ich das von ihm verlangen würde? Nein, ich bin zufrieden damit, dass er mich liebt. Wenn er eben Zeit hat.

Ein Seufzer löst sich aus meiner Kehle, den Jo selbstverständlich bemerkt. Ihr entgeht wirklich nichts. Das kann Fluch und Segen zugleich sein. Heute ist es eher ein Fluch. Selten ist sie derart angriffslustig und ebenso selten fühle ich mich so in die Enge getrieben, wie ich es heute Abend tue. Ich weiß, dass sie mein Verhältnis zu Paul nicht befürwortet. Aber es bleibt meine Entscheidung. Und es ist mein Herz, von dem wir hier sprechen. Denn ich bin ziemlich verliebt in Paul. Er findet immer die richtigen Worte, weiß um meine Gefühle für ihn und ich spüre, dass ihm die Situation genauso wenig gefällt wie mir. Wie oft hat er mir bereits versichert, dass er sich für mich entscheiden würde, wenn wir beide frei wären, um zu tun und zu lassen, was immer wir möchten.

Aber wir sind uns eben zur falschen Zeit über den Weg gelaufen. Er war bereits verheiratet. Unglücklich, wie er nicht müde wird, mir zu versichern. Warum sollte ich an seinen Worten zweifeln? Bisher gab es keinen Grund dafür. Jede Minute, die er erübrigen kann, ist er an meiner Seite.

„Nele, kannst du dich vielleicht wieder zu mir gesellen? Es ist schöner, wenn dein Geist im Einklang mit deinem Körper an diesem Tisch sitzt." Ihre Hände tanzen durch die Luft, umzeichnen meine Gestalt. „Ich vögel vielleicht nicht so gut wie Paul, aber ich bin mindestens genauso unterhaltsam wie er." Beleidigt dreht Jo den Strohhalm durch ihr Glas und ich grinse sie an.

„Das Erste kann ich nicht beurteilen, aber ich verspreche dir, du hast meine ungeteilte Aufmerksamkeit. Ab jetzt."

Schon winkt sie beschwichtigt ab. „Ist schon gut. Ich habe damit angefangen, von ihm zu sprechen."

Sie ist mir nicht mehr böse und Sekunden später denken wir uns Geschichten über die anderen Gäste der Bar aus und ich spüre, wie die Gelassenheit zurückkehrt.

Jo ist der wichtigste Mensch in meinem Leben. Mein Fels in der Brandung.

Und Abende wie diese sind zu kostbar, um sie ungenutzt verstreichen zu lassen. Morgen ist ein Feiertag und heute wird gelacht, getrunken und getanzt.

Ganz so, wie wir es verabredet haben.

Ich bin es ihr und wohl auch meinem Gewissen schuldig. Und da Paul heute sowieso anderweitig beschäftigt ist, gibt es keinen Grund für mich, lieber woanders sein zu wollen.

Ich winke dem Kellner und als es Zeit wird, in den Club aufzubrechen, um die Nacht durchzutanzen, bin ich bereits ziemlich beschwipst. Aber rundum zufrieden.

*

Bässe wummern uns entgegen, als wir an der Schrankwand von Türsteher vorbei, unmittelbar die Theke ansteuern. Das Underground ist ein angesagter Club, liegt mitten in der City und es gibt auch tatsächlich ältere Semester auf der Tanzfläche.

Nicht, dass wir mit unseren 29 Jahren sonderlich alt wären, aber das junge Volk bevorzugt doch eher andere Aufenthaltsorte an einem tanzbaren Abend.

Jo lehnt sich über die Theke und setzt ihr verführerischstes Lächeln auf. Sie hat eine Schwäche für den Barkeeper. Aber bisher hat er sie noch nicht erhört, obwohl sie sich mächtig ins Zeug legt.

Gerade eben liegt sie halb auf der Theke, präsentiert ihm ihren tiefen Ausschnitt und wirft ihr Haar zurück. Ich muss ein Lachen verkneifen und überlege, ob ich sie vielleicht mit meinem Handy filmen soll. So ein Filmchen ist doch … mit einem Mal bricht mir der kalte Schweiß aus und mein Herz bleibt einen Augenblick stehen.

„Jo …" Ich umfasse ihre Schulter, doch sie reagiert nicht.

„Jo …" Ich greife etwas fester zu und spüre den Widerwillen, mit dem sie sich zu mir umdreht. „Johanna, ich habe meine Tasche liegen lassen. In der Bar."

Die Worte sprudeln nur so über meine Lippen. *Oh Gott, ich habe mein komplettes Leben verloren.* Mein Handy, mein Geld, meinen Ausweis, Führerschein, Bankkarten … und der Schlüssel von meiner Wohnung ist selbstverständlich ebenfalls darin zu finden. *Verfluchter Mist, wie konnte mir das denn nur passieren?*

Jos Augen werden kugelrund. „Bist du sicher?" Sie hüpft förmlich von der Theke und sieht an mir herunter, als könne sie meine Tasche dort finden.

„Ja. Ich muss sie auf dem Stuhl liegen gelassen haben." Frustriert und hilflos reibe ich mir über die Stirn. Es gibt schon einen Grund, warum ich eigentlich zu solchen Anlässen auf das Mitführen von Taschen in jeglicher Form verzichte. Außer Geld im Schuh, Handy in der Hosentasche und ein stark reduzierter Schlüsselring begleitet mich kein Nippes vor die Tür.

Doch heute wollte ich bei Jo übernachten. Auch das restliche Blut verlässt mein Gesicht und ich wünschte, ich würde aufwachen und feststellen, dass ich nur in einem elenden Albtraum feststecke.

Zielsicher steuert Jo den Ausgang an, mich fest an der Hand. „Kein Problem. Wir gehen einfach zurück. Sie wird noch dort stehen oder irgendein netter Mensch hat sie beim Kellner abgegeben."

Sie sieht mich an, und ich wünschte, ich könnte ihre Zuversicht teilen. *Oh bitte, lieber Gott, wenn es dich wirklich gibt ...* ein Stoßgebet kann ja nicht schaden.